ハイスペ社長が本気になったら、迸る愛情に歯止めがきかなくなりました！

奥手秘書は猛烈に捕食される

★

ルネッタブックス

CONTENTS

Lunetta

第一章　恋愛なんて、所詮ウソ

多岐川《たきがわ》姫花《ひめか》の朝は、早い。

ほぼ毎日午前五時半には目を覚まし、近所の公園までジョギングに出かける。

四月下旬の空は日の出あとで、もうだいぶ明るい。通りすがる街路樹の上からは鳥のさえずりが聞こえるし、空気はまだ澄んでいる。

正直、運動はあまり得意ではないし、早起きも苦手だ。けれど、せめて何かひとつ身体にいいことをしようと思い立ち、走り始めてからもう二年になる。

それに、日々蓄積される一方のストレスを発散する手段は多いほうがよく、ジョギングもそのうちのひとつだった。始めたばかりの頃は体力もなく、走っている途中で足がつったりすぐに息が切れたりした。けれど、ジョギングを始めてから身体の調子がいいのは明らかで、あちこちについていた余分な肉もかなりそぎ落とされたような気がしている。

(気持ちいいな。それにしても、やっぱりうちの製品って最高だよね)

姫花の勤務先は、国内最大手の総合スポーツ用品メーカー「アティオ」であり、当然身に着けているウェアやシューズはすべて自社製品だ。

ロゴマークは「アティオ」の頭文字である「A」をもとにデザインしたもので、スポーツマンのみならず一般の人にも広く知られている。

普段のファッションは比較的地味でモノトーンが多い姫花だが、走る時だけは明るくビビッドな色合いのものを選ぶ。そのほうが気分が上がるし、自然と足取りも軽くなるから不思議だ。

(ちょっと休憩)

立ち止まり、ペットボトルの水をひと口飲む。

都内で人気のランニングスポットでもあるその公園は、緑が多く四季折々の風景を楽しみながら走ることができる。アスファルトの地面には百メートルごとに区切られたランナー用のラインが引いてあり、走行距離を測りやすくペース配分も容易だ。

あとから来た男女ペアのジョガーが、姫花の横を通り過ぎた。仲睦まじい様子からして、おそらく恋人同士か夫婦だろう。

彼らの背中を見送ったのち、姫花は再び一人きりで走り始める。

現在二十九歳の姫花だが、もう何年も恋人と呼べる人がいない。

過去何人かの男性と付き合った経験はあるが、すべて失敗恋愛ばかり。いい思い出などひとつもなく、もはや自分には男運がないものと諦めている。

(私には男なんて、必要ない。一人のほうが身軽だし、あれこれ悩まなくて済むもの)

一周約二キロメートルを二十分ほどで走り終え、自宅マンションに帰り着いてすぐにシャワーで汗を流す。

朝のニュース番組をチェックしながらナッツ入りのグラノーラを三分で食べ終え、出勤のためのヘアメイクに取り掛かった。

ジョギングの時は日焼け止めクリームを塗るだけだが、会社に行く準備にはそれなりに時間がかかる。

スキンケアには気を使っているから、肌はモチモチでシミひとつなく綺麗だ。顔のパーツにも特に難はなく、こぢんまりと整っている。

けれど、肌の白さと相まってメイクなしだと地味な顔立ちが際立ってしまう。

不美人ではないが、はっきり言って野暮ったい。

それを最新のコスメティックとメイク技術を駆使して、人並み以上の美人顔に仕立て上げる。

肩より少し長い髪を丁寧に撫でつけ、頭の低い位置でひとつ括りにする。

(これでよし、と)

「アティオ」の人事部秘書課に所属している姫花の髪の毛は黒く、肩より少し長いストレートだ。

職業柄、服装はきちんとしたものを心掛けており、スーツやワンピースが多い。今日選んだのはベージュのスカートスーツだ。

出勤する時間になり、スーツと同色のパンプスを履いて最寄り駅に向かう。

姫花の身長は一七〇センチで、女性にしては比較的高身長だ。以前はそれをコンプレックスに思っていたこともあったが、今はまったく気にせずにヒールのある靴を楽しんだりしている。

駅に着き、やってきた電車に乗り込む。

職場には乗り換えなしで行けるし、ドアツードアで三十分もかからない。電車を降り、徒歩二分の距離にある「アティオ」本社に入る。

時刻は午前八時四十五分。

エレベーターホールで居合せた人達と挨拶を交わし、二十九階を目指す。そこは役員専用フロアになっており、一般社員は容易に近づけない雰囲気が漂っている。

秘書課主任の姫花が担当しているのは、代表取締役社長の菊池晃生《きくちあきお》だ。

「アティオ」創業者一族直系の御曹司である彼は、現在三十二歳、独身。幼少期より頭脳明晰で、卒業した学校は、すべて国内最高峰のものばかりだ。

人一倍優れたビジネスセンスの持ち主である彼は経済界では誰もが知る敏腕経営者であり、就任して二年と経たないうちに会社の時価総額を倍にしたという実績を持つ。人脈も広く人望も厚い晃生には、業界や国を超えた知り合いが多くいる。

しかし、まったく偉ぶったところはなく、いつ何時も決して声を荒らげることはなく常に笑顔を絶やさない。

まさにパーフェクトなビジネスパーソンである晃生の身長は、一九〇センチ近くあり、日頃から鍛え上げた身体はアスリート並みに引き締まっている。おまけに超がつくほど顔面偏差値が高く、一流のモデルと比べても遜色ない。

秀でた眉に、スッキリと通った鼻筋。やや切れ長の目は見るものを無条件で惹きつけてしまうほどの目力がある。

それほど完璧な男である彼がモテないはずはない。過去、告白され付き合った女性は数知れないと言われているし、社内でも晃生に憧れて本気で玉の輿を狙っている女性社員は大勢いる。

姫花自身は玉の輿に興味はないし、彼とは上司と部下の関係であり、それ以上でも以下でもない。だが、周りはそうは見てくれず、社長秘書というだけで嫉妬の目で見られがちだ。

『お堅いフリして、陰で社長に色目を使っているくせに』

『今の立場だって、色仕掛けでゲットしたんでしょ』

そんな陰口を言われたり、通りすがりに睨まれたりするのには、もう慣れっこになっている。けれど、やはりノーダメージとはいかず、小さなストレスとして心の隅に蓄積されていた。

(社長がいつまでも独身なのがいけないのよ。早く結婚して落ち着いてくれたらいいんだけど)

エレベーターに同乗していた社員がすべていなくなり、姫花一人だけになった。

目的階に到着し、ドアが開く。外に出ようと一歩前に踏み出したところで、いきなり前に立ちはだかった女性とぶつかりそうになってしまう。

「あら、多岐川主任。おはようございます。ごめんなさい、てっきり誰も乗っていないと思って」

声をかけてきたのは、葛西玲央奈《かさいれおな》という総務部主任だ。彼女は一歩退くと、にこやかに微笑みながら姫花に道を空けてくれた。一見親切そうに見えるが、その実姫花を最も敵視しているのは玲央奈だ。彼女は、「アティオ」現会長の菊池一夫《かずお》が社長だった時に彼の秘書を務めていたが、ある日担当を外されて総務部に異動になった。その後任として姫花が社長秘書になり、その後一年と少し一夫の下で働き、彼が退いたのちは晃生の元で業務に当たっている。

むろん、そうと決めたのは人事部であり、姫花は上の決定に従っているだけだ。それなのに、玲央奈はなぜか自分が外された怒りの矛先を姫花に向け、顔を合わせる度に何かしら理不尽な態度を取ってくるのだ。

「おはようございます、葛西主任。役員のどなたかに、何か御用でしたか?」

始業時刻は午前九時三十分であり、今の時間なら役員はまだ誰一人出勤していないはずだ。姫花が訊ねると、玲央奈は当然だと言わんばかりの表情を浮かべた。

「ええ、晃生さ……じゃなくて、社長にちょっと、ね。でも、来るのがちょっと早すぎたみたい。仕方ないから、また出直してくるわ」

わざとのように言い間違えをして、玲央奈が思わせぶりに含み笑いをする。そして、もう話は終わりだと言わんばかりにツンと横を向いた。

玲央奈がどんな理由で社長のことを「晃生さん」などと呼ぶのかはわからない。

しかし、彼女が晃生に好意を持っているのは間違いないし、そのせいでよけい姫花を敵視しているのは明らかだ。

以前会長から聞かされたことには、彼女が社長秘書から外されたのは本人の問題行動によるものであるらしい。それを考えると、彼女がここに来た正当な理由があるかどうかも怪しかった。

何にせよ玲央奈とは極力関わらないほうがいい。

小柄でスタイルのいい玲央奈を見送ったあと、姫花は役員エリアに向かって歩き出した。

（やれやれ……。私をライバル視しても何の意味もないのに）

姫花は、歩きながら小さく肩をすくめた。

別に好き好んで社長秘書になったわけではないし、正直いい迷惑だ。言われなき中傷を回避するためにも、晃生には一日でも早く結婚するか婚約をしてほしい。だが、今のところそこまで親しい女性はいないようで、彼は日々仕事一筋の生活を送るのみだ。

（モテすぎて一人に絞り切れないとか？　そうだとしても、とりあえず誰とでもいいから交際宣言してほしいんだけど）

広々とした廊下を行き、ロッカールーム経由で自分のデスクに就く。

各役員室は、以前は完全に個室で入口のドアも閉められていた。だが、晃生が社長に就任すると同時に改築が行われ、今ではすべての壁が透明なガラス張りになっている。来客や内密な話し合いの際はブラインドで遮断されるが、普段はオープン状態になっており、部屋の主が在室しているか否か一目瞭然だ。

姫花のデスクは社長室に入る前の前室に設置されており、フロア中央に並べられたそのほかの役員秘書のデスクとは一線を画している。

あとからやってきた同僚達と目礼を交わし、早々にパソコンを起動させた。

直属の上司が晃生に代わってから、姫花の仕事の大半を占めていた雑多な事務仕事が大幅に減った。その代わり、各部署から集まってくるデータ分析が増え、時には経営に関わる意見などを求められることもある。

むろん、交代当初からそうだったわけではなく、晃生の下で業務をこなしていく中で少しずつ重要な仕事も任されるようになった感じだ。

おかげでモチベーションが格段にアップしたし、必要なスキルも自然と身につけることができた。

そういった意味では、晃生は部下を育てるのが上手い上司だと言えるし、姫花は一流のビジネスパーソンである彼の秘書として誇りを持って仕事をしている。

生粋の御曹司ではあるが、晃生は正規のルートを経て「アティオ」に入社し、海外勤務を経て若くして今の地位まで昇り詰めた。

仕事もできて容姿にも人柄にも、文句のつけようがない。

彼のことは上司として尊敬しているし、晃生ほど完璧な男性を今まで見たことがなかった。

ただし、それはあくまでもビジネス上のもので、個人的な感情は一切ない。むしろイケメンハイスペックである彼には警戒心を抱いているくらいだし、そうでなくても失敗続きの恋愛のせいで男性不信気味の姫花だ。

(男なんてみんな同じ。信用しても結局馬鹿を見るのはこっちなんだから)

姫花にとって男性は警戒すべき対象であり、決して隙を見せてはならない敵でしかなかった。

そんなこともあり、姫花は時折晃生が無意識に見せつけてくる男性的魅力にハッとすることはあるが、強いてスルーして即記憶から消し去るよう心掛けている。

その週の土曜日、姫花は仕事絡みのパーティーに出席するため地方都市に出張に来ていた。

日頃、宿泊が伴う仕事先に姫花が同行することはめったにない。しかし、今回のパーティーには付き添いが必要とのことだし、姫花は秘書として晃生のサポートをするという役割も担っている。

会場はその地域で一番大きなホテルであり、およそ千人が収容できるというフロアの窓からは緑豊かな公園が臨め、夜ともなればライトアップされた遅咲きの八重桜を観賞できるという。

当日は現地集合と言われ、姫花は新幹線で移動して午後三時にホテルに到着した。そして今、一階のロビーラウンジで待ち合わせをしていた晃生と合流したところだ。

「社長、お疲れさまです」

「お疲れさま。新幹線での移動は大変だったんじゃないか？」

「いえ、そんなことはありません。社長こそ今週は出張続きで、お疲れではないですか？」

「昨日は早めに休んだし、これくらい何でもない」

ダークネイビーのスーツに身を包んだ晃生が、穏やかな微笑みを浮かべる。なるほど、その顔には疲労の色などまったく見られないし、むしろいつも以上に男ぶりを上げている感じだ。

「今日はよろしく頼むよ。はい、これが君が泊まる部屋のカードキーだ。便宜上、部屋は隣り合わせにしてあるから」

晃生がスーツの胸ポケットからカードキーを取り出して、姫花に手渡してくれた。

秘書として仕事上のスケジュール管理は一任されているが、雑事は何でも秘書任せだった会長とは違い晃生はできることは自分でやるタイプだ。

ただし、普段の出張に必要なチケットや宿泊の手配は姫花がやっており、特に希望がない限り晃生が口を出すことはない。だが、今回に限っては彼自らパーティー会場があるホテルに宿泊の予約を入れてくれていたのだ。

「ありがとうございます」

礼を言ってカードキーを受け取ると、晃生が姫花に先んじて歩き出した。気がつけば、彼は姫花の荷物を持ってくれている。

「社長、荷物は自分で運びますから」

あわてて取り返そうとするも、優雅な手つきでそれを退けられた。

「僕は手ぶらだし、気にしなくていいよ」

「ですが――」

「それと、君が今夜着るための洋服は、もう準備して部屋に置いてあるから」

「いろいろとお気遣いいただき、ありがとうございます」

パーティーの主催者はフランスに本社があるファッションメーカー「リドゥル」であり、当然着ていく洋服はそのブランドのものが好ましい。

大企業の社長秘書であるからには、仕事中は常にＴＰＯに合わせた服装を心掛けている。しかし、今回ばかりは扱っている商品があまりにも高額すぎて、手が出せなかった。

かくなる上は専門の業者でレンタルするしかない。そうするにしても、せめてアクセサリーくらいは購入しよう――そう思っていたところに、晃生が当日姫花が着る洋服はすべて自分が用意すると言ってくれたのだ。

『リドゥル』主催とはいえ、今回は新作の披露パーティーだ。あまり気負わずに、リラックスして出席してくれればいいから」

「承知しました」

やってきたエレベーターに乗り込み、上階を目指す。一足早く乗り込んだ晃生が、操作盤の前に陣取る。

中は誰もおらず、姫花と晃生の二人きりだ。会社以外の場所で今のようなシチュエーションになると、彼は決まって本来の紳士気質を発揮する。

(また出た。社長のジェントルマン)

姫花が秘書として振る舞おうとしても、晃生はそれに先んじて行動する。いちいち気にしなくていいと言われているが、立場上そうされる度に戸惑い居心地の悪い思いを強いられてしまう。

エレベーターは上昇を続け、十六階で止まる。

フロアに出た姫花は、そこではじめて今日自分が泊まる部屋がラグジュアリーフロアにあると知った。この階にあるのは、エグゼクティブルームのみだ。

社長たるもの、宿泊する部屋はある程度ランクが上のものでなければ格好がつかない。

そのため、彼がエグゼクティブルームに泊まるのはわかる。だが、同行する姫花まで同じランクの部屋に泊まる理由などありはしない。

姫花がそう言うも、晃生は柔らかな口調で「便宜上そうした」と言うばかりだ。

「それと、ヘアメイクの人も頼んでおいたよ。午後三時半に部屋に来るはずだから、よろしく。じゃあ、時間になったら迎えに行くから、それまでゆっくりしてくれ」

晃生はそう言い残すと、ドアの向こうに消えていった。

まさかヘアメイクまで用意されているとは……。

姫花は戸惑いつつも自分の部屋に向かい、鍵を開けて中に入った。一歩足を踏み入れたドアの内側は、両手を広げても壁にぶつからないほどの幅がある。

「なにここ、広っ……」

廊下を奥に進むと、部屋が二つに分かれている。左側にあるベッドルームにはキングサイズのベッドが。もう一方の部屋にはソファと一人掛けの椅子とともに、ゆったりとしたダイニングテーブルが置かれている。

窓から見えるのは、地上六十メートルからの絶景だ。

(出張なのに、いいのかな……。まあ、社長自ら用意してくださったんだし、問題ないか)

出張の費用に関しては、常識の範囲内なら経費で落とせる。だが、それ以外となると相応の理由がなければ、後日税務調査が入った時にチェックされるかもしれない。

とはいえ、この部屋はスイートルームほど高額ではないし、便宜上などの理由があればギリギリセーフだろう。

そんなことを思いながら部屋中を見て歩き、改めてその豪華さに嘆息する。

社長秘書になって以来、社長に同行して様々な場所に行き、経験を積んだ。それは時に取引先を招待した高級料亭であったり、商談を兼ねたゴルフ場だったりした。

数をこなしていくうちにそういった場所にもだいぶ慣れた。

だが、根っからの庶民であるせいか、はたまた仕事の一環であるせいか、その場を心から楽しんだことなど一度たりともなかった。

早々に準備に取り掛かるべく、ソファの上に置かれた「リドゥル」のロゴが入ったショッピングバッグを手に取る。

センスのいい晃生のことだ。きっと秘書然とした、ダークカラーのスーツだと思っていた。

けれど、入っていたのは前面にクラシカルな花模様がプリントされたシルクのワンピースドレスだ。サラサラとした生地はいかにも着心地がよさそうで、値札こそないが超がつくほど高級な品に違いない。

「わ、私、これを着るの？」

バッグの中には、ワンピースドレスに合わせたハイヒールやバッグまで入っていた。

「リドゥル」は世界的に名の知れたハイクラスのファッションメーカーであり、今手にしているワンピースドレスなら、かなり値が張ると思われる。

姫花は慄きつつ用意されたドレスワンピースに着替え、靴を履いた。それらは驚くほどぴったりで、まるで姫花のサイズをあらかじめ測ったかのように身体に馴染んでいる。

（何で私の洋服や靴のサイズを知ってるのよ！）

これについては大いに疑問だが、今はそれどころではない。

（それにしても、このドレスっていつ販売されたものだろう？　私が調べたものの中にはなかったように思うけど……）

主催者メーカーの製品については、雑誌やネットなどで調べられる限りのものはすべて目を通した。しかし、今着ているものと同じデザインはおろか、似た製品を見た記憶がない。けれど、間違いなく「リドゥル」のドレスだし、晃生が用意したからにはかなり高価な品であることは間違いなかった。何にせよ、これならパーティー会場でも堂々としていられる。

姫花は秘書として求められる役割を果たすべく、持参したノートパソコンを開き事前に用意した各種資料に今一度目を通した。

それと同時に、会場で顔を合わせるであろうＶＩＰ達のプロフィールを頭に叩き込む。

そうこうしているうちにヘアメイクの人が部屋を訪れ、姫花をあっという間にランクアップした美人に仕立て上げてくれた。彼等が部屋を出たあと、姫花は鏡に映る自分自身をまじまじと観察する。アップスタイルの編み込みヘアはゴージャスかつシックで、メイクはパーティーに出席するにふさわしい華やかな仕上がりになっていた。

「さすがプロだなぁ。私の自己流ヘアメイクとは出来栄えが違う」

姫花は鏡に顔を近づけ、目尻の右斜め上に伸びたアイラインを指先でそっと押さえた。

（やっぱり、一度はプロからヘアメイクを学んだほうがいいかもしれないな）

以前の姫花はヘアスタイルやメイクには、あまり興味がなかった。メイクするにしても、父親譲りの地味顔に申し訳程度に色を載せるだけで、出来栄えなど特に気にすることもなかった。

けれど、ある時付き合っていた男性から「野暮ったい」と言われそれが原因でフラれてしまう。

さすがにショックを受けた姫花は、それを機に一念発起。雑誌のメイク特集を熟読し、人気女性インフルエンサー達が配信する動画を研究した。その結果、ヘアスタイルも見栄えよく整える技を身につけ、以前とは見違えるようなメイク美人になることができたのだ。

するると、当時いた会社の中で一番のモテ男である上司に交際を申し込まれ、恋人として付き合うことになった。けれど、結果的に姫花はその人に遊ばれただけであり、それがきっかけで職場から去ることになったのだ。

今となっては、どうしてあんな不誠実な男性に引っかかってしまったのだろうと思う。しかし、当時はただフラれたことが悲しくて、元カレを見返すために、いっそうメイクに力を入れるようになった。そのおかげか、割と頻繁に異性から声をかけられるようになり、そのうちの数人と実際に付き合ったこともある。

けれど、その全員が三か月と経たないうちに姫花に別れを告げて去っていった。

『思ってたのと違う』

『真面目すぎてつまらない』

彼らは一様に姫花の見た目だけを重視し、中身とのギャップに失望した様子だった。

もちろん、フラれないようありとあらゆる努力をしたし、相手に合わせようとかなり頑張った。

しかし、すべてが空回りして気がつけば一人ぼっち。

残ったのはメイクのテクニックと、相手の人柄や行動パターンを探る観察眼くらいのものだ。

(あ……嫌なこと思い出しちゃった)

姫花は、急いで頭の中に思い浮かんだ元カレ達の顔を振り払った。

だが、そんな過去があったからこそ、自分は今こうして一流企業と言われる会社にいて、社長秘書を務めているのだと言えなくもない。

今の自分は、シャイで男という生き物についてまるで無知だった昔とはまるで違う。

それなりにハイスペックだった男達にフラれ、時には二股三股までかけられて男という生き物の生態を身をもって知った。同時に自分には男運は皆無だと悟り、諦めの境地に立った末に、いつしか男性の前では一切笑わなくなった。

それ以来、恋愛は完全に封印。転職を機に仕事に生きる決心をし、空き時間をすべてスキルアップのために費やした。おかげで優秀な人材として一目置かれる存在になり、「アティオ」に入社してすぐに秘書に抜擢されて日々忙しくしている。

公私ともに何も言うことはない。

ただ唯一問題なのが、晃生が超絶有能なイケメン上司であることだ。

一流企業の社長たるもの、見た目もいいに越したことはないが、如何せん美男すぎる。顔のみならず、全身から発せられるオーラがハンパではない。

晃生に興味がないのは変わりないが、ただでさえ彼の仕事ぶりには畏怖の念を抱いている姫花だ。いくら仕事上の関係で上司だと割り切っていても、彼の温かな人柄や日々だだ洩れさせている男性的な魅力に気づかないではいられない。

その頻度は日に日に増しており、姫花はその度に困惑して気持ちがざわついてしまう。そして、そんな心の動揺を隠すためにいっそう無表情に拍車がかかり、日常的に険しい顔つきをして仕事をするようになった。

そのせいで、社内ではすっかりとっつきにくい印象を持たれているし、同時期に入社した社員もおらず、ランチタイムはいつも一人だ。本当は、もっとほかの社員と交流したいと思ったりもするが、もはやどうアプローチしていいのかわからなくなってしまっていた。

(――なんて、物思いに耽ってる場合じゃなかった)

時刻を確認すると、もう午後五時半になろうとしている。

姫花はノートパソコンを閉じて、座っていた椅子から立ち上がった。鏡の前に進み、今一度自分の全身に視線を走らせて、出来栄えをチェックする。ちょうどその時、部屋のドアをノックする音が聞こえてきた。

「用意できてる?」

急いでドアを開けると、晃生が穏やかな口調でそう尋ねてきた。今の彼は、デザイン性の高い黒のスーツに身を包み、豊かな髪の毛を無造作にうしろに撫でつけている。自分の上司が美男なのは重々承知しているし、今目の前にいる晃生はいつもより二割増しでかっこいい。

それはもう笑ってしまうほどのイケメンぶりで、彼に興味がないはずの姫花をも動揺させるに十分なインパクトがあった。

「はい、いつでも会場に向かえます」

「そうか。じゃあ、出かけようか。その前に、ちょっと一回転してみてくれるかな?」

晃生がそう言いながら、一歩後ずさった。そして、にこやかな表情で右手をゆったりと回すジェスチャーをする。

姫花は、彼に求められるままにその場でくるりと一回転した。すると、いつもよりヒールの高い靴を履いているせいか、少しだけ身体がふらついてしまう。

「大丈夫か？」

咄嗟に伸びてきた晃生の手に背中を支えられ、すぐに体勢を立て直した。すぐに距離をあけるべくうしろに下がろうとするも、晃生の手は依然として姫花の背中に添えられたままだ。

近い！

たぶん、互いの鼻先の距離は三十センチもないだろう。

今までこれほど彼と近づいたことなどなかったし、ましてや背中を支えられた経験もなかった。

「あ、あの……」

戸惑いつつ声を上げると同時に、正面からバッチリ目が合った。

「ああ、失敬」

背中から晃生の手が離れ、二人の距離が開いた。彼の振る舞いは終始優雅で、あわてているのは姫花だけだ。今は仕事中であり、ハプニングが起きても冷静に対処しなければならない。

（落ち着いて、姫花！）

姫花は自分自身を叱咤し、どうにか平常心を取り戻そうと努力した。

「いえ、私のほうこそ、申し訳ありませんでした」

出した声が危うく裏返りそうになり、姫花は咄嗟に彼から目を逸らした。そして、そそくさと奥の部屋に戻ると、バッグを持って晃生が待つドアの外に出る。

「そのドレス、多岐川さんによく似合っているよ。ヘアスタイルもとても素敵だ」

「恐れ入ります。何から何まで社長が用意してくださったおかげです」

「どんなドレスがいいか結構迷ったんだけど、気に入ってくれた？」

「もちろんです。花柄の配置が絶妙ですし、シンプルなのに華やかさがありますね。着心地も申し分ありません」

お世辞ではなく、心からそう思っていることを口にして、胸元に描かれた花に触れた。

「気に入ってくれたようで何よりだ。今君が身につけているものは、ぜんぶ日頃頑張ってくれている君へのプレゼントとして受け取ってくれ」

サラリとそう言われ、姫花は一瞬目が点になった。いくら慰労の品だとはいえ、金額が常識の範囲を超えているのは明らかだ。

「お気持ちは嬉しいですが、さすがにこれほど高価な品をいただくわけにはいきません」

姫花が辞退すると、晃生が軽く笑い声を上げる。

「そう言うと思った。だが、これは君のためにオーダーした品だ。日頃頑張ってくれている君へのボーナスのようなものだし、一度袖を通したからには、もらってくれないとドレスはもちろん、バッグや靴も行き場がなくなってしまうよ」

晃生曰く、サイズがぴったりなのは採寸のプロが目視して計測したおかげであり、デザインも姫花のイメージに合わせて考えられた一点ものであるらしい。

「い、一点もの……ということは、オートクチュールでは――」

姫花の戸惑いをよそに、晃生はゆったりとした笑みを浮かべた。

「とにかくこれは、もう君のものだ」

晃生はそう断言すると、唇の前で人差し指を立てた。それは、もうこの件に関する話は終わりだという意味だ。

「わかりました。では、ありがたく頂戴いたします」

姫花は晃生に向かって軽く頭を下げた。そこまで言われたら受け取らないわけにはいかない。かくなる上は、これまで以上に仕事を頑張るのみだ。

「じゃ、行こうか」

促され、彼とともに廊下を歩き始める。

「今日はサプライズゲストも来るらしい。そのせいか、かなりの数のマスコミが来ているようだ」

「そうですか。では、かなり会場が混雑しそうですね」

もう何度も秘書として様々な場所に同行しているが、今日のように大勢が集う場所だと否が応でも緊張が高まる。

「アティオ」は現在「リドゥル」とのコラボ商品を企画販売する予定であり、パーティーには先方の社長も顔を出す予定だ。

国内スポーツ業界のトップである「アティオ」だが、海外で今以上の利益を上げ、より多くの人に名前を知ってもらうためにも、今回のコラボ企画は是が非でも成功させなければならなかった。

廊下をゆっくりと歩き、会場があるフロアに辿り着く。

ちょうど受付が始まったところで、姫花は晃生とともに入口を通り抜けて会場内に入った。中にはすでに大勢の人が集まっており、ざっと見ただけでも十数名の有名モデルや各界の著名人がいる。

（さすが「リドゥル」。フロア全体が煌びやかで豪華だなぁ）

会場の壁面には色とりどりの花が飾られ、フロア前方から伸びているランウェイではファッションショーが開催予定だ。

パーティーは立食式で、壁際には各種料理を提供するブースがずらりと並んでいる。

晃生が通りすがりのフロア係から、二人分のシャンパングラスを受け取った。そのうちのひとつを手渡され、礼を言ってからひと口飲む。

お酒は好きだし何でも飲めるけれど、決して強くはない。こういった場では一応口はつけるが、仕事で来ているからにはアルコールは舐める程度に抑えておくべきだ。

「これからもっと人が増えるだろうから、迷子にならないように気を付けて。よければ、腕を貸そうか？　それとも、手を繋ぐほうがいいかな？」

晃生が冗談とも本気ともつかない表情で、そう言った。

これだから、イケメンハイスペック御曹司は困る。

姫花は表情ひとつ動かさず、さらりとそれを受け流した。

なぜかはわからないが、晃生は姫花に対して、たまにこういった軽口を叩くことがあった。彼にとっては通常運転の発言でも、姫花にとっては言われ慣れないパワーワードになるのだ。

姫花はいつものようにノーダメージを装い、無表情を決め込む。そして、彼に従いつつステージのほうに向かって歩き出した。

途中、晃生を見つけた顔見知りの社長達から声をかけられ、その都度立ち止まって談笑する彼の斜めうしろに控える。

晃生は、学生の頃から六か国語を操る秀才だ。話し相手の国籍は十数か国におよび、そんなシーンを目の当たりにする度に、晃生に対する尊敬の念が深まっていく。

(さすが社長。私も、もっと勉強しないと)

現会長はあまり人の顔を覚えるのが得意ではなかった。そのため、彼の秘書を務めていた時はしょっちゅう「あれは誰だ?」などと質問をされていたものだ。

だが、晃生は一度見た人の顔は決して忘れないし、会話の内容もきちんと覚えている。そのおかげで、こういったパーティー会場で姫花が活躍する機会はあまりなく、今日もそうだ。

秘書として社長をサポートするどころか、いつも学ばせてもらってばかり。姫花にとって、晃生といること自体が勉強であり、彼と行動をともにするだけで経験値が格段にアップした。

晃生もそれは心得ているようで、こうしてパーティーに同行させてくれたり、時折ＶＩＰ相手の会話に混ぜてくれたりする。

ステージ前に辿り着くなり、晃生が「リドゥル」のデュポン社長と抱擁を交わした。現在六十三歳の彼女は、晃生が「アティオ」のフランス支社にいた頃から交流があり、先方の家族とも親しい仲だと聞いている。そんな経緯もあっての今回のコラボ商品企画であり、話し合いが比較的スムーズに行われているのは、間違いなく晃生の人脈と実績のおかげだった。

「ショーが始まるみたいだな」

晃生に声をかけられ、姫花は彼とともにステージの近くまで進んだ。

中央から伸びるランウェイを歩くモデルは性別も国籍も様々で、身に着けている衣装はどれも目を見張るほど斬新で美しい。

姫花はステージを見る晃生の斜めうしろから、彼の顔を眺めた。煌びやかなファッションショーは目を引くが、それ以上に晃生の顎のラインが気になって仕方がない。

どの角度から見ても完璧で、非の打ち所がない造形美だ。

もっとも、彼の容姿はあくまでもビジネスを円滑に進めるためのものであって、姫花には何の関係もないのだが……。

「おや？　『アティオ』の多岐川さんじゃないか」

ショーが終わり、晃生が再びデュポン社長と談笑をしている時、ふいに背後から声をかけられた。

姫花が振り返ると、そこに立っているのは取引先のひとつである大手スポーツ用品小売会社「モーラス」の社長である三井《みつい》だった。

「三井社長、お久しぶりです」

「ああ、久しぶりだね。この前会ったのは、確か……」

「去年のスポーツ博覧会の会場でお目にかかった時以来です」

ている。

「うむ、そうだったね」

三井は少々酔っているようで、若干顔が赤い。それに、こちらを見る目つきがやけにねっとりしている。

「それはそうと、君……今日はいつもと違って女らしい格好をしてるね。ふむ……」

三井が、姫花の全身に視線を走らせる。だらしなく緩んだ口元から、肉厚の舌先が覗いた。

「実は、今度うちの秘書が寿退社することになってね。しかも、もう妊娠していて少々経過が悪いとかで、今は有休を使って自宅療養中なんだよ」

じりじりと近寄ってくる三井が、腹をさすりながら姫花のすぐ横に来た。そして、持っていたグラスからシャンパンをぐいとあおる。

「僕は顔が広いから、君のことはいろいろと聞いているよ。社長が代わって、君も寂しい思いをしているんじゃないかな？　よかったら僕の専属秘書としてヘッドハントしようか。そうすれば、仕事面だけじゃなく個人的にも何かとよくしてあげられると思うよ」

にやけた顔でそう言われ、全身に鳥肌が立つ。

姫花は努めて平常心を保ちながら、冷静な声で返事をした。

「私は『アティオ』での仕事に満足していますし、やり甲斐も感じています。ですから、どうかお気遣いなく」

いつものように、感情が顔に出ないよう気を付けてはいた。けれど、自分が望む答えが返ってこなかったのが気に食わなかったのか、三井が表情を歪めながらいっそう身体を近づけてくる。

「仕事に満足していても、身体は満たされていないんじゃないかな？」

そう言いながら、三井が姫花の胸元に視線を置く。以前から下品な言動を取る人だとは知っていたが、今の彼はいくら何でも失礼すぎる。彼の声が大きいせいか、いつの間にか周りには人が集まってきており、二人の様子をさりげなく窺っている様子だ。

大勢の人の前で、こんな辱めを受けるなんて……。

さすがに腹に据えかねるが、この場でことを荒立てるわけにはいかなかった。

「知ってるよ。君は身体を使って社長秘書になったそうだね。お堅いイメージは表向きで、実は下半身が緩いエッチ秘書だってことはバレてるから、安心して僕のところへ——うわっ！」

三井の頭に突然シャンパンが降り注ぎ、彼の髪の毛がぺったりと地肌に張り付いた。

「な、なんだ、これは！」

「これは大変失礼しました。ショーの素晴らしさに感動して、うっかり手にグラスを持っていたのを忘れてしまって」

三井の背後に立っていた晃生が、にこやかな顔で姫花と彼の間に割って入った。

「それはそうと、今の発言は大いに問題ありですね。倫理的にもコンプラ的にも不適切です。それに、くれぐれも言っておきますが、うちの多岐川はあなたが言うような人間ではありません」

きっぱりとそう言い放つと、晃生が姫花を庇うように前に立ちはだかった。そして、三井の顔を冷ややかに見つめながら、彼の濡れたスーツの肩をハンカチで拭き始める。

「き、菊池くんっ……！」

「これ以上根拠のないデマを口にされると、社長としての品位がますます落ちてしまいますよ。いくら会社のトップでも、昨今はセクハラひとつで社会的地位を失うこともありますし。そうなったら、うちとしても今後の取引について再考せざるを得なくなりますね」

言い返そうとした出鼻をくじかれ、三井が顔色を変えて晃生を睨みつける。けれど、彼は余裕の笑みを浮かべながら、三井の背中に手を回した。

「もうパーティーも終わりです。洋服を汚したお詫びはきちんとさせていただきますよ。せっかくですから『リドゥル』のオートクチュールなんかどうです？」

「リドゥル」のスーツは、安くても五十万円強、高いと三百万円以上する。三井はまだモゴモゴと言っていたが、大人しく晃生に連れていかれた。

去り際に晃生から部屋に戻るように言われ、姫花は彼に挨拶をして早々に会場を後にする。

晃生に間に入ってもらって、本当に助かった。

けれど、三井にかけられた気味の悪い言葉のせいで、パーティーの華やかな記憶は吹き飛んでしまっている。

姫花は激しく憤りながら部屋に戻り、中に入るなり地団太を踏む。

「何なのよ！　いったい、いつまであんな馬鹿馬鹿しいデマに振り回されなきゃいけないの？」

言うまでもなく、三井が言っていた「身体を使って社長秘書になった」というのはまったくの嘘だ。しかし、それは社内でまことしやかに流布されており、今も水面下で言われ続けている。そんなデマを流した張本人は、おそらく前任者の玲央奈だ。

いったいどれくらいの人が嘘を本気にしているのかは、わからない。どうであれ、事実無根なのは間違いないし、デマに関しては自分さえしっかりしていれば気にする必要はないとして放置していた。

デマというのは、悪い内容であればあるほど広がりやすく、否定して騒ぎ立てればより多くの人の耳に入る。

何が真実なのかは、姫花自らの仕事ぶりを見てそれぞれが判断してくれたらいい。

そう割り切って今まで頑張ってきたが、取引先の社長の耳にまで嘘の噂が届いていると知り、さすがにショックだし、深く傷ついた。

「私は、ちゃんと仕事ぶりを認められて今のポジションにいるのに！　ああもう、腹立つ！」

ブツブツ文句を言いながらも慎重にワンピースドレスを脱ぎ、それを丁寧にクローゼットにしまったあと、バスルームに向かい思いきり水圧を強くしてシャワーを浴びた。

「あんなデマを鵜呑みにする、ろくでもない人のことなんか、ほっとけばいい！　何を言ってもどうせ信じてくれないし、さっきみたいに傷つけられるばかりだもの……」

怒声が愚痴になり、しまいには泣き言みたいになった。

姫花はデマを吹き飛ばしてしまうために、常に自分を厳しく律していた。

日々全力で仕事に打ち込み、そのおかげで相応の評価を得ている。

だが、常に周りの目を気にして気を張り続けていくには、かなりのパワーが必要だった。当然ながら、毎日蓄積されていくストレスの量は膨大で、発散するのも一苦労だ。

「あ〜疲れた……」

シャワーを浴び終えた姫花は、髪の毛を乾かしながら備え付けのバスローブを手にした。それを着て部屋に戻り、三人掛けのソファにどっかりと腰を下ろす。

座面に倒れ込み、肘掛けに膝をかけてつま先をぶらぶらさせる。少々お行儀が悪いが、いつもより踵の高い靴を履いていたせいか脚がかなりむくんでおり、だるい。

ふくらはぎを掌で丁寧にマッサージしたあと、持参した部屋着に着替えて髪の毛をヘアゴムでひとつ括りにする。そして、ようやくホッとして肩の力を抜き、大きく背伸びをした。

「お疲れさま、私」

姫花はそう呟くと、バッグから大きく膨らんだ風呂敷を取り出してテーブルの上に置いた。

「食べてやる……。今日はもう、とことん食べてやるんだから！」

風呂敷の結び目を解き、中に入っていた大量の駄菓子を菜の花色の生地の上いっぱいに広げる。

姫花の実家は祖父の代から続く「美松庵《みまつあん》」という和菓子屋で、現在は両親が店を受け継いでいる。

幼い頃から、おやつといえば店で売っている和菓子がスタンダードで、誕生日にはカステラの上に最中や大福をデコレーションした「美松庵」特製のバースデイ和菓子だったし、クリスマスはサンタクロースやツリーをかたどった練りきりを食べた。

もちろん、すごく美味しい。けれど、さすがに毎日だと飽きるし、大半の子供にとって魅力的なのはスーパーマーケットなどで大量に売っているスナック菓子だ。

別に禁じられていたわけではないが、和菓子愛の強い祖父への遠慮もあった。そのため、子供の頃の姫花にとって陳列棚に並ぶお菓子は、なかなか手に入らない憧れの食べものだった。

忘れもしない、あれは姫花が小学校三年生の夏休みのことだ――。

近所にあるスーパーマーケットのゲームセンターの横が、昔懐かしい駄菓子売り場にリニューアルされた。

それを知った姫花は、貯め込んでいたお小遣いをすべてその売り場につぎ込み、友達の家に持ち込んではじめて味わう駄菓子を思いきり堪能した。

その美味しいと言ったら！

和菓子では到底味わえないジャンクでパンチの効いた味わいが、ビリビリと味覚を刺激する。

それ以来、姫花は小銭を貯めてはこっそり駄菓子を買い食いし、その美味しさにずぶずぶとはまり込んだ。それは今も継続中で、姫花は日々溜まる一方のストレスを駄菓子を爆食することで解消しているのだ。

極薄のせんべいや、ピーピーと音が鳴るラムネ。魚のすり身を板状にしたものや、サクサクとした食感の麩菓子などなど……。なかなか手に入りにくいものは通販で箱買いをする。それを風呂敷に詰めて出張先にまで持ってくるとは、我ながらかなり駄菓子に依存していると思う。

けれど、持ち歩いているだけで心強いし、あとで思いきり食べられると思えば、現在進行形で感じているストレスも軽くなるから不思議だ。

「では、いただきま～す！」

パチンと手を合わせたあと、ピンク色の金平糖を摘まみ、口の中に放り込んだ。それを舌の上で転がし、じわじわと広がる甘さをじっくりと堪能する。

立食パーティーだったとはいえ、口に入った食べ物は僅かだった。それはあらかじめ予想していたし、だからこそいつもの出張時よりも多めに駄菓子を持参してきたのだ。

小さなカップ入りの麺を啜りつつ、小粒の餅を爪楊枝で串刺しにする。それを食べながら冷えた水で溶かした粉末ジュースを飲み、黒糖味の麩菓子を齧った。

「う～ん、どれもこれも美味しい！」

思わず声が出て、持っていた麩菓子を天井に向かって突き上げる。だんだんと気分がよくなり、立ち上がってステップを踏み、鼻歌を歌いながらテーブルの周りを回った。

窓の向こうには、煌びやかな夜の景色が広がっている。きっともう、これほどゴージャスな部屋に泊まる機会はないだろう。

そんなことを思いながら歩いていると、うっかりテーブルの端に膝をぶつけてしまった。その拍子に上に載っていたお菓子の空き袋が床に散らばる。

それをよけながらさらに歩き続け、再びソファに腰かけて粉砂糖がたくさんかかったカステラを口いっぱいに頬張った。

父親が作るカステラも絶品だが、これはこれでアリだ。

次々に駄菓子に手を伸ばし、食べながら満面の笑みを浮かべる。風呂敷の中のものをすべて食べ終え、唇についた粉砂糖を丁寧に舐めとって、ソファの上でごろりと横になった。

（今日はかなりハードな一日だったな……。でも、駄菓子のおかげで心安らかに眠れそう）

しかし、寝るにはまだ少し早い。テレビでニュース番組でもチェックしようと思い立ち、テーブルの上にあるリモコンを手に取る。それと同時に、その横に置いてあったスマートフォンがチカチカと光っているのが目に入った。

消音にしたままにしていたから気づかなかったが、画面を確認すると晃生からのメッセージと着信があったようだ。

「えっ、社長？」

就業時間中ならいざ知らず、晃生はプライベートタイムには、よほどのことがない限り連絡は寄越さない人だ。

あわてて送られてきた一件目のメッセージを確認すると「今日のパーティーの件で少し話したいことがあるんだが、時間をもらえるかな？」と書いてあった。

（今日のパーティーの件で？　いったい何の話だろう？）

わざわざこうして連絡をしてくるのだから、きっと仕事に関する重要な話に違いない。そう思い、大急ぎで二件目のメッセージを開く。

「もしかして、もう寝たかな？　起きているのを見込んで、今から五分後に君の部屋のドアをノックするよ」と書いてあった。

「部屋のドアをノック？　しかも、五分後って――」

姫花はそう言うなり、スマートフォンをソファの上に放り投げた。そして、身支度をすべく駆け足で洗面所に向かう途中、床に散らばった駄菓子の空き袋を踏んで滑りそうになる。

「わっ!」

どうにかバランスを保って持ちこたえ、洗面所に行きつく。鏡を見て口の端に残っていた粉砂糖を手の甲で拭い、ノーメイクの顔に秒速でアイラインを引いて廊下に出た。

そうだ、テーブルの上を片付けなければ!

姫花は大至急テーブルの前に戻り、そこら中に散らばったゴミを風呂敷で包んでソファに置かれたクッションの下に隠した。

部屋の中をザっと見回して時計を見ると、送信時刻からすでに四分五十秒経過している。

もう時間がない!

そう思うなり、トントンと部屋のドアをノックする音が聞こえてきた。

(来たっ!)

大急ぎで部屋の入口に向かい、立ち止まって軽く深呼吸をする。いつもどおりの落ち着いた声で「はい」と返事をし、ドアを開けたあと一歩退いてその場にかしこまった。そして、ようやくその時になって自分が着古した部屋着姿だったことを思い出して青くなる。

「わ……」

焦ってドアを開けたことを後悔しても、もうあとのまつりだ。

姫花は晃生の胸元に置いていた視線を上げ、観念して口を開いた。

「このような格好でお迎えして申し訳ありません」

今着ているのは、ダブルガーゼでできた部屋着の上下だ。もとは紺色だったが、すっかり色あせてかなり薄い色になっている。

「いや、謝る必要はないよ。もう時間外だし、ぜんぜん構わない。それに、こうして押し掛けてきた僕のほうに非がある」

「いえ、そんなことは……。あの、とりあえずお入りください」

「ありがとう。もし気になるようなら、部屋のドアは開けたままでいいから」

いつだって紳士的な晃生だ。たとえ密室で二人きりになろうと、何の不安もない。

そもそも、彼ほどの男が秘書に手を出すはずもないし、自分程度の女ならなおさらだ。むしろ気にするほうがおこがましい。

姫花は晃生を中に招き入れ、ドアを閉めた。

前を歩く彼も、もうスーツではなくシンプルな白Tシャツに同色のスウェットパンツ姿だ。

まさか、晃生とこんなラフな格好で顔を合わせることになるなんて……！

（私ったら、何やってんのよ～！）

ほんの少しの油断が、苦労して築き上げてきた秘書としてのイメージに傷をつけてしまった。

けれど、今さらどうすることもできないし、今はこれ以上みっともない姿を見せないよう気を配るしかない。そして、一秒でも早くここから立ち去ってもらおう。

そう思った姫花は、風呂敷を隠したクッションの前に立ちながら、晃生に三人掛けのソファを勧めた。そして、自分はテーブルを挟んで彼の正面に置かれたスツールに腰を下ろす。

「何かお飲みになりますか？」

姫花が冷蔵庫のほうを見ると、晃生が首を横に振りながら隠し持っていた紙袋を取り出した。

「いや、飲み物なら持ってきたよ。ほら、これ――デュポン社長からいただいたワインだ」

テーブルの上にワインボトルと二人分のグラスが並んだ。晃生と目が合い、いつも以上に穏やかな微笑みを投げかけられる。

「もしよかったら、一緒に飲まないか？　今日は、いろいろと大変だっただろう？」

「リドゥル」など世界的に有名なファッションメーカーは、自社のワイナリーを所有している。

晃生が持参したのは、デュポン自らがプロデュースしたかなり高額で希少価値のある赤ワインだ。

そんな貴重なものを、どうして……。

姫花が面食らっていると、晃生がためらいがちに再度口を開いた。

「特に、三井社長の件では、嫌な思いをさせて悪かった。僕がもっと気を付けていたら、君をあんなふうに傷つけることもなかったのに」

晃生の顔に辛そうな表情が浮かぶ。

いつも微笑みを絶やさない彼のはじめて見る顔に、姫花は少なからず驚いて目を瞬かせた。

「社長には非はありません」

「いや、三井社長がくだらない噂について話し出す前に、君と彼の間に入るべきだった。彼の酒癖の悪さは知っていたし、会場に来ていると知って気を付けていたのに、気づくのが遅くなってしまった。しくじったよ」

心底悔しそうな顔をする晃生に向かって、姫花は静かに首を横に振った。

「いいえ、社長は十分私を守ってくださいました。改めてお礼を言わなければと思っていたくらいですし、助けてくださって本当にありがとうございました」

姫花は彼に向かって、深々と頭を下げた。

晃生はきっとデマを耳にしているに違いないと思っていた。だが、実際そうだったのだとわかった今、自分が想像していた以上に心にダメージを食らっている。

今彼の顔を見たら、きっとこの動揺を見透かされてしまう。

そう思った姫花は、下を向いたまま視線を膝の上に置いた手の甲に固定させた。

「ふっ……多岐川さんは本当に真面目だな。真面目すぎて、たまに心配になるくらいだ」

優しい声に思わず顔を上げると、晃生と正面から目が合った。不覚にも頬が若干熱くなり、それを抑えようと唇を固く結ぶ。

「社長にご心配をかけてしまうなんて、秘書として失格です」

「まあそう固く考えずに。考えてみれば、君と仕事以外でゆっくりと話す機会がなかったのに気づいてね。多岐川さんが片時も気を抜かず頑張ってくれているのは、十分わかっているつもりだ。今日は、そんな君を労いたいと思う気持ちもあってこうしてここに来たんだよ」

晃生が手慣れた様子でワインを開け、グラスに注ぐ。綺麗な紅色に満たされていく透明なグラスには、繊細なカットが施されている。

「どうぞ」と差し出され、自然な感じでそれを受け取って口をつけた。

芳醇な香りが鼻孔に広がり、思わずほうっと深いため息が出た。

「素晴らしい香りですね。このワイン……多少渋みがありますか？」

「あるね。デュポン社長は、あえてギリギリまで渋みを強くしたと言っていた。クセがあるが、それに惹かれる人も多い。僕もそのうちの一人だ」

秘書として様々な会食に同行するうちに、多少なりとも食に関する知識が身についてくる。むろん広く浅くだし、語れるほどではない。けれど、何を食べても「美味しい」で済ませるのは本意ではなかった。

「万人に受けるものよりも、ご自身の味覚を信じて突き詰めたものを商品になさったんですね」

「そうだな。一部の役員からは自分勝手過ぎると批判されたそうだが、冒険する心は失いたくないと突っぱねたと聞いている。さすが、デュポン社長あっての『リドゥル』と言われるくらいの人だな。その考え方は、僕も大いに見習いたいと思う」

話しながらさらに意見を求められ、ごく自然な感じでワインを飲み進めた。口当たりがいいわけではないが、確かにクセのある味に惹かれる。

姫花は聞かれるままにワインの味について答え、何度となくグラスを傾けた。

日中、いつも以上に神経を使ったせいか、飲み進めるごとに心地よい疲労感が全身に広がる。

もうそろそろ飲むのは止めにしておこう。

そう思い、冷蔵庫からミネラルウォーターを取り出そうとして席を立った。その拍子に、ソファ端のクッションが床に落ちて、駄菓子の空き袋が入った風呂敷が丸見えになる。菜の花色のそれは、落ち着いた色調の家具の中では否が応でも目立ってしまう。

それとなく隠そうとした途端、またしてもテーブルの端に脚をぶつけ、ソファに倒れ込んでしまった。その拍子に風呂敷の結び目が解け、駄菓子の空き袋がバラバラと床に散乱する。

「あっ……！」

大急ぎで散らばったゴミをかき集めるも、いくつかの空き袋は晃生の足元まで届いている。

「も、申し訳ありません。今すぐに片付けますので――」

姫花は腰を折ったまま、彼の視界に入りそうなすべてのゴミを回収しようとした。だが、それよりも早く伸びた晃生の手が、透明な空き袋を拾い上げた。

パンダのイラストが描かれたそれには丸い文字で「カステラ」と印字されている。

「カステラ？　ふむ……やけに小さな袋だな。それに、串が入ってる」

「それは……その……串に刺したカステラのお菓子で……」

まじまじと袋を見ていた晃生が、姫花を見た。

「へえ……はじめて見るお菓子だな。これは君が買って、ここに持ち込んだものか？」

「はい、そうです」

見られてしまっては仕方がない。

姫花は素直に認め、残りのゴミをひとつ残らず回収して風呂敷で包んだ。

「かなり大量に持ち込んだようだな。君がわざわざここに持ち込んでまで食べるお菓子なら、美味しいものなんだろうね」

「はい、私は美味しいと思って食べています」

「なるほど、興味あるな……ちなみに、もうぜんぶ食べてしまった？」

「いえ、ぜんぶではありません」

菜の花色の風呂敷に包んだ駄菓子は今日の夜食べるためのもの。これとは別に、明日新幹線の中で摘まもうと思っていたものがいくつかある。

「そうか」

晃生が目をキラキラさせながら、身を乗り出してきた。

一見するとそうは思えないが、彼は無類のスイーツ好きだ。彼のデスクの引き出しには高級なスイーツが常備してあり、仕事が忙しい時ほど消費するスピードが速くなる傾向にある。

それらを切らさないように管理するのも秘書の役目であり、姫花は彼のために何度となくスイーツを買いに走り、時に行列に並んだりして極上の品をゲットしてきた。むろん、姫花自身も日々名店の新商品はチェックし、期間限定品を買い逃さないようにメーリングリスト登録もしているのだ。

「じゃあ、ひとつもらっても構わないかな？」

訊ねられ、姫花は一瞬言いよどんだ。

晃生が食べるスイーツは極上の品に限られており、実家「美松庵」の和菓子ですらそのカテゴリーには入らない。スーパーマーケットに売られている量産型の商品は論外だし、駄菓子は言わずもがなだ。

彼の甘味好きは幼少の頃からであるらしく、当然かなり舌も肥えている。そんな彼の味覚に、駄菓子がヒットするはずがないし、そもそもその存在すら知らないだろう。

「ですが、私が持ってきたものは、すべて駄菓子という安価なものばかりです。おそらく、社長のお口には合わないかと……」

「だがし？　それは、どんな漢字で書き表すんだ？」

ほら、やっぱり。

姫花は晃生のために「駄菓子」の表記を説明した。

彼の頭の中には様々な知識が詰まっているが、生粋の御曹司であるゆえか、ビジネスに必要のないものに関しては疎く、多少世間知らずなところがある。

「菓子に〝駄〟がついて駄菓子か。安価というのは、だいたいいくらくらいのものなのかな？」

「ひとつ十円のものもありますし、高くても百円以下です」

「君が美味しいと思う菓子が十円で買えるのか？　それは、すごい！　ますます興味が湧いてきた」

いつになく目を輝かせている晃生を見て、姫花は彼に駄菓子を提供せざるを得なくなる。仕方なく壁際のワーキングデスクの上に置いていたバッグから、花柄の巾着袋を取り出した。

それを持ってソファに戻ると、晃生が期待を込めた表情を浮かべながら姫花を自分の隣に座るよう促してくる。

「見せてくれる？」

彼の横に腰かけるなり、ニコニコ顔で手を出された。社長の要求に応じないわけにはいかない。

姫花は若干戸惑いつつも、彼の掌に巾着袋を置いた。

受け取った巾着袋をしげしげと眺めたあと、晃生が結び目を解いて中を覗き込んだ。そして、中から数種類の駄菓子を取り出し、そのひとつひとつを丁寧に観察する。

「シンプルでわかりやすい包装だね。描かれているイラストもレトロ調で味わいがある。食べてみてもいいかな？」

「もちろんです」

同意したものの、彼が手に取ったのは小さなカップに入った乾麺の駄菓子だ。ひっぱって開封する蓋の部分には、どんぶりに入ったラーメンを食べる男の子の絵が描かれている。

「でも、それはお菓子といっても甘くない種類のものです。それと、こちらはお酒のおつまみに似たものですし、そちらの商品はかなり酸味があります」

姫花の説明に深く頷くと、晃生は嬉しそうに口元をほころばせた。

「そうか。駄菓子というのは、いろいろな種類があるんだな。さっそくひとつ食べてみよう」

晃生が乾麺入りの駄菓子を開け、目を丸くする。彼は細かく切られた乾麺を指で摘まみ、口に入れた。そして、ゆっくりと咀嚼してごくりとそれを飲み込んだ。

「うーん、美味い！　こんなお菓子は食べたことがない」

感じ入ったようにそう呟くと、晃生は次々に駄菓子の袋を開けていく。その合間に、彼は姫花に部屋に備え付けてあった高級ナッツやチョコレートを勧め、ワインを継ぎ足してくれた。

姫花は矢継ぎ早に飛んでくる質問に答えながら、コクのあるチョコレートに舌鼓を打ち、ワインを飲み進めた。

駄菓子の中にはかなり酸っぱいものもあったが、彼は驚きつつも笑顔でそれらを食べ、しきりに感心している。

「安価でも、実に美味しい。面白みがあると言うか、とにかくクセになる味だな」

「気に入っていただけたようで、よかったです」

自分が好きなものを認められて、姫花はにわかに嬉しくなる。

もともと社長でありながらまったく偉ぶったところがなく、部下に対しても分け隔てなく接してくれる晃生だ。彼には一目も二目も置いていた姫花だが、これでますます自分の中で晃生の評価がグンとアップしたような気がする。

「これからはデスクに常備するスイーツに駄菓子を取り入れようかな」

「それはいい考えだと思います。日持ちしますし、小さいので携帯もできます」

「じゃあ、そうしよう。ところで、これはどこで売っているんだ？」

「スーパーマーケットや専門店で売っています。もともと子供がお小遣いを持ってお店に買いに行くような気軽なお菓子ですので。もっとも、私はもう大人ですが……」

「君も子供の頃から駄菓子を買いに行っていたのか？」

「いいえ、私の実家は和菓子屋なので、子供の頃のおやつといえば店で出す和菓子でした」

「そういえば、君の実家は和菓子屋さんだったね」

晃生は思っていた以上に聞き上手で、姫花は彼に訊ねられるままに「美松庵」のことや、自分にとって駄菓子はストレス発散の必需品であることを話した。

何度も頷きながら耳を傾けていた晃生が、空になった二つのグラスにワインを注いだ。そして、さりげなく姫花のほうに身を乗り出してきた。

「君は出張先にまで、これほど大量の駄菓子を持参するほどのストレスを抱えているんだな。それに気づかないでいるとは、僕のほうこそ上司として失格だな」

「そんなことはありません！　社長はとてもよくしてくださっていますし、私のストレスは自分で何とかすべきものですから」

ただでさえ三井の件で迷惑をかけているのに、これ以上晃生に心配をかけるわけにはいかない。

姫花はそう思い、強いて微笑んで見せた。けれど、彼はこちらの心情を見透かしているような表情を浮かべている。

「何とかできていないから、駄菓子を持ち歩いているんだろう？　遠慮せずに話してくれ。君のストレスの根源は何なんだ？　僕がどうにかできるものか？」

「そ……それは――」

抱えているストレスの種類は、何十個にもなる。だが、もっとも大きくて根っこになっているものといえば、件のデマがそうだ。

それについては放置すると決めていた姫花だが、言うまでもなく本当は事実無根であると主張して誤解を解きたいと思っている。そうできなくても、せめて直属の上司である彼だけにはきちんと釈明しておきたい――。

ともにワインを飲んで駄菓子の話題で盛り上がったせいか、姫花は思いきってすべてを晃生に話してみようという気持ちになる。

「実は、前から社長にはきちんとお話しさせていただきたいと思っていたことがありまして……」

姫花が口を開くと、晃生は空になった巾着袋を膝の上でそっと折りたたんだ。

「いいよ。何でも話してくれ」

優しくそう言われ、姫花はためらいつつもデマの詳細と、それが真実ではないことを説明した。

さらに今では、晃生に取り入って社長秘書のポストにしがみついているという尾ひれまでついていることも付け加えた。

最後まで黙って話を聞いていた晃生が、口を一文字に結んで苦悶の表情を浮かべる。

「君と会長に関する噂については、だいぶ前に耳にしたことがある。だが、聞いたのは酒の席だったのもあって、タチの悪い冗談だと聞き流していたんだ。それに、君がそんな人ではないことは上司である僕が一番よくわかっている」

きっぱりとそう言われ、胸のつかえがスッと下りていくのを感じた。姫花の表情が和らいだのを見て、晃生が薄っすらと微笑みを浮かべる。

「しかしついこの間、他社の役員から三井社長がおかしなことを言っていたと聞き、冗談だと思っていたものが、まことしやかに囁かれていると知って——」

晃生が言うには、少し前に開催されたほかのパーティーで、親しい他社の社長から三井の発言に関する不愉快極まりない話を聞かされたらしい。

曰く——。

『三井社長が、君の秘書について下品な発言をしているのを聞いた。本当のことでなければ、ひと言釘を刺しておいたほうがいいかもしれないぞ』

話してくれた社長によれば、三井は姫花と会長に関するデマをどこからか聞きつけ、自分もそんな秘書がほしいなどという問題発言を連発したのだという。

それ以来、晃生は三井の動向をチェックし、折を見て彼を締め上げるつもりだったようだ。

「今日のパーティーに三井社長が来ると知って、話をするチャンスを窺っていたんだ。それなのに、あんなことになってしまって詫びようもない。本当に申し訳なかった。だが、もう大丈夫だ」

晃生が話してくれたことには、明日にでも三井のもとに弁護士からの通達が届く予定らしい。書面には、今後同じような発言をしたりデマを広めるような行動をとった場合、法的処置を取るという旨の警告文が書かれているという。

「社内に関しては、もうすでに対策をとっている。もう誰一人デマを流すようなことはしないはずだから安心してくれていいよ」

晃生は騒ぎ立てると姫花に何かしら迷惑がかかると判断し、根拠は皆無だとして秘密裏にデマを鎮静化させたらしい。

「そうだったんですね。私、ぜんぜん気づかなくて……本当にありがとうございます」

「お礼を言われるほどのことじゃないよ。むしろ、気づくのが遅かったことを詫びなければならないくらいだ。君は秘書として優秀なだけでなく、人としても信頼できる素晴らしい女性だ」

晃生の言葉を聞いて、姫花の心臓がトクンと静かに跳ねた。

秘書として上司から寄せられる信頼は重要であり、それなくしては仕事がスムーズに進まない。彼は姫花の仕事ぶりを認めてくれるばかりか、人間性についても高く評価してくれたのだ。

「私が仕事で成果を出せているのは、社長のお力添えがあってこそです。社長ほどすべてにおいて完璧な男性をいませんし、社長の下で働かせていただけていることを心から嬉しく思っています」

言いながら、にわかに頬が熱くなる。けれどすべて事実だし、実際に彼ほど魅力的な異性には会ったことがなかった。

「いや、僕のほうこそ君がサポートしてくれるおかげで、持てる力以上の能力を発揮して仕事を進められているんだ。それにしても、君がそこまで僕を評価してくれているとは思わなかった。君は人を見る目もあるだろうから、すごく嬉しいよ」

人を見る目――。

そのフレーズに脳味噌が反応し、心がチクリとする。

元カレ達に騙され、理不尽な扱いを受けてポイ捨てされた過去が走馬灯のように頭の中をよぎった。今まで何度となく失恋をしてきたのは、すべて自分に人を見る目がなかったせいだ。

恋愛で楽しかった思い出など、ひとつもない。あるのは裏切りと、どん底まで落ちた時の暗澹たる記憶だけ。それらぜんぶは、自分に眼識がないせいだ。

だからこそ、もう恋愛はすべきではないと自分に言い聞かせ、男性を寄せ付けない生活を送ってきた。それなのに……。

「社長が素晴らしい人なのは、誰の目にも明らかです。私は社長と仕事をする上で、身をもってそう判断しました。ですが、私には本来、人を見る目などありません」

右手で持っていたワイングラスが、小刻みに震え始める。

それを止めようとして左手を重ねるも、止まるどころかよけい振り幅が大きくなってワインが零れそうになった。

このままでは、床を汚してしまう――そう思った時、姫花の手を晃生の掌がそっと包み込んだ。

おかげで、手の震えは止まった。けれど、気がつけば唇が微かに戦慄いている。

「それは、どうしてかな？」

穏やかな声でそう聞かれ、じっと目を見つめられる。今まで一度だってこれほど真摯な視線を注がれたことなどなかった。

そう……一度たりとも。

姫花は、話し出す前に唇を強く噛んだ。

「私、男運がないんです。今まで何人かの男性と付き合ってきましたが、一度もうまくいったことがありません。付き合っても長くて三か月。二股三股をされるのは当たり前で、浮気されたと思ったら実は私のほうが浮気相手で――」

姫花の手を握る晃生の掌から、優しい温もりが伝わってくる。

本当はこんなことを話すべきではないし、普段の自分なら決して口にしない話題だ。けれど、彼の体温を直に感じると同時に、今まで頑なに被り続けてきた秘書の仮面がポロリと剥がれ落ちたような気がした。

「地味だの野暮ったいだのと言われ続けて、一生懸命メイクやファッションの勉強をしました。だけど中身は変わらなくて、今度は思ってたのと違うとか真面目すぎてつまらないってフラれてしまって。でも、それもただの口実で結局は遊ばれて捨てられたってだけだったんです」

話しながら、気持ちがどんどん高ぶってきた。どうせなら、胸の内をすべて明かしてしまいたい。

そう思うままに再度口を開くと、さらに感情が溢れ出した。

「もう男なんてこりごり。どうせ騙されるだけだし、私なんかもう一生独り身のまま枯れていくしかないんですっ……。男なんて大嫌い！　いっそこの世からいなくなっちゃえばいいのに！」

言い終えるなり目の奥がジィンとして、喉の奥が熱くなった。

フラれた時の記憶が次々に蘇り、元カレ達の捨て台詞が耳の奥で繰り返し聞こえ始める。

話しながら激しく身体を揺すっていたらしく、持っていたグラスからワインが零れ、晃生の真っ白なTシャツが赤く染まっている。

「あっ……！　ご、ごめんなさい！」

思わず声が出て、姫花はグラスを急いでテーブルの上に置いてTシャツに顔を近づけた。

シミは胸元ばかりか、スウェットパンツまで転々と広がっている。プライベートな愚痴を言った挙句、貴重なワインで上司の部屋着を汚してしまった。

こんな失態を犯したからには、クビ決定だ。

そう思うなり、みるみるうちに視界が歪み、目から滝のような涙が流れ出した。

「うわぁあああん！」

姫花は赤く染まったTシャツの生地を掴むと、大きな口を開けて盛大に泣き出した。

「わあああん！　もう、いや～！　明日から無職決定だし、こんな女誰も相手にしてくれないに決まってるよ。うわぁああああ～ぁん！」

「ちょっ……た、多岐川さん？」

両手で胸倉を掴まれた晃生が、目を白黒させながら姫花の名前を呼んだ。

しかし、その声は大泣きしている姫花には届いておらず、彼の顔すら涙でまったく見えなくなっている。

「私なんか、一生一人ぼっちで生きていくしかないのよ～！」

泣きたくなるような原因は複数あり、話すほどに悲しみが込み上げてきた。

もう何年もこんなふうになったことがないが、姫花はお酒を飲み過ぎると決まって泣き上戸になる。しかもかなりタチが悪く、しらふならぜったいに口にしないことをペラペラとしゃべり、若干口も悪くなる傾向にあった。

酔っている最中は無自覚にそうなってしまうし、毎回後悔して延々と反省会を開くことになってしまう。だからこそ気を付けていたはずなのだが、一度入ったスイッチは容易には解除できない。

きっと、大勢の前で侮辱されたせいで、普段から溜まっていたストレスが爆発してしまったのだろう。いつもならぜったいに飲み過ぎたりしない状況下で、姫花は気づかないうちにかなり酔っぱらってしまっていたみたいだ。

「何でなの？　何で、私ってこうなの～！」

自分なりに懸命に生きてきた。けれど、振り返って見れば、地味でつまらない人生だったように思う。しかも、女として終わっているも同然だ。

おそらく、これから先生きていてもまともな恋愛すらできないまま寿命を全うするに違いない。ときめきや胸キュンを感じたのは、もう遠い昔——。

それでもいいと諦めていたが、本音を言えば一人ぼっちは寂しいし辛い。せめて、一度くらいは本物の恋を経験したいと思うも、我が身の男運のなさを考えると、ぜったいに無理だ。

姫花は握りしめた生地を縦横に引っ張りながら、無心で泣きじゃくった。

「多岐川さん、大丈夫か？」

晃生が心配顔で姫花の顔を覗き込んできた。その顔が、ぼんやりと霞がかっている。むろん、いくら酔っていても、それが誰の顔であるかはわかっている。しかし、それ以上のことを判断する思考能力は残っていない。

姫花はテーブルの上に載っていた晃生のグラスに手を伸ばし、残っていたワインをごくごくと飲み干した。空になったグラスを見るうちに、また新しく涙が込み上げてきた。

涙と一緒に、大量の鼻水が出る。鼻がグズグズするが、そんなことに気に留めている余裕などなかった。

「自分の人生だもの。自分で切り開いていかなきゃいけないのは、わかってる。だけど、人生をともに歩んでいけるパートナーが欲しいと思うのはいいよね？　助け合ったり支え合ったりして、一緒に苦楽をともにする人が欲しい……」

掴んでいたTシャツをさらに強く握りしめると、姫花は深いため息をつく。

「だけど、枯れた三十路前の女なんて、誰が気に留めてくれるの？　そんなの一人もいやしない。いくらメイクを頑張っても、すっぴんを見て『萎えるわ～』とか言われるくらいの地味顔だし。その挙句『このマグロ女！』とか言われてそれきり音信不通になって終わり……」

話すうちに我ながら情けなくなり、握っていた手の中の布で顔を拭き、洟をかんだ。

頭上で「あ」と声がしたが、酔っているせいかまったく気に留まらない。

「仲間内でパートナーがいないのは私だけだし、土日はほぼ引きこもり状態で出会いなんかないし。そりゃそうよね～。仕事しかできないようなつまらない女なんか、誰も本気で好きになってくれるわけないいじゃないの～！　……そうでしょ？」

誰とはなしにそう問いかけ、自らウンウンと頷いて、また涙する。

「私って、とことん男運ないんだな……。でも、セックスってそんなにいいもの？　あんなのぜんぜん気持ちよくないし、キスだってただの唇同士のぶつかり合いってだけでしょ、違う？」

グッと顔を上げた拍子に、こちらを見下ろしてくる綺麗な顔と目が合う。

「私ね、正直言ってセックスなんて大嫌い。自分からしたいと思ったことなんかないし、すれば毎回どうしてこんないやらしいことをしているんだろうって思っちゃうし――」

実際、姫花はセックスをして一度も気持ちいいと思ったことがない。あるのはザワザワとした違和感ばかり。時には行為自体を嫌悪してしまうこともあり、結局はそれがマグロ女と言われる要因になっていると薄々気づいていた。

「私、性格に問題があるのかも……。マグロ女って言われるくらいだから、きっと身体にもどこか欠陥があるに決まってる」

「多岐川さん、少し飲み過ぎたんじゃないか？」

晃生が、さりげなく姫花の手からワイングラスを取ろうとする。

姫花はそれを拒絶して、首を横に振った。

「そんなことない……！　だから、もっとワイン注いで……。注いでくれないなら、勝手に――」

ワインボトルに手を伸ばしながら立ち上がろうとするも、バランスを崩して晃生に抱き留められる。艶やかな黒い目に見つめられるうちに、いっそう自分がみじめであるように感じた。新たな涙が頬を伝い、気持ちが一段と重くなる。

「さっきから黙って人の話ばかり聞いてるけど、社長も私のことつまらないマグロ女だと思ってるんでしょ……。社長だけじゃなくて、私が出会う男の人は、みんなそう。私のことなんか誰も本気で好きになったり愛してくれるわけないもの――」

マグロはマグロ。今後それを解消できる見込みもないし、もし仮にまた誰かと付き合うことができても、どうせ捨てられるのがオチだ。

姫花は新たに込み上げてきた涙を放置して、頬を伝い落ちるに任せた。

「そんなことはない！」

突然両腕を掴まれ、身体が若干うしろに倒れた。

「多岐川さんは十分魅力的な女性だ。それは僕が保証する」

はっきりとした口調でそう言われ、姫花の口がへの字になる。

「……嘘っ。そんなの上辺だけのおべんちゃらだってわかってるし」

「嘘じゃない。もっとも、今聞いた話からすると、そう思っても無理はない。君は確かに男運が悪いようだ。だが、男は悪い奴ばかりじゃないし、いい男だっている。それを見極めたうえで、本当に君を好きで愛してくれる人を見つけたらいいんだ」

晃生が真剣な顔で、そう力説する。

言っていることは、わからないでもない。けれど、言うだけなら誰だってできるし、彼のように相手に困らない人に言われても、ムカつくばかりだ。

「私だって、そうしたいわよ。だけど、無理なものは無理なの!」

姫花は激しく憤り、身体を強く揺すった。けれど、晃生は姫花の腕をしっかりと持ったまま離そうとしない。

「どうして無理なんだ? 君にぴったりのいい男は必ずいる。そのうちきっと現れるし、そうすれば――」

「だからその、私にぴったりのいい男はどこにいるの? どこに行けば出会える? 合コン? 出会い系サイト? そんなのもう試したし結局ぜんぶダメらったんだってば!」

話せば話すほど涙が溢れ、ヒートアップするあまりろれつが回らなくなる。

「多岐川さん、ちょっと落ち着いて――」

「わかってる! 私は男運が悪いだけじゃなくて、男を見る目もないってこと……。結局は、何もかも自分のせい。私なんか一生女としての幸せや喜びを知らないまま、おばあさんになって死んでいくのよ。うわあああああん！」

身体から力が抜け落ち、ぐったりと晃生の胸にもたれかかった。

そのまま駄々っ子のようにジタバタと暴れ、ふいに力尽きて糸が切れた操り人形のようにぐったりとして大人しくなる。

依然として涙は流れ続けており、晃生が何度となくティッシュを手渡してくれた。だが、もはや涙を拭く気力すら残っておらず、虚しさと寂しさに囚われて呆けたようになる。

「嘘でもいい……たった一度でもいいから、誰か私を本気で好きになってくれないかな。ギュッと抱きしめて息つく暇もないくらいキスして、私をめくるめく愛の世界に引きずり込んでくれたらいいのに……。ううっ……」

背中を抱き寄せられ、清潔なタオルで丁寧に顔を拭いてもらう。感じる体温が、ひどく心地いい。背中を優しく擦られているうちに、だんだんと涙も収まってきた。

姫花は深く深呼吸をして、晃生の肩にもたれかかったまま目蓋を閉じた。

「でも、そんな人は世界中のどこを探してもいやしない。せめて夢の中でも……なぁんて、私ったらどんだけみじめなの……」

話しながらボロボロと涙を零す姫花の頬を、晃生の掌がそっと包み込んだ。彼の温もりを感じて、思わず深い安堵のため息が漏れる。

「多岐川さん。君をギュッと抱きしめて息つく暇もないくらいキスしたいと思っている男は、ここにいる。君をめくるめく愛の世界に引きずり込む――その相手、僕じゃダメかな？」

「えっ……？」

上を向くと、晃生の顔がほんの数センチの距離にあるのがわかった。

姫花は、ゆっくりと目を瞬かせて彼の顔に見入った。

「やっぱイケメンだなぁ……。そのイケメンが、私を抱きしめてキス？　めくるめく愛の世界って、いったいどこに連れていって何をしてくれるの？」

「君さえよければ、今すぐにベッドルームに移動して、君を気持ちよくしてあげたい。その前に、キスがただの唇同士のぶつかり合いじゃないってことを証明したいんだけど、いいかな？」

彼は、いったい何を言っているのだろう？

もしかして、夢？　きっと、そうに違いない。

万が一そうでなくても、これほど理想的な男にそう言われて断るなんてあり得なかった。

「どうぞ。好きにして」

言い終えるなり唇を柔らかく塞がれ、薄く開いた唇の隙間を舌でそっとこじ開けられた。口の中に滑り込んできたそれが、姫花のものにゆっくりと絡んでくる。ソファの背もたれにもたれかかった姿勢になり、自然と顔が上を向いた。上顎をなぞるように舐められ、背中がビクリと反り返る。

回数は多くないが、キスははじめてではない。それなのに、まるで未経験であるかのようにドキドキして胸が痛いほど高鳴っている。

「ぁ……ふ……」

ぬちゅぬちゅと舌が絡み合う感触が、うっとりするほど気持ちいい。

こんなキスは、はじめてだ。

姫花は求められるだけ口を開け、繰り返されるキスに身を任せた。

晃生の舌が、姫花の唇の内側をねぶる。二人の唾液が交じり合い、それぞれの息がだんだんと荒くなっていく。身体のあちこちで小さな火花が散り、そこがじんわりと熱くなる。

唇が勝手に動き、晃生の舌にやんわりと噛みつく。別に、そうしようとしたわけではなく、そうしたいと思うままに噛んでいた。

晃生からも同じようにされて、いつしかキスがいっそう深いものになっているのに気づく。

「ん……ぁっ……、んっ……」

吐息が漏れ、気づくと双臀が座面を滑り、ソファからずり落ちそうになっていた。そうなる寸前に背中と膝裏をすくわれ、晃生の膝の上に移動させられる。

「ソファだと狭いから、ベッドルームに移動しようか？」

晃生の声は、あくまでも紳士的だ。けれど、言っている内容が意味深長だし、見つめてくる彼の表情がとんでもなく、エロい。

「うん、そうする」

「それって、キスより先のことをしてもいいって意味でいい？」

「いいよ」

頷きながら返事をするなり、晃生が姫花を横抱きにしたまま、すっくと立ち上がった。

姫花は、大股で歩く彼の胸に寄り添い、心地よい揺れにゆったりと身を任せた。

ベッドルームの照明は柔らかな飴色で、窓を覆うレースのカーテン越しにビル群の灯りが見える。

ほどなくしてベッドの上に寝かされ、仰向けになった身体の上に晃生が覆いかぶさってきた。そして、さっきよりも熱烈に唇を重ねてくる。

息が苦しい。それなのに、やめてほしいとは欠片ほども思わなかった。

「もう一度聞く。キスより先のこと、しても大丈夫かな？」

「大丈夫。だけど、私マグロだから、社長をがっかりさせちゃうと思う」

「がっかりなんかしないし、マグロなら、むしろ大歓迎だ」

「へ？」

「いや、何でもない」

そう言うなり、晃生がスウェットパンツのポケットに入れていたらしいミネラルウォーターのペットボトルを取り出した。

「飲むか？」

訊ねられ頷くと、晃生が蓋を開けて手渡してくれた。それを受け取って三分の一ほど飲み干す。

礼を言ってそれを返すと、彼は残っている水をすべて飲み干して手の甲で口を拭った。

そのしぐさが、セクシーすぎる。

社長としての顔の裏に、これほど男性的な色気が隠れていたなんて……。

「よし……。じゃあ、始めるか」

いつになく硬い表情を浮かべて、晃生が姫花の腰を挟む格好で膝立ちになる。そして、Tシャツの裾を掴むと、おもむろに脱ぎ始めた。胸の前で交差した腕を上げ、あらわになった腹筋が姫花の目の前で隆起する。がっしりとした肩幅に、盛り上がった胸板。腹筋は綺麗に割れており、贅肉などどこにも見当たらない。

その造形と言ったら、筋肉美を強調したギリシア彫刻のようだ。

「ちょっ……何それ……すごい筋肉っ……」

姫花は大口を開けたまま、晃生の上体に見入った。彼は日頃から身体を鍛えており、その熱量は趣味の域を超えていると言っていいくらいだ。

それは承知していたが、まさかこれほど引き締まった身体をしているとは思わずにいた。

「お気に召さないかな？」

晃生が姫花を見てニッと笑う。同時に、スウェットパンツの腰に手が引っかかり、生地が腰骨の位置までずり下がる。

「お……お気に召さないわけないでしょ。私、こう見えて筋肉フェチだもの」

話しながらも彼の身体から目が離せない。知らず知らずのうちにゴクリと唾を飲み込んだばかりか、舌なめずりまでしてしまう。

「へえ……それは知らなかったな。さすがスポーツ用品メーカーで働いているだけある」

「社長こそ……ねえ、その腹斜筋もっとよく見せて」

「好きなだけ、どうぞ」

晃生の承諾を得て、姫花は身を起こして彼の腰に顔を近づけた。

「わぁ……綺麗なササミ……美味しそう……うっとりしちゃう」

姫花は思わず、そうしたいと思うままに斜めに割れた腹斜筋をペロリと舐めた。その舌触りに目を細め、ほうっと感嘆のため息をつく。

「す、て、き……」

そう呟きながら顔を上げると、上から見下ろしてくる晃生と目が合う。てっきり余裕の笑みを浮かべていると思いきや、彼は今までに見たことがないくらいぎこちなく顔を引きつらせている。

「なぁに？　あっ……やっぱり地味なマグロ女は無理とか言うんでしょ。その顔は、ぜったいにそう思ってる……そうに決まってる……」

乾いていた涙が再び込み上げてきそうになり、姫花は唇を尖らせてベッドの上に仰向けに倒れた。

「どうせ、そんなことだろうと思ってた。やっぱり私なんか誰にも求められない――」

姫花が泣き言を言う唇に、晃生の人差し指が触れた。

「そんなこと、言うわけない。それが証拠に……ほら――」

姫花の唇にあった彼の人差し指が、自身の腰を指した。そこを見ると、生地がそうとわかるほど大きく盛り上がっている。

「ひっ……！」

姫花はそれを目にした途端、腑抜けたように表情筋を緩めた。

「そ、それって、私に欲情してるってこと？」

「ああ、そうだ」

晃生が下着ごとスウェットパンツを脱いで、床に放った。腰の真ん中で猛る男性器が、薄明かりの中で艶やかな鴇色に染まっている。過去、何度かそうなったものをチラ見したことはあったけれど、これほどまともに見たことはなかったし、硬度とサイズ感が明らかに違う。

「お……大きい……。それに、すごく硬そう……」

話す唇が震え、全身がカッと熱くなる。自然と呼吸が荒くなり、下腹の奥が引きつったように熱くなる。

「これが、私の中に入るの？」

独り言のようにそう呟くと、晃生がこっくりと頷く。彼の指が姫花の部屋着のボタンをひとつひとつ外していく。寝る時は胸元を締め付けたくないから、ブラジャーはつけていない。

続いて部屋着の下と一緒にショーツを脱がされ、全裸になった姫花を晃生が上からじっとりと見下ろしてくる。

「綺麗だな」

ポツリとそう呟かれ、身体中の肌が熱くざわめく。そんなふうに褒められるのは、はじめてだ。

姫花が嬉しさで頬を上気させていると、晃生が上体を伏せてそっと唇を合わせてくる。

唇が首筋に下り、彼の左掌が右の乳房を包み込む。ゆっくりと円を描くように揉まれて、思わず甘い声が漏れた。

「あぁんっ！」

唇が肌に口づけながら左乳房に移動し、舌先が胸の先をツンとつつく。普段は柔らかな乳嘴が、硬くしこるのがわかる。そこを何度となく舌で弾かれ、あられもない声を上げた。

「ああんっ！　ぃやあああんっ……あんっ！」

込み上げる快感は抑えがたく、姫花はシーツをきつく掴んで身を捩った。

背中がベッドから浮き上がり、図らずも晃生の口の中に自分から乳嘴をねじ込んだみたいになる。そのまま、ぢゅうっと強く吸われていっそう身体がしなり腰が浮いた。

「あ、あ、あっ……」

我もなく悶えている間に、晃生の右手が姫花の左脚を抱え上げる。閉じていた花房が開き、いつの間にか滲み出ていた蜜が溢れ、会陰を伝う。

さっき水を飲んだせいか、少し酔いが醒めたみたいだ。けれど、もはやまともに頭を働かせられる状態ではないし、そうでなくてもほかのことを考える余裕などあるはずもなかった。

晃生のキスが乳房から脇腹に移り、浮いた左脚を外にグッと押し広げられる。開いた花房がさらに、くぱっと左右に分かれた。

今まで、これほどはしたない格好をしたことがない。

首をもたげて下を見ると、晃生があらわになった姫花の秘部をまじまじと見つめている。

「やぁんっ……恥ずかしい……そんなにジロジロ見ないでっ……」

恥ずかしさに身を捩るも、太ももを押さえられており身動きが取れない。

「こんなに綺麗で神秘的なのに、どうして恥ずかしいんだ？」

晃生はそう呟くと、花房に口づけて舌で蜜口の前庭をべろりと舐めた。彼が、蜜に濡れたそこにチュッチュッと音を立ててキスをする。

吸われる感触もたまらないが、淫ら過ぎる音が姫花の聴覚を刺激して全身を熱く粟立たせた。目の前でいくつもの火花が散り、息ができなくなる。

胸への愛撫はもとより、そんなところにキスをされたのもはじめてだ。

そもそも、身体を綺麗だと言われたことなんかなかったし、こんなふうに愛でられた経験もない。正直なところ、セックスなんて男性が性欲を満たすだけの行為だと思っていた。いつだってろくにキスもしないまま洋服を剥ぎ取られ、愛撫などほとんどないままに挿入されて即、終わり。

相手が好きだったからこそベッドインしたけれど、どうしてだかほとんど濡れなかったし快楽も得られなかった。それなのに、今はどんどん蜜が溢れてくるのがわかるし、性的な欲求がギリギリまで高まっている。

「挿れていい？」

そう問われ、即座に首を縦に振った。そして、頭に思い浮かぶ言葉をそのまま口にする。

「挿れて……今すぐに。お願い……」

晃生が微笑みながら頷き、唇の縁を舐めた。上体を起こして膝立ちになった彼に腰をグッと引き寄せられ、両脚を左右に広げられたあと双臀が彼の太ももの上に乗る。

姫花の目の前で避妊具を装着すると、晃生が屹立の先を秘裂にあてがってきた。そして、蜜口の位置を確かめるように何度かそこを撫で、腰を前に進めると同時に姫花の中に少しだけ入ってくる。

その途端、全身がビクリと跳ね、動いた拍子に晃生のものがグッと奥に進んだ。

「ああああっ！」

思いのほか挿入が深くなり、姫花は身体を仰け反らせて身を捩った。そのせいで切っ先が膣壁を掻き、痺れるような快楽に囚われて気が遠くなる。自然と踵が浮き、つま先がシーツをきつく掴む。

臍の下を中から強く突き上げられ、甘いため息が零れた。

「ゃあんっ……しゃちょ……の、奥……入ってるっ……」

姫花は震えながらそこに掌をあてがい、ぽっこりと膨らんだ下腹をそろそろと撫で回した。

晃生の低い呻き声が聞こえ、ふと彼の顔を見た。刹那目が合い、無意識に彼のほうに手を伸ばし、上体を少しだけ起こした。

「社長っ……」

言い終える前に唇をキスで塞がれ、両膝を腕の内側に抱え込まれた。上向いた蜜口が屹立を深々と呑み込み、張り詰めた屹立を包み込んで収縮する。

「多岐……川く……」

途切れ途切れに名前を呼ばれ、閉じかけていた目蓋を上げて彼を見た。眉間に深い縦皺を寄せた晃生が、甘やかな苦悶の表情を浮かべている。

ただでさえ端整な顔立ちをしているのに、そんな表情を見せられたらときめかずにはいられない。

見て見ぬふり。気がつかないふりをしてはいるが、日頃から晃生の男性的魅力が心に引っかかっている姫花だ。

本当は、もうとっくに心を射抜かれていた。だからこそ、こうして彼と身体を重ね身も心も晃生でいっぱいにされている今が嬉しくてたまらないのだ。

「あっ……しゃちょ……ぁ、あんっ……あん、あぁんっ！」

晃生の腰に両脚を絡めると、姫花は自分から彼にキスをした。彼の目を見つめながら舌を絡め、両方の足首を重ね合わせて彼の腰を強く引き寄せる。

「腰……動かして。もっと深く……もっと奥まで挿れ……あ、あああああっ……！」

それまで動かずにいた晃生の腰が、ゆっくりと前後に揺れ始める。

最初は小刻みに、浅く。徐々に振り幅が大きくなり、深さも少しずつ増していく。得も言われぬ快楽が全身を襲い、頭の中が真っ白な光でいっぱいになる。

身体ごとどこかに吹き飛ばされてしまいそうで、姫花は晃生の背中に必死になってしがみついた。

晃生が腰を動かしながら乳房を揉み、先端を指でコリコリと嬲る。

「ゃ……あ、んっ……気持ち……い……」

突き上げは緩やかで、決して激しくない。

けれど、晃生の男性器は思いのほか硬く縦横にずっしりとした容量がある。たっぷりとした蜜のせいで比較的容易に入りはしたが、内壁を押し広げる圧迫感はすさまじいものだ。

そのせいか彼のもので蜜窟の中はいっぱいになり、ほんの少し動いただけでも愉悦の波が押し寄せてくる。その上乳房まで愛撫されているのだから、たまらない。

屹立の先が、行きつ戻りつしながら少しずつ奥へ進んでいく。隘路をみちみちと暴かれ、腰を引かれては硬い括れで蜜壁を引っかかれる。

内奥のとある部分を突かれた時、泣きそうなほど気持ちがいいところがあった。そこを掻かれると、身体全体が浮かび上がるほどの衝撃を感じる。

「あっ……そこっ……すごく、いいっ……」

「いい……って、ここのことか？」

嵩高い切っ先で中を丁寧に弄られ、一番感じやすいそこを探り当ててもらう。止めどなく湧き起こる快楽で、身も心も溶けてしまいそうだ。

「……ここが多岐川さんの〝いいところ〟なんだね？　……よく……覚えておくよ」

途切れ途切れに聞こえる晃生の声が、身体のあちこちを熱く痺れさせる。

姫花は我を忘れて嬌声を上げた。追い詰められ、もう一ミリも余裕がない。

腰の抽送がだんだんと速くなり、喘ぐ唇に何度となくキスをされた。瞬きをする間も惜しむように見つめ合い、繰り返し腰を振られる。

息をするのもままならなくなり、姫花は大きく背中を仰け反らせた。

「あああっ！　も……ダメッ……あっ、あああああっ！」

全身を快楽でいっぱいにされ、つま先から脳天にかけてビリビリとした電流が走り抜ける。

頭の中でいくつもの光の礫が弾け飛ぶと同時に、姫花の中で晃生のものが爆ぜて繰り返し脈打つ。

満たされ過ぎて、もう何も考えられない――。

姫花は彼の熱い脈動を感じながら、心地よい夢の中へと落ちていくのだった。

(嘘……)

次の日の早朝、姫花は愕然として洗面台の鏡に映る自分と対峙した。

ひとつ括りにしていたはずの髪の毛はクシャクシャに乱れ、デコルテにいくつものうっ血がある。

(これって、キスマークだよね？　あり得ない……でも、現実だ～！)

姫花は両手で頭を抱え、声を出さずに絶叫する。

ほんの数分前に目を覚まし、隣で晃生がすやすやと寝息を立てているのを見た。

一瞬、悪い夢でも見ているのかと思ったが、昨夜の記憶が頭をよぎるなりベッドから飛び出てここに逃げてきたのだ。

社会人になり、アルコールの失敗だけはするまいと自分に誓い、それを忠実に守ってきた。

それなのに、過度なストレスと晃生の優しさに我を忘れ、知らぬ間に許容量を超えてワインを飲み進めてしまうなんて……。

(落ち着いて、姫花！　いったん冷静になろう。私は「アティオ」の社長秘書。あの人は社長で私の上司。万が一にもベッドをともにする間柄じゃない――それなのに、いったいどうしてこんなことに……うわぁ～！)

姫花が目覚めた時、目の前に晃生の顔があった。髪の毛が若干乱れ少々ヒゲが伸びていたが、彼は寝顔まで完璧だった。

(それが却ってワイルドな感じでかっこいい――って、そんなこと言ってる場合じゃないでしょ！

は……早くここから逃げなきゃ……。そうだ……とにかく一刻も早く立ち去らないと！）

そう思うが早いか、姫花は大急ぎで顔を洗い髪の毛を梳かした。

ホテルには昨夜パーティーに出席したＶＩＰが大勢宿泊しているし、いい加減な格好で部屋を出るわけにはいかない。

ベッドルームの気配を気にしつつメイクをし、音を立てないよう細心の注意を払いながら荷物をまとめる。晃生の様子を窺うと、彼はまだぐっすり寝入っていた。

（よかった！　お願い、もう少しこのまま寝てて！）

できれば、起きた時にはすべてを忘れていてほしい。

彼の寝顔に念を送り、抜き足差し足で部屋の入口に向かう。そして、ゆっくりとドアを開けて部屋の外に出た。

思わず安堵のため息が出たが、まだ安心はできない。考えるべきことは山積みだけれど、それはさておき、ホテルを出て少しでも晃生から遠いところに行かなければ！

部屋の手配をしてくれた際、宿泊に関してはすべて自分に任せるよう晃生から言われている。

広い廊下をできる限りの早足で歩き、デスクに就いていたコンシェルジュと挨拶を交わす。

エレベーターホールに辿り着き、足元に荷物を置いて昇降ボタンに手を伸ばした。

あと少しで指先が届く――というところで、背後から伸びてきた大きな手に腕を掴まれて身体がくるりと反転する。

「どこへ行くんだ？　起きたらいなくなっていたから、驚いたよ」

「し、社長っ……！」

昨夜とは違う部屋着姿の晃生が、姫花の両腕をしっかりと掴んだ。額にかかる髪の毛から水滴が落ち、胸元で握りしめている姫花の手の上に落ちた。

「もっ……申し訳ありません！　私としたことが……弁解の余地もございません！」

何はともあれ、悪いのは自分だ。姫花は心から謝罪し、震える唇をギュッと噛みしめる。

「何を謝っているんだ？　君は何も悪いことはしていないだろう？」

晃生が訝しそうな表情を浮かべながら、姫花の顔を見る。

「ですが……」

「仮に何かしたとしても、僕はこの通りまったく怒っていない。それより、どうして黙って帰ろうとしたんだ？　何か急ぎの用事でもあるのか？」

「いえ……特に、用事はありませんが――」

「じゃあ、そんなに急いで帰らなくてもいいだろう？　明日は休みだし、せっかくだからゆっくり朝食を食べて、今日は一日観光でもしないか？」

床に置かれた荷物を持ち上げると、晃生が姫花の肩を抱き寄せて部屋に戻るよう促してきた。

「ちょっ……待ってください！　そんなことはできません」

姫花は声が響かないよう抑えながらそう言い、前に踏み出しかけた足を止めた。

「どうしてできないんだ？」

「ど、どうしてって……。私は社長秘書です。仕事はもう終わりましたし、帰りの新幹線のチケットも手配済みですから――」

「そんなもの、キャンセルすればいい。手続きが面倒なら、コンシェルジュが代行してくれる」

「いけません！」

つい声のトーンを上げてしまい、ハッとして口を噤む。

「ふむ……わからないな。なぜいけないのか、きちんと説明してもらおうか」

晃生に肩を抱き寄せられ、エレベーター前から少し離れた位置にあるレストスペースに移動した。

眺めのいい窓際まで連れていかれ、向かい合わせになって上から顔を見下ろされる。

「なぜと言われましても……。さっき申し上げた通り、私は社長秘書で、仕事はもう終わりました。これ以上社長と行動をともにする理由がありません。ましてや、出張の帰りに仕事以外の目的でどこかに立ち寄るなんてことは――」

「ちょっと待ってくれ。君はさっきから社長秘書だの出張だのと言っているが、それはあくまでも仕事上のことだろう？」

前髪を伝う水滴が、またひとつ姫花の額に落ちた。それを指先でそっと拭われ、うっかり不適切な声が出そうになる。

「そうです。それ以外に何があるとおっしゃるんですか」

動揺を悟られまいとして、姫花はいつにもまして冷静な声でそう答えた。すると、姫花を見る晃生の顔にサッと影が差した。

「君は夕べ僕と夜をともにした。ただ一緒にいただけじゃなく、キスをしてセックスもした。それなのに、どうして仕事以外には何の関係もないみたいなことを言うんだ？」

「しゃ、社長っ……！　こんなところで、そのような発言は――」

辺りはゆとりある広さがあり、コンシェルジュやほかの部屋の宿泊客に聞かれる恐れはない。けれど、公共の場に相応しくない話を持ち出され、姫花は激しく困惑する。

「こんなところでも何も、ぜんぶ事実だろう？　言っておくが、僕はいい加減な気持ちで君とベッドインしたわけじゃない。ワインは飲んだが頭ははっきりしていたし、心からそうしたいと思ってしたことだ。君はそうじゃなかったのか？」

目を見つめられながらそう問われ、姫花は返事に窮した。

昨夜はかなりアルコールが入っていたし、記憶が曖昧ではあるが悪い酔い方をして泣き上戸になってしまったという自覚もある。その上、あろうことか晃生とキスをしてベッドで彼に抱かれ、自分史上はじめての絶頂を味わった感覚は今も心と身体にはっきりと残っていた。

「そ……それは……」

まっすぐに見つめてくる晃生の目が、彼の本気度を示している。

だが、社長と秘書がベッドをともにするなど、普通に考えて言語道断であり公私混同も甚だしい。そもそも不道徳だし、決してあってはならないことだ。

「とにかく、すべて好ましくありません！　今後のことを考えますと、昨夜起きた出来事はすべて、お忘れになったほうがよろしいかと――」

「忘れる？　夕べ、あれほど深い関係になったのに、忘れられるわけがないじゃないか。僕は多岐川さんを本気で抱きたいと思い、そうした。そうでなきゃ、セックスはおろかキスだってしてない。僕にとって、昨夜は素晴らしい夜だった。君は、ほんの少しでもそうは思ってくれていないのか？」

そんなことはない！

姫花がそう言おうとした時、レストスペース前の廊下に人影が見えた。

二人同時に気がついてそちらに顔を向けた途端、姫花は驚きのあまり言葉を失ってしまう。

「お父さん、お母さんも……ここに到着するのは午後だったはずでは？」

晃生が先に口を開き、自分の両親が近づいてくるのを信じられないと言った顔で見つめる。

姫花はといえば、突然現れた会長夫妻に驚いて石のように固まってしまった。

「せっかくだから、少し早めに来たのよ。それはさておき、今の話、なぁに？　深い関係とかなんとか……晃生さん、あなたったら、いつの間に秘書とそんな関係になっていたの？」

会長夫人の環《たまき》が二人のすぐそばに来て、晃生の顔を見上げた。あとからやってきた一夫が驚きの表情を浮かべながら妻の隣に立って口を開く。

「もしや、持ち込んだ見合い話を片っ端から断ったのは、多岐川さんと付き合っていたせいだったのか？　それならそうと、どうして言わなかったんだ」

会長夫妻は明らかに困惑しており、特に環は大いに戸惑ってどう対処すればいいかわからないといった様子だ。社長秘書として、会長夫妻をこれ以上困らせるわけにはいかない。だが、話を聞かれたからには、もう誤魔化しようがなかった。

けれど、せめて自分達が付き合っているという誤解だけは解かなければならない。

姫花は唖然としている晃生の手から逃れ、夫妻の前にかしこまった。

「申し訳ございません。これには訳がありまして――」

口を開くなり、晃生が背後から姫花の右肩を抱き寄せてきた。そして、それに続く言葉を遮るように、きっぱりとした口調で話し始める。

「そうです。僕は多岐川姫花さんと真剣に付き合っています。昨夜は終業時刻も過ぎて、きちんと仕事も終わらせてから恋人としてともに時間を過ごしました。出張先とはいえ、公私ははっきりと分けていますし、やましいところなどひとつもありません」

まさかの発言に、姫花は声も出せず、晃生の横で棒立ちになる。

（いったい何を言い出すの？　しかも、言うにこと欠いて「恋人」だなんて……）

図らずも胸がときめいてしまい、そんな自分に激しく動揺する。とにかく、晃生にここまで言われては、誤解だの何だのと話すわけにはいかない。

では、どうすればいいのだろう？

姫花が逡巡していると、晃生が逃げ道を作ってくれた。

「多岐川さんは、これから大切な用事があって今すぐにここを出なければなりません。詳しい話は僕がしますから、とりあえず部屋に移動しましょう」

晃生が二人を促し、姫花の肩を抱いたままエレベーターホールに向かって歩き始める。廊下を歩き、ドアの前までくると、彼は会長夫妻を先に行かせ、姫花とともに扉の前で立ち止まった。

それからすぐに昇降ボタンを押し、姫花に荷物を手渡しながら、そっと耳打ちしてくる。

「驚かせてすまない。とにかくここは僕に任せてくれ」

「ですが……」

「君の立場が悪くなるようなことは、ぜったいにないから安心して。じゃ、またあとで連絡する」

にっこりと微笑まれ、やってきたエレベーターの中に入るよう促される。話がとんでもない方向に進んだまま、立ち去るのは忍びない。けれど、今は晃生に任せるほかはなかった。

戸惑いつつもエレベーターに乗り込み、閉まるドアの向こうにいる晃生に向かって頭を下げる。

ゆっくりと下降していくエレベーターの中で、姫花は自分自身に憤って唇を強く噛みしめた。

（私、なんてことをしてしまったんだろう！）

姫花は猛省し、自分の迂闊さが晃生を窮地に追い込むことになってしまったことを心から悔やんだ。とにかく、もう二度と自身の立場を忘れるような言動をとってはならないし、今後はこれまで以上に仕事に打ち込んで、晃生に対する不適切な感情は綺麗さっぱり捨て去るべきだ。

何はともあれ、昨夜のことは記憶から消し去らなければ――。

姫花はそう自分に言い聞かせると、我知らず肩を落とし、深いため息をつくのだった。

◇　◇　◇

姫花と一夜を過ごした次の日、晃生は自宅の書斎で物思いに耽っていた。

晃生が住んでいるのは、地上八階建てのヴィンテージマンションの最上階の角部屋だ。どこに行くにもアクセスが良く環境もいいそこは、築年数が増えても資産価値が下がることがなかった。

（僕としたことが、なんて無計画な行動をとってしまったんだ……）

昨日、両親と部屋で二時間ばかり話し合いをしたあと、すぐに彼女に電話をかけた。けれど、移動中だったせいか何度かけても繋がらない。

さすがにしつこすぎたかと反省し、今度はメッセージを何通か送信してみた。

しかし、一向に既読マークはつかず、未だ連絡が取れないままだ。

幼少の頃より几帳面で、何をするにもきちんと計画を立ててから始めるのが常だった。

それなのに、昨夜は自分でも理解不能なくらい衝動的な行動を取り、完全に冷静さを失っていた。

そして、姫花の部屋を訪れてから、ちょうど丸一日たった今、ようやく落ち着いて一連の出来事について考えられるようになっている。

佇んでいた窓辺を離れ、リクライニング機能付きの椅子に腰を下ろす。背もたれに身をゆだね、付属のフットレストに脚を投げ出して天井を仰ぐ。

（まさかあんなことになるとは、思いもよらなかったな）

姫花を出張に同行させたのは、出席するパーティーに付き添いが必要だったからだ。そのついでに日頃頑張ってくれている彼女を慰労し、きちんと評価していると伝えようと思っていた。

それなのに、三井から守るのが遅れ、かえって彼女にひどいストレスを与えてしまうことになってしまった。

（だから、ワインを持って部屋を訪ねたんだが……。今思えば、唐突すぎたか？）

ひどく悲しんでいる女性にどう接したらいいのか、晃生にはさっぱりわからない。

ただ、あの時は一刻も早く姫花を元気づけたかったたし、そのためには直接会って話すのが一番いいと思ったのだ。

しかし、よくよく考えてみると、それはこちらの一方的な思いであり押しつけでしかない。

（だが、たとえそうであっても、傷ついた多岐川さんをあのまま放っておくわけにはいかなかった。噂なんか一ミリも信じていないことも伝えたかったし、彼女をいかに有能で素晴らしい女性だと思っているかをわかってもらいたかったんだ）

モテ男で付き合った女性の数は数えきれないと評判の晃生だが、実際はまるで違う。

女性に対して、今まで一度たりとも心が動いたことはなかったたし、恋愛感情を持ったことがなかった。それではいけないと思い、ことさら熱心にアプローチをしてきた女性数人と付き合おうとしてみたが、やはり結果は同じ。

人として好きだとは思えても、ただそれだけ。

友達として交流できても、恋人として付き合う気にはなれない。

相手の美点を探し、好きになろうと努力したこともあったが、どうしても心が動かないのだ。

そもそも、晃生は女性に対しては不信感と警戒心しか持っていない。それは、一人暮らしを始めるまで実家で同居していた実の姉、樹里《じゅり》を見て育ったせいもあった。

晃生よりも七つ年上の樹里は華やかな美人で、人一倍明るく活発な性格をしている。

昔から今に至るまで、姉弟の仲は決して悪くはない。むしろいいほうだと思うし、自分とは正反対の性格をしている樹里を面白いと思う気持ちもある。

ただし、それはあくまでも人としてであり、女性としてはむしろ関わりたくないと思う。

それというのも、彼女が性的に奔放すぎるからだ。

樹里は晃生が物心つく頃には常に周りに異性を侍らせており、いつも誰かしらと付き合っていた。

その付き合い方がかなり特殊で、恋人は常時複数いて、年齢や職業もさまざま。

男女の付き合いに厳しかった両親にはうまくそのことを隠していたが、なぜか晃生にだけは自分の奔放さを見せつけるようなところがあった。

両親の留守を見計らって、自宅に恋人達を引っ張り込むのは日常茶飯事。口にするのも憚られるほど好き勝手な行動を取り、しかも、晃生がいてもまったく気にしない。

本人は真面目に付き合っていたようだが、晃生にしてみれば耐えがたいほど不誠実で淫奔な関係だとしか思えなかった。

それでいて、バレるまで両親の前ではそんな一面をまったく見せなかったのだから、すごい。

晃生にとって、それは衝撃であり、女性という生き物に不信感を抱かせるに十分な理由になった。

『超がつくほど真面目な晃生に、恋愛がどんなものが教えてあげたいの』

樹里はそう言って笑っていたが、そんなことは頼んでいないし、むしろ大迷惑だ。

結局、そのうちの一人と深刻な揉めごとを起こしたことをきっかけに、ある程度のことが両親に知れてしまい、かなりの大騒ぎになり——。

(姉さん、おかげで女性の生態が十分過ぎるほどわかったし、恋愛がどんなものか自分なりに理解

したよ）

　やや個性的すぎるものの、樹里のことは家族として心から大切に思っているし、自分なりに慕っているつもりだ。けれど、姉の奔放さが、晃生の恋愛観に多大な影響を与えたのは紛れもない事実だった。

　晃生にとって、女性とは油断ならない生き物であり、付き合うと己の人生を大きく変えられる危険性が高い恐ろしい存在だ。ひとたび囚われたら骨抜きになるまで翻弄され、飽きたらポイ捨てされて終わり。むろん、そんな女性はごく一部だと頭では理解している。だが、どうしても気持ちがついていかない。どんなに魅力的な人であろうと、異性に対して興味が湧かないのはそんな理由があるからだった。

「それにしても、驚いた。今まで一度も勃ったことがないものが、いきなり反応したんだから」

　晃生はそう呟くと、信じられないという面持ちでスウェットパンツの腰をまじまじと見つめた。

　それというのも、晃生は女性に対して恋愛感情を持ったことがないばかりか、これまで一度たりとも性欲を感じたことがなかったのだ。

　起床時や、ひどく疲れた時は生理的現象として勃起はする。

　しかし、それは性欲とはまったく別のものであり、勃ったからといって女性を欲することもない。

　それなのに、昨夜姫花と話している最中に男性器に尋常ではない熱を感じた。気がつけば今までにないほど硬く勃起しており、同時に彼女に対して強い性欲を感じたのだ。

　その欲求は抑えがたく、晃生は自分の気持ちを姫花に明かし、キスとセックスをする同意を得た。

むろん、終始頭ははっきりしていたし、あったことはすべて自分の意思によるものだ。一方、姫花はワインをかなり飲んでおり、彼女が酔っぱらっていたのは明らかだった。けれど、そのしぐさや投げかけてくるまなざしは、姫花が本気であることを物語ってくれていた。

だが、それは自分勝手な思い込みかもしれない——そう思ったからこそ、何度も彼女の意思を確かめたし、承諾してくれたからこそ濃密な一夜をともに過ごしたのだ。

自分の男性器が性的に機能しないとわかった時、晃生は自分なりに解決策を模索した。自他ともに認める女たらしの友人にアドバイスを受け、助言をもらったが効果なし。意図的に卑猥な妄想をしたり、女性のエロティックな写真や映像を見たりしたが、やはり少しの改善も見られなかった。

ではなぜ、多岐川姫花にだけは性的な興奮をして、彼女と肉体関係を持つに至ったのだろう？

晃生は椅子にゆったりと腰かけたまま目を閉じ、じっくりと自分の内面を探ってみた。

(僕は多岐川さんのことは以前から仕事ができる真面目な女性として評価していたし、好ましいと思っていた。女性としてもかなり好感が持てると感じていたし、彼女が社長室を出る際にはなぜかいつもそのうしろ姿を目で追っていた……)

秘書としてあれほど完璧な人は滅多にいない。真面目で何事に対しても真摯で、機転が利いてこちらの言わんとすることをいち早く理解する。

それは彼女の頭の良さと優しい気遣いのあらわれであり、それらは部下としてだけではなく一人の人間としても評価に値する。

本人にも言った通り、多岐川姫花は人として信頼できる素晴らしい女性だ。

上司として日々彼女と接していればそれくらいわかるし、会社のトップに立つ者として人を見る目には自信がある。

そう考えながら、晃生はスカートに包まれた姫花のヒップラインやスリットの向こうに見える膝の内側を頭の中に思い浮かべる。

別に日頃から性的な目で彼女を見ていたわけではない。ただ、自然と目が行く。

毎朝走っていると聞いたが、そのせいかボディラインは綺麗だし健康的だ。

何より秘書として優秀で、頭の回転の速さは目を見張るものがある。その上、常にクールで決して取り乱したりしない。

そんな彼女が昨夜は感情をあらわにし、それを見て可愛いと思った。

（……女性をそんなふうに思ったのは彼女がはじめてだし、すごく不思議な感じだったな）

彼女は過去付き合った男性にひどい言葉を浴びせられ、深く傷ついてそれがトラウマになっている様子だ。そのせいで恋愛に対して臆病になり自己肯定感が低いと思われる。

それなのに根も葉もない噂でさらに傷つけられ、昨夜はきっと心が疲れ果てていたことだろう。

涙と鼻水だらけの顔を向けられ、保護本能を掻き立てられると同時に愛おしさを感じた。

気がつけば彼女に触れたくなり、胸に突き上げるような熱い感情が湧き起こっていて……。

「そうだ……僕は彼女を女性として愛おしく想い、勃起した。僕が彼女とキスをしてセックスまでしたのは彼女を好きだと思ったからだ！」

導かれた結論に、晃生はカッと目を見開いて膝を打った。

つまり、自分が今まで女性に対して勃起不全だったのは、ただ単に気持ちが伴っていなかったからだ。椅子から立ち上がった晃生は、高揚する気持ちを抑えながら部屋の中を歩き回った。

現に、今姫花のことを考えるだけで胸が躍り、強い性欲を感じる。

ホテルで別れた時の様子からして、彼女は自分達の関係が大きく変わったのに戸惑っているに違いない。こうなったら、少しでも早く彼女を安心させるべく、きちんと恋人としての交際をスタートさせるべきだ。

（いきなりベッドインしたとはいえ、あれほど激しく求め合えたんだ。彼女のほうも、多少は僕のことを想ってくれているはずだ）

確証はないが、姫花が軽い気持ちで男性に抱かれるとは思えない。それに、気持ちがあるからこそ、あれほど激しく求め合えたのではないだろうか。

いずれにしても、姫花に対する想いは決して衝動的なものではない。真剣だし、交際の先には結婚があるのは言うまでもなかった。心身ともに彼女に惹かれているし、できることなら今すぐにでも会いに行って胸に抱き寄せたいくらいだ。

「よし、明日にでも時間を作って彼女とこれからのことを話す機会を持とう」

晃生は姫花との未来を想い、にっこりと微笑みを浮かべた。

そうと決まったからには、二人が結ばれるための環境づくりにも着手する必要があるだろう。それに先立って、両親に改めて自分の決心を伝え、結婚の承諾を得ておいたほうがいい。

そう考えた晃生は、意気揚々と出かける準備を済ませ、実家に向けて車を走らせるのだった。

第二章　恋愛なんて、理解不能

週明けの月曜日、姫花は内心戦々恐々としながら出勤し、始業前の日課に取りかかった。

（社長とのことは、ぜんぶ忘れる。すべて、なかったことにしないと）

姫花は頭の中で繰り返しそう唱えながら、今日やるべきことをすべてチェックし、スケジュールを確認する。

（そうしないと、今後ここで仕事をやっていけない。そうならないためにも、全力で忘れなきゃ）

ホテルで晃生と別れる前、彼は自分達に起きた出来事を「忘れられるわけがない」と言っていた。

それればかりか、ともに過ごした時間を「素晴らしい夜だった」と表現したのだ。

確かにそうだったし、記憶はひとつ残らず姫花の心と身体に深く刻まれている。

けれど、姫花は彼の発言を鵜呑みにするほど愚かではないし、晃生だって本気であんなことを言ったとは思えない。彼に限って軽はずみな発言をするはずはないが、きっと責任を感じてのことだったに決まっている。

多少なりとも気持ちが通じ合ったからこそ身体を重ねたのは事実だ。しかし、二人とも大人だしたった一度ベッドインしたからといって本気の交際がスタートするわけがなかった。

(社長は優しいから……。でも、今頃は忘れようとしてくれているはず)

それが証拠に、日曜日の朝に謝罪した姫花に対して、晃生は「怒っていない」と言った。ホテルを出てからも、何度となく晃生から連絡をもらった。それらはすべて姫花を心配する内容だったし、気遣いに溢れていた。

姫花は彼に「大丈夫です」とメッセージを送るだけに留め、晃生も一応は安心してくれたみたいだ。帰京して時間が経ったことだし、もう気持ちを切り替えて仕事に専念するのみ。

そもそも恋愛に慣れたモテ男の晃生だから、こちらが心配するまでもなくもうとっくに忘れているかもしれない。晃生にしてみれば、ほんの些細な出来事であり、必要以上に意識しているのは自分だけ。

「アティオ」の社長たるもの、一介の秘書との情事など取るに足らない小事なのだろう。

きっとそうに違いないし、そうであればこちらも忘れた体で何事もなかったように振る舞えばいいだけの話だ。

そう考え、いくぶん気が楽になった。ただひとつ気掛かりなのは、会長夫妻のことだ。しかし、これに関しては任せろと言ってくれた晃生にゆだねるしかない。

社長室に入り、全体を見渡して何かしら不足がないか瞬時に見極める。晃生自らが選んで用意した家具や備品はモノトーンで統一され、どれをとってもスタイリッシュだ。応接セットは有名な建築家がデザインしたもので、機能的でありながらデザイン性も高い。

(ここに来ると、いつも身が引き締まるな……本当に素敵)

部屋の主が快適に過ごせるよう整え、観葉植物に水をやろうと事前に用意しておいたじょうろを手に取る。ドアを向いたその時、ちょうど中に入って来た晃生と目が合った。

「おはよう、多岐川さん」

晃生がリモコンを操作して、部屋のブラインドをすべて閉めた。そして、つかつかと姫花のそばに来て目の前で立ち止まる。

姫花は一瞬頬を引きつらせるも、強いて普段どおりを装って彼に挨拶を返す。

「社長、おはようございます。今日はいつもより出社なさるのが早いですね」

「正確には、いつもより三十分早い。始業前にやるべきことがあったものだから」

言いながらまっすぐに見つめられ、少なからず動揺する。

「そうでしたか。……では、スケジュール確認はそのあとにしたほうがよろしいですね」

「ああ、そうしてくれ」

「承知いたしました。では、私はこれで——」

姫花は軽く会釈して部屋の入口に向かおうとした。その直後、晃生に腕を取られ歩き出そうとした足が止まる。

「ちょっと待ってくれ」

彼の掌の温もりを感じて、一瞬にして頬が上気する。

「僕が早く来たのは、君と話をするためだ。一昨日君と夜を過ごしたこと、翌朝僕の両親に会ったこと、君が帰ったあとに三人で話したこと——ぜんぶきちんと君と話して説明もしたいと思ったからなんだ」

そう話す晃生の顔には、真剣な表情が浮かんでいる。

（ああ……やっぱりそうなるよね）

なにせ、「アティオ」の社長ともあろう人が、一介の秘書と不適切な関係になったのだ。会長夫妻が黙って見過ごすはずはない。

恋愛に長けているだけあって、晃生にはこれまで女性に関する醜聞は聞いたことがなかった。それは、きっと別れる時も女性側に納得のいく別れ方を心掛けているからに違いない。話というのは今回起きた不始末に対して彼がどう対処したかを報告しようと思ってのことなのだろう。

もしかすると、社長秘書を解任させられるかもしれない――。

たとえそうであっても、自分に非がある以上、姫花はそれを受け入れるしかないのだ。

「わかりました」

姫花は逃げ出したい気持ちを抑え、前に踏み出した足を戻してその場にかしこまった。

「座って」

示されたソファに座ると、晃生がテーブルを挟んで姫花の正面に腰を下ろした――と思ったら、またすぐに腰を上げて姫花のほうにぐっと身を乗り出してくる。それと同時にテーブルを片手で横に押しのけてさらに近づいてきた。

テーブルはかなり重量があるはずだが、それを片手で移動させるとは……。

思わず声を上げそうになった姫花の手を、晃生が両掌で包み込んできた。

「多岐川さん……いや、今は始業前だから姫花、と呼ばせてもらう。まあ、いきなり呼び捨てもなんだから、姫花さん……のほうがしっくりくるかな？　うん、とりあえず、そう呼ばせてもらうよ」

晃生が一人首を傾げながらブツブツ言い、おもむろに姫花の前に片膝をついて跪いた。

「姫花さん、先週末はいろいろと大変だったね。突然会長夫妻が現れたりして、驚いただろう？」

下から見上げてくる姿は、さながらスーツを着た王子さまだ。

「それに、君を一人で帰してしまってすまなかった。両親には、あれから君との件についてきちんと話をしたよ。両親は僕と君との仲を認めてくれた。だから、何も心配はいらない」

「は……？」

出した声が、自分の耳にも届かないほど小さかった。

「それと、ついでに言っておくが、例のくだらない噂の件は、僕から両親に根も葉もない大嘘だと説明しておいた。もっとも、二人とも端から噂なんか信じていない様子だったけど」

晃生曰く、玲央奈が社長秘書から総務部に移ったのは、当時社長だった現会長である一夫の一存によるものだったようだ。理由は、彼女の一夫に対する女性を武器にした問題行動であり、それについては妻である環もすべてを把握しているらしい。

「そうだったんですか……」

「僕と同じで、二人ともまさか噂がそこまで大きくなっているとは思っていなかったらしい。もっと早く対処していれば君にこれほど迷惑をかけることもなかっただろうに。本当にすまない」

「いえ、それはもうお気になさらないでください」

「そんなふうに言うなんて、君は本当に優しい人だな」

跪いたままの状態で、晃生がグッと上体を姫花に近づけてくる。姫花は咄嗟に仰け反り、ソファの背もたれに身体を押し付けた格好になった。

さらにじりじりとにじり寄られ、図らずも閉じていた脚が開いてしまう。

いつの間にか両膝で跪いた体勢になっていた晃生が、左右の肘掛けを掴みいっそう前のめりの姿勢になる。晃生の腰が姫花の膝を割り、ソファの座面に当たった。

今や姫花の脚は左右に大きく開き、ツーピースのスカートの裾が脚の付け根までずり上がっている。太腿の内側に晃生を挟んだ状態で、姫花は彼と真正面から目を合わせた。

いったい、この体勢は？

神聖な社長室で、どうしてこんな状態になっているのだろう？

それよりも、会長夫妻が二人の仲を認めてくれたとは、どういう意味？

疑問で頭の中がいっぱいになるのに、見つめてくる目力に圧倒され、身動きが取れない。

互いに黙ったまま見つめ合っているうちに、もう少しで鼻先がくっつきそうになる。

姫花は驚いて座ったまま両脚を踏ん張り、ソファの座面に全力で背中を押し付けて晃生との距離を広げた。

「姫花さん、僕と結婚しよう」

突然そう囁かれ、姫花は訳もわからずキョトンとする。

「はいっ!?　い、今何とおっしゃいましたか？」

「僕と結婚しよう、と言った。秘書である君が僕の妻になるとは、正直思ってもみなかった。だが、君とこうして出会ったのはきっと天の思し召しだ。それに僕は、肌を合わせた女性を放ったままにしておくような男じゃない」

気がつけば、右に傾いた晃生の顔が目前まで来ている。

どうしていいかわからずにいる中、踏ん張っていた足が床を滑り、身体がうしろに倒れた。

姫花は体勢を整えようとして、腹筋を使って上体を起こした。しかし、勢い余って意図せずして二人の唇が重なってしまう。

不可抗力とはいえ、まるで自分から彼にキスをしたような感じだ。

「あっ……も、申し訳――んっ……ん……」

咄嗟に仰け反ってどうにか唇を離すも、すぐに背中を抱き寄せられて再び唇が触れ合った。

「今のキス……僕のプロポーズを受けてくれたと思っていいかな？」

そう訊ねてきた唇が、返事を待つことなく再び重なってくる。

晃生の舌が姫花の唇の隙間を舐めるように押し開く。そのまま口の中をねっとりとねぶられ、胸の先がジィンと熱くなった。ジャケットのボタンを外され、ブラウスの上から左乳房を揉まれる。たちまち乳嘴が硬くなり、思わず声が漏れそうになる。

身体から徐々に力が抜けていき、双臀が座面からずれて両脚がさらに大きく開いた。ショーツのクロッチ部分が晃生のベルトのバックルに当たり、ほんの僅かな振動が姫花の花芽を刺激する。声が漏れそうになり、姫花は咄嗟に口を硬く噤んだ。

「つっ……！」

晃生が低く呻き、姫花は自分が彼の唇を噛んだことに気づき、あわてて口を開く。

ちょうどその時、部屋の外で声がして、廊下を歩く足音が聞こえてきた。きっと始業時間になったのだろうと思い壁の時計を見ると、やはりそうだ。

晃生もそれに気がついたのか、いかにも気が進まないといった様子で姫花から身を離した。

そして、未だ放心状態の姫花に代わってジャケットのボタンをとめ始める。

「話の途中だが、始業時間だから仕方ないな」

ボタンをとめ終えた晃生が、姫花の目をじっと見つめ名残惜しそうな表情を浮かべる。

彼の視線が、ゆっくりと姫花の唇に移った。それと同時に、舌先が唇の縁を舐め、隆起した喉ぼとけがゆっくりと上下する。その様子が、まるで獲物を狙う野獣みたいだ。たまらなくセクシーなしぐさを見せつけられ、うっかり腰が砕けそうになる。

だが、こうしてはいられない。

ただでさえ職場で不適切な事態に陥っているのだ。始業時間になったからには、全面的にビジネスモードに切り替えねばならない。

けれど、まさかのプロポーズと熱いキスに心は千々に乱れており、心臓は早鐘を打ち続けている。

（今は仕事中！　秘書だったら今すぐに冷静になりなさい！）

姫花は持てる意志力を総動員して、身体のあちこちに感じる熱から意識を逸らせた。

そして、晃生にぶつからないよう気を配りながら立ち上がり、テーブルの横に立つ。

「社長、今日は九時四十時から中会議室で企画営業部との会議です。そのあとはＸＤＤテレビのインタビューと写真撮影があります――」

姫花が今日のスケジュールの確認を始めると、晃生が頷きながらテーブルをもとの位置に戻した。すべてを聞き終えた晃生が、執務デスク横の棚の前に移動する。

「わかった。インタビューと写真撮影は、ここでやるんだったね？」

「はい、そうです」

そう話す彼の顔は、もうすでにビジネスパーソンのそれになっている。

「では、インタビューと撮影場所を中会議室に変更する。担当者にそう伝えてもらえるかな」

「承知しました」

「よろしく頼む。僕はちょっと人事部長のところに行ってくる。君はまだこれから観葉植物に水をやるんだろう？」

晃生が棚に置いたままになっていたじょうろを指差し、にっこりと微笑みを浮かべる。

姫花は「はい」と言って頷き、棚に近づいてじょうろを取ろうとした。すると、晃生がふいに上体を前に倒して姫花の耳元に口を近づけてくる。

「場所を変更したのは、インタビューの時に君とここでキスをしたことを思い出してしまいそうだからだ。公私はきっちり分ける自信はあるが、念のために、ね」

言い終わるなり、耳にふっと息を吹きかけられたような気がした。

身体の中心を一筋の熱波が駆け抜け、よろけそうになって咄嗟に棚に手をつく。早々にドアに向かっていた晃生が、チラリと姫花のほうを振り返り何かしら言いたげな表情を浮かべる。けれど、結局何も言わないまま再び前を向いて廊下の向こうに歩み去っていった。

締め切られた部屋の中で一人になり、姫花はついさっきまで彼とキスをしていた唇を強く噛んだ。

（結婚って何？　……何でそうなるの？）

だが、今それを考えている暇はない。

姫花は、ついさっき起きた出来事を全力で頭の隅に追いやった。そして、じょうろを手に取ると、ただ一心に観葉植物に水をやり始めるのだった。

その日一日の仕事が終わり、姫花は帰途についた。今日の午後、晃生は取引先を回り、そのまま会食に出かけた。おかげで、あまり顔を合わせずに済んだ。

（助かった……。もし社長がずっと社内にいたら、きっと気が気じゃなかった……）

むろん、何があろうと秘書としての仕事は完璧にこなす自信はある。

けれど、おそらく少しでも気を抜けば朝に晃生と過ごしたひと時が、頭に蘇っていたことだろうと思う。

実際、今がそうだ。

いったいなぜ、社長室で彼とキスをして胸を揉まれるようなことになったのか……。

それよりも気になるのは、二人の結婚話だ。彼は両親の承諾は得ているという旨の発言をしたが、そもそも社長と秘書の結婚なんて突拍子のない話が本当にあるだろうか？

（ドラマや映画でもあるまいし、そんなシンデレラストーリーなんかあるわけないよね）

しかし、晃生が結婚を口にしたのは現実であり、社長室で破廉恥な行為をしてしまったのは紛れもない事実だ。

仕事を終え、プライベートに戻った今、朝の記憶が頭ばかりか身体にまで戻ってきていた。

歩きながら脚の間が妙に気になり、早足でもないのに徐々に息が上がる。

男運がなく、恋愛はもう諦めかけていた自分が、どうしてこんなことに？

結婚だなんだと言われても、あれほどハイスペックで完璧な男性である晃生が、自分ごときに本気になるはずがない。

姫花は和菓子屋を営む両親のもとに生まれた庶民だ。

メイクをすればそれなりに見えるが、とびきりの美人でもなければ華々しい経歴を持つ才女でもない。どう考えても無理があるし、百歩譲っても遊びの対象になる程度だ。

最寄り駅に着き、改札を通りちょうどホームに到着した電車に乗る。

混み合っている車内で、どうにかつり革に掴まったあと、またすぐに晃生とのことを考え始めた。

仮に結婚云々の話が本当でも、きっとそれが晃生の恋愛のスタイルなのだろう。

モテ男で恋愛遍歴を数多く重ねている彼だが、決して女性を弄ぶような人ではない。真面目で優しい性格であるがゆえに、付き合った相手には誠実な接し方をしてきたはずだ。

そのうちの何人かとは本気で結婚を考えたことがあるかもしれないし、実際にプロポーズをしたかもしれない。結婚に至らなかった理由はいろいろあるだろうが、いずれにせよ、いい加減な別れ方はしていないと思われる。

ましてや、晃生は姫花が元カレ達とどんなふうに別れ、何を言われたかをすべて知っているのだ。

それを踏まえて自分とのことを考えるに、晃生は思いがけず身体の関係を持ってしまった姫花に対して、過剰な責任を感じているのではないだろうか？

捨てられてばかりの姫花に同情し、慰めたいという気持ちが高じて一線を越えてしまった――。

それだけならまだしも、会長夫妻に二人の関係を知られ絶体絶命のピンチに陥ったのだ。

『僕は多岐川姫花さんと真剣に付き合っています』

あの時彼が両親に対してそう言ったのは、おそらく咄嗟に出た言い訳のようなものだったに違いない。そして、そう言った手前、その後の話の流れや行きがかり上、結婚話に繋がったのではないだろうか。

（たぶん、そう。だって、どう考えても変だもの）

姫花が夢見がちな乙女なら、素直に玉の輿に乗れると喜んだかもしれない。けれど、あまりにも非現実的だし、晃生と夫婦になる未来なんて、あり得なさすぎて想像すらできなかった。

あれこれと考えているうちに自宅の最寄り駅に到着し、電車を降りた。

改札を出て空を見上げると、今にも雨が降りそうな厚い雲が広がっている。今日は折りたたみの傘も持っていないし、スーパーマーケットには寄らないで帰ったほうがよさそうだ。

姫花は駅前の道を早足で歩き出し、交差点を渡って明るい大通りとは反対の方向に向かった。

いつもは通らない道だが、こっちのほうが近道だ。まばらではあるが街灯もあるし、住宅街だから道沿いには民家が連なっている。

歩き始めてしばらく経つと、予想どおり頭の上にポツンと雨粒が落ちてきた。

（わっ、もう降って来た！）

額に掌をかざすと、姫花はいっそう早足になって家路を急いだ。歩く先には人影がなく、もともと数が少ない街灯のひとつが点滅して消えかかっている。

なんとなく嫌な感じがするが、引き返そうにももう駅からだいぶ離れてしまった。濡れるのは避けられないが、雨脚がひどくならないうちに家に帰り着かなければならない。

姫花はほとんど駆け足になって、曲がり角を曲がった。

マンションまで直線で五十メートル弱。あと少しだとホッとした時、いきなり細い横道から出てきた人物に体当たりされてそのまま腕の中に抱き込まれた。

「やっ……な、何っ……むぐっ……」

叫ぼうとする口にごわついた布のようなものを押し込まれ、声が出せなくなる。同時に横道に引きずり込まれ、暗がりで背中を壁に押し付けられた。マスクをつけた男の顔が目前に迫り、じろりと目を覗き込まれる。

「静かにしろ」

しゃがれ声で凄まれ、恐怖心に囚われて身体がブルブルと震え出した。横道の幅は狭く、左右は窓のない民家の壁だ。

抵抗しようにも、ぶよぶよした贅肉がついた腕で押さえつけられており、逃げ出すことができない。男は姫花より少し高いくらいの身長だが、かなり横幅がある。風船のように張り出した腹をすり寄せられ、マスク越しの荒い息を聞かされて全身に悪寒が走った。

なんとかして、逃げ出さなければ！

そう思った時、男の右手が姫花の左胸を鷲掴みにした。

「へへっ……いい乳してんなぁ」

男がそう呟き、いっそう身体を密着させてきた。さらに自身の突き出た腹の下を探り、目を三日月形にしていやらしい忍び笑いをする。

スカート越しの脚の間に気味の悪いものを押し付けられ、ショックのあまり目に涙が浮かんだ。

このままだと、何をされるかわからない。

(嫌っ……！　誰か助けて……！)

口は塞がれたままだし、頭の中で叫んでも誰にも届くはずがなかった。

男の左手が姫花のスカートの裾をめくり、ストッキングを穿いた太ももを、じっとりと撫で回してくる。姫花は無我夢中で身を捩り、どうにか男の手を振り払った。そして、勇気を振り絞って男の脛を力任せに蹴り飛ばした。

「ぎゃっ！」

男が叫び、脛を抱えるようにしてうずくまった。

その隙に身体を横にずらし、口に入れられたものを吐き出して、なんとか横道から出ることに成功する。けれど、勢い余って足がもつれ、道に倒れそうになった。

それでもどうにか踏ん張り、前のめりになりながら前に進んだ。一瞬だけうしろを振り返ると、男の姿はまだない。けれど、ひどい悪態をつく声が聞こえてきており、今にも追いかけてきそうな気配がする。

「……た、助けてっ……！」

口に入れられていたものをかなぐり捨て、姫花はあらん限りの声を張り上げた。

だが、実際に出たのは掠れたか細い声だ。

とにかく、少しでも男から離れなければ――。

姫花は、よろけつつも必死で前に進もうとした。それなのに、恐怖のせいで思うように足が動かない。少し先に灯りが点いた家が見えるが、果たしてそこまで辿り着けるかどうか……。

姫花は絶望的な気持ちになりながら、出せる限りの力を振り絞って民家の木製の壁を掌で叩いた。

そうしながら、もう一度声を出そうとしていたところで、ふいに身体の向きを変えられてがっしりとした逞しい腕の中に抱き寄せられる。

「姫花さん、こんな暗がりで立ち止まって、何をしているんだ？」

聞きなれた優しい声が、姫花の頭上から聞こえてきた。

「しゃ……しゃちょ……」

「ああ、僕だ。どうした？　何かあったのか？」

心配顔で訊ねられ、姫花は歯の根も合わないまま、男がいる方向の横道を指差した。

するとと、ちょうど背中を丸めながらマスクの男が走り出てきた。しかし、晃生の姿を見るなりあわてた様子で、そのまま横道に戻ろうとする。

「ちょっと待て！」

晃生が怒気を帯びた声で男を呼び止める。彼は姫花を安心させるようにそっと肩を叩いたあと、脱兎のごとく男に近づいて首根っこを掴んだ。

一瞬の出来事ゆえに、男は逃げる間もなく晃生に押さえつけられて地面に這いつくばった。

「彼女に何をした？　正直に言えっ！」

辺りに怒号が響き渡り、何事かと出てきた周囲の住民がわらわらと集まって来た。

「何事？　あら、あなたそこのマンションの人じゃない？」

近所に住む顔見知りの中年女性が、姫花を見て話しかけてきた。

「は……はい、そうです」

「とにかく、こっちにいらっしゃいな。ここは暗くて怖いでしょう？」

尋常ではない様子に気づいたのか、女性が姫花の背中をさすりながら明るい街灯の下に導いてくれた。

「何があったかわからないけど、とりあえず警察に電話したほうがいいわね？」

「お……お願いします」

晃生のほうを見ると、男を押さえつけたまま姫花を見て、こっくりと頷いてくれた。

女性に事情を説明していると、道の向こうから数人の警官が駆けつけてきた。彼らにマスク男を引き渡すと、晃生がすぐに姫花に駆け寄って胸に抱き寄せてくる。

「もう大丈夫だ。怖かったな……」

優しく声をかけられ、大きな掌で頭を撫でてもらう。晃生が言うには、彼はどうしても今日中にもう一度話がしたいと思い、出先から直接姫花の自宅を訪ねようとしていたらしい。そして、車を駐車場にやめて歩いている途中、運よく音を聞きつけて姫花を助けてくれたというわけだ。

「どこか痛いところは？　怪我はないか？」

無言のまま首を横に振ると、晃生がホッとした様子で姫花をギュッと抱きしめてきた。

「よかった……。とにかく、無事でよかったよ」

広く暖かい彼の胸に抱かれて、姫花は安堵のため息をついた。近づいてきた警官が、最寄りの警察署で事情を聞きたいと申し出てくる。

「今は早く帰って休んだほうがいいんじゃないか？　もしそうしてほしいなら、僕が一晩中そばにいるし、どこか別の場所に行きたいならすぐにでも連れていってあげるよ」

本当はそうしたい。だけれど、彼がそばにいてくれるなら、今日のうちに事情聴取をすませたほうがいいような気がした。

「あの……できれば、今から警察に行って事情を説明したいと思うんですが……社長も一緒に行ってくれますか？」

姫花の目を見て頷くと、晃生が穏やかな顔で微笑みを浮かべた。

「そうか、じゃあそうしようか。どこに行っても、君には僕がついてる。もし途中で嫌になったらすぐに言ってくれ。いいね？」

「はい、ありがとうございます」

晃生の唇が、姫花の額の生え際にそっと口づける。

気がつけば、マスク男は別の警官に連行されたのか、もういなくなっていた。それからすぐに最寄りの警察署に向かい、女性の警察官にできる限り詳細に襲われた時の状況を話し、被害届を提出する。

すべての手続きを終えて晃生の車に乗り込むと、もうすでに午後十時近くになっていた。

聞かれたことにはすべて答え、包み隠さず話した。ひどい目に遭ったあとだったが、我ながら冷静に対処できたと思う。これもすべて晃生が来て助けてくれたおかげだ。

姫花は彼に心から感謝し、繰り返し礼を言った。

「礼には及ばないよ。むしろ、どうしてもっと早く駆けつけられなかったんだと思っているくらいだ」

晃生が姫花を見て、気づかわし気な表情を浮かべる。

その顔がいつも以上に優しくて、姫花はいっそう気持ちがほぐれるのを感じた。

「さて、これからどうしたい？　もし一人でいるのが怖いようなら、僕の家に来ないか？　もしくは、僕が君の家に行ってもいいし、ホテルに部屋を取ってもいい。もちろん、一人になりたいというのなら、そうする。だが、いずれにしても君の安全は僕が責任を持って守るから安心していいよ」

身体ごと助手席に座る姫花のほうを向き、晃生がそう提案をしてくれた。本来なら、これ以上彼の好意に甘えるべきではない。けれど、さすがに一人では心細いし、あれほどのことがあったばかりだ。

姫花は少しの間考えたのち、今の自分の気持ちに正直になることにする。

「今夜は、自分の部屋に帰りたくありません。それに、一人だと不安なので、一緒にいてくださる

と助かります……。場所はどこでも、社長の都合のいいところで構いませんので――」

言い終わる前に、晃生の右掌が姫花の左頬に触れた。

「よくわかった。じゃあ、今夜は僕のマンションに泊まってくれ」

「はい、ありがとうございます」

とりあえず、今夜は一人きりにならずに済む。

そう思い気持ちが楽になったのか、ようやく微笑む気力がでてきた。

「あ……でも……」

「ん？　でも、何だ？」

「いえ……もしかして、どなたかと同居していらっしゃったらと思って……」

「僕は一人暮らしだし、付き合っている女性もいないから安心して来てくれ」

姫花の頬に触れていた晃生の手が離れ、そっと顎を上向けてくる。

「そうじゃなきゃ、君と夜を過ごしたりしないよ」

「はい……」

そうだ――。

晃生に言われてみて、はじめて彼の恋人の有無に考えが及んだ。

彼には現在付き合っている女性はおらず、一人暮らし。そうでなければ、自分とベッドインなどしなかっただろう。

今さらながらそのことに気づき、姫花は自分の迂闊な発言を恥じた。

（社長は、いつ何時も誰に対しても誠実な人なんだな……）

幸い道は空いており、三十分もしないうちに彼のマンションに到着する。

地下駐車場に車を停め、エレベーターで上階を目指す。当該フロアに着くと、視界に入るのは晃生の自宅の入口のみで、ほかの住人の居住スペースとは完全に分断されている。

中に入るよう促され「お邪魔します」と言って玄関のドアを通り抜けた。オフホワイトの大理石の床は高級感に溢れ、通された広々としたリビングも同色のインテリアが置かれている。

「素敵な家ですね」

部屋はきちんと片付いており、窓にはやはり同じ色のロールカーテンが引かれている。

無機質だが、落ち着くし雰囲気が温かい。きっとそれは、晃生の住む家だからだろう。

「ありがとう。遠慮なく寛いでくれ。着替えを用意するから、ちょっと待ってて。……ああ、そうだ。よかったら、キッチンの冷蔵庫を開けて、何か適当に飲むものを持って来てくれるかな？」

晃生がキッチンのほうを指差し、僅かに首を傾げた。

「美味しい白ワインの小瓶も入っている。少しなら飲んでも大丈夫だろうから、よかったらそれも。コップも好きなのを選んでくれていいよ」

「わかりました」

飲み過ぎてまた失態を犯すわけにはいかないが、少しのワインなら気持ちを落ち着かせてくれるだろう。

「あと、仕事中じゃないんだし、もっと砕けた話し方をしてくれていいよ」

晃生が白い歯を見せて笑った。屈託のない笑顔を見せられ、姫花は素直に「はい」と答えた。

別の部屋に向かう晃生を見送り、姫花はキッチンに向かった。そこはアイランド型になっており、調理する場所とは別に縦横に長いカウンターが設置されている。

まるでプロが使うようなキッチンに目を見張りつつ、姫花は大型の冷蔵庫を開けた。驚いたことに、中には様々な種類の食材が入っている。

まさか、日常的に料理をしているのだろうか？

もしくは、通いの家政婦でもたのんでいるのかも……。

そんなことを考えながらペットボトルが並ぶドアポケットを眺め、ミネラルウォーターと白ワインの小瓶を取り出した。それを食器棚にあった切子グラスとともにトレイに乗せ、落とさないよう気を付けながらリビングに戻る。

そうしてみてわかったのだが、まだ少し指先に震えが残っている。

トレイを窓際に据えられた大理石のテーブルの上に置いて掌を見つめていると、晃生が着替えを持ってリビングに戻って来た。

「どうかしたか？　まさか、グラスで怪我でも？」

晃生が、姫花の掌と顔を交互に見る。

「いいえ、怪我はありません。ただ、まだちょっと震えが残っていて……」

「ああ……そうみたいだね」

横長のソファに座るよう促され、晃生と並んで腰を下ろした。

「どうしたら震えが治まるかな……。ちょっと手を貸してくれる？」

言われた通り、掌を上に向けて彼のほうに差し出した。

「手を握るのはどうかな？　もし、嫌だったら言ってくれていいから」

晃生の手が、姫花の掌をそっと握りしめる。彼の温もりが直に伝わり、温かな安心感が身体中に広がっていくような気がした。

「なんだかホッとします……」

「そうか。じゃあ、しばらくの間手を繋いでいようか」

晃生の左手に右手を握ってもらい、お互いの空いたほうの手を使ってワインのボトルキャップを開け、グラスに注ぐ。

使えるのが片手のみだから、そうするまでにかなり時間がかかってしまった。けれど、四苦八苦するうちにさらに気持ちがほぐれ、少しだけ砕けた話し方ができるようになる。

「明日は仕事を休んだほうがいい。連絡は直接僕がもらったことにしておくから、今夜はぐっすり眠って、明日は一日ここでゆっくりしたらどうかな」

晃生にそう言われ、姫花はすぐに明日のスケジュールを頭の中に思い浮かべた。それに気づいたのか、晃生が微笑みながら姫花の顎を緩く掴み視線を合わせてくる。

「やれやれ、君は根っからの仕事人間だな。これは社長命令だ。明日は寝坊していいから、ここで好きに過ごしてくれ。昼は冷蔵庫にあるものを食べるか、デリバリーで。夜は僕が何か作るから、君はのんびりすることに専念して」

「社長って料理をする人だったんですか？　冷蔵庫に食材がたくさん入っていたので、もしかしたらとは思っていましたけど」

「料理は好きだし、ストレス発散にもなるんだ」

「そうなんですね。……実は私、料理は苦手なんです。掃除洗濯は人並みにできるんですが、料理だけはセンスがないというか、何を作っても美味しくなくて」

姫花がためらいながらそう言うと、晃生が頷きながらにっこりする。

「何事も得手不得手があるからね。適材適所、仕事と一緒で得意な人がやればいいと思うよ」

かつて元カレに手料理が食べたいと言われ、作ったことがあった。けれど、何度やっても美味しいものができず、それもフラれる一因になったことを思い出す。

「社長は優しいですね」

「そう言ってくれて嬉しいよ。褒められたついでに、ちょっと食べるものを用意してこよう。テレビでも見て待ってて」

ギュッと手を握ったあと、晃生がテレビのリモコンを手渡してくれた。

「ありがとうございます」

彼がキッチンに向かったあと、姫花はリモコンを操作して壁掛けの大型テレビの電源を入れた。

キッチンから聞こえる音を聞きながら、いくつかチャンネルを変えてニュース番組に辿り着く。

海外のバスケットボールチームに関するニュースのあと、都内の某地区で起きた婦女暴行事件についての続報が流れ始める。犯行の手順が説明され、犯人が逮捕された時の映像が流れた。

暴行犯は中肉中背の若い男で、顔に大きなマスクを着けている。

それを見た途端、背中に悪寒が走った。外見はまったく似ていない。

だが、マスクという共通点をきっかけに、姫花の頭の中に襲われた時のショックが蘇ってきた。

パトカーで連行される男が、一瞬正面を睨みつける。その顔が自分を襲ったマスク男と重なり、一気に恐怖心がぶり返してきた。

「い……嫌ぁっ……！」

喉の奥から掠れた声が漏れ、持っていたリモコンが手から離れ、床に落ちる。

「どうした？」

声と音を聞きつけた様子の晃生が、キッチンを出てリビングに駆け込んできた。彼は姫花に駆け寄るが早いか、テレビ画面に映る映像を一瞥してすぐにリモコンを拾い上げ、電源を落とした。

そして、姫花の隣に座り片手で肩をそっと抱き寄せる。

「大丈夫だ。僕がそばにいる。君はもう安全で、何も怖がることはない」

優しく静かな声でそう言い聞かせられ、姫花は唇を震わせながら頷いた。

確かに彼がそばにいてくれたら、何も怖がることはないだろう。けれど、蘇った記憶のせいで身体は縮こまったままだ。

本当は、今すぐにでも泣き叫びたい気持ちだ。けれど、そうしたところで恐怖心が消えるとは思えないし、心に刻まれた傷は癒えるはずもない。

それに、ここは自宅ではなく晃生の家だ。ただでさえ彼には迷惑をかけているのに、今ここで取り乱すわけにはいかなかった。

「はい……ありがとうございます。もう、大丈夫ですから……」

姫花は顔を上げ、精一杯無理をして微笑みを浮かべた。

自分では、うまく笑えているつもりだった。しかし、いつもなら笑い返してくれるはずの晃生が、眉尻を下げて姫花をじっと見つめてくる。

「姫花さん、君はとても気丈な人だし、賢くてとても強い。ただ、少し自分に厳しすぎる。今だって、吐き出したいものを吐き出せず、気を張ってずっと我慢してるんじゃないか？」

彼の指が、姫花の額にかかる髪の毛をそっと払いのける。その感触が優しくて、ふいに涙が込み上げそうになった。

「君は誰よりも優秀な秘書だ。だけど、優秀過ぎて私生活にまで秘書としての厳しさが及んでいる。今はプライベートだし、もっと自分に甘くしてもいいんじゃないかな。少なくとも、僕の前ではそうであってほしいと思うよ」

晃生の手が姫花の頬に触れ、指先が目の下をそっと拭った。それをきっかけに、いくつもの涙の筋が頬を伝い下りる。

「ここには君と僕しかいないし、今は自分を最優先に考えていいんだ。一人で抱え込まず、言いたいことがあれば、遠慮なく言っていい。そうしたいと思うことをしてくれていいし、そのぜんぶを僕に受け止めさせてほしいと思う」

　晃生が目を細め、この上なく優しい表情を浮かべる。

　それを見た途端、それまで無意識に抑え込んでいた様々な感情が一気に外に溢れ出した。

「本当は、まだすごく怖いんです……。自分では、もう落ち着いたし大丈夫だと思っていたのに、さっき流れていたニュースを見て、ぜんぜん大丈夫じゃないって気づいて――」

　話しながら、身体がブルブルと震えだし、マスク男に触れられた場所に違和感を覚えた。

　じっとしていられなくなって、無意識に自分の左胸を掌で強くこすり、閉じた両膝を何度となくすり合わせる。それでも湧き起こる嫌悪感は収まらず、身体の震えは増すばかりだ。

「僕がいる。もう大丈夫だから、ぜんぶ吐き出してしまってもいいんだ」

　晃生の手が、姫花の肩を強く抱き寄せる。

　そのおかげで、胸の詰まりがスッと消えたような気がした。そして、心に受けた傷が言葉となって口をついて出た。

「わ……私っ……、さ……触られ……。き、気持ち……悪い……」

　出した声に嗚咽が混じり、まともに話すことができない。それに、あまりにも声が小さく言葉が断片的すぎる。

　これでは、晃生に伝わるわけがない――そう思っていたが、熱心に耳を傾けていた彼が、姫花の手をそっと握り目を覗き込んできた。

「わかった。あの男に触られたところが、気持ち悪いんだな？」

ゆっくりとした口調でそう訊ねられ、姫花はしゃくりあげながらこっくりと頷く。

「こ、怖くて……すごく嫌で……やめてって……のに……やめ……くれなくて……」

あの場で起きた出来事は、思い出すのも嫌だ。

強い憤りを感じるし、何より自分という存在が汚されたようで悲しくて苦しい。

すべてをなかったことにして、今すぐに記憶を闇の中に葬ってしまいたい。けれど、そんなことができるはずもなく、今はただ晃生にすべてを話してしまいたいという衝動に駆られていた。

「胸……掴んできて……太ももに……き……もち悪い……のを押し付けられて……」

途切れ途切れに話しながら、マスク男に触れられた箇所を掌で示した。

今話しているのは、警察署で女性警察官と一対一で話した時と同じ内容であり、繰り返しだ。けれど、事務的に答えた聴取時とは違い、今は当時の感情や感触が心と身体にまざまざと蘇っている。そのせいでかなり感情的になっているし、ややもすればマスク男の手がまだそこにあるような錯覚に陥りそうになってしまう。

それを見た晃生が眉間に深いたてじわを寄せ、心底悔しそうな表情を浮かべる。

「あの男……ぜったいに許せない」

晃生が低い声で呟き、奥歯を強く噛みしめる。

「かならず罪を償わせるし、あらゆる対策を講じて二度と君に近づけさせないと誓うよ」

姫花を見る彼の瞳は、限りなく優しい。けれど、浮かんでいる表情は今まで見たこともないほど強い怒りが感じられる。

「言われるまで気づかないで、本当に悪かった。ほかに何かしてあげられることはないか？　君の恐怖心や嫌悪感をすべて取り除いてあげたい。そうできるなら、何でもする。それで楽になるなら、一晩中君のそばで手を握っていてもいいよ」

晃生の思いやりのある言葉が、姫花の硬く強張っていた気持ちを少しずつほぐしていく。彼の真心や優しさが、そばにいるだけで姫花の心と身体に流れ込んでくるみたいだった
「そうだ、もう風呂の用意ができているから、先に入ったらどうかな？　雨にも降られたし、ゆっくりお湯に浸かって温まったほうがいい」

晃生の手が姫花の頭を撫で、頭のてっぺんに唇が寄り添ってくる。

雨に濡れたのは確かだ。けれど、もうすでに洋服は乾いており、寒くもない。彼が言うように、お湯に浸かって身体を洗い流せば、嫌悪感もさらに薄れるだろう。

けれど、それだと晃生との距離が遠くなる。

せっかくこうして身体を寄り添わせているのに、離れたらまた気持ちが乱れマイナスの感情がどっと押し寄せてきそうだった。

「どうした？　今はどんなわがままを言ってもいいし、してほしいことがあれば遠慮なく言ってくれ。さっき言ったように、僕にできることがあったら、何でもしてあげるよ」

晃生はそう言うと、テーブルからワイングラスを取って姫花に手渡してくれた。彼の声は低く、

聞いているだけで安心する。

姫花は小さく深呼吸をして、今の気持ちを探ってみた。

自然と胸に熱い感情が込み上げてきて、彼に対する想いが一気に膨れ上がって破裂しそうになる。

今だけは、晃生のそばから離れたくない。ずっと抱き締めていてほしいし、未だ身体に残っている嫌悪感をすべて彼に洗い流してもらいたいと思う。

晃生になら、すべてを任せられる——。

そう感じた姫花は、持っていたグラスを傾けてワインを一気に飲み干した。

「そばにいてほしいです……。今だけは、社長から離れたくありません。もっと近くにいたいし、嫌なことをされたところ……社長に触ってもらいたいです。……そうすれば、嫌な記憶が消えて、気持ちが楽になるような気がして——」

つっかえながらそう言い終えると、晃生が頷いて姫花の頬を掌でそっと撫でた。

「わかった。それなら、今すぐに応えてあげられるよ」

背中と膝裏を腕にすくい上げると、晃生が姫花の身体を自分の膝の上で横抱きにする。

「さあ、これで、さっきよりも近くなった。これから君の望むようにしてあげるよ。安心して、僕にぜんぶ任せてくれ。まずは唇にキスをしてもいいかな？」

「はい」

返事をしてすぐに唇が重なり、抱き締めてくる腕の力が強くなる。安堵感が身体中に広がっていくにつれて、全身から余分な力が抜け落ちていった。

晃生の手が姫花の左乳房を包み、ゆっくりと揉みしだく。それだけで悪い記憶が少しずつ消え去り、湧き起こる快感に記憶が上書きされていくみたいだ。

「ぁ……っ……」

姫花は小さく声を上げ、僅かに顎を上向けて、しどけなく口を開けた。唇から覗いた舌先に、晃生がチュッと吸いついてくる。すると、なぜかその刺激が花芽に飛び火し、奥に潜む花芯がジンジンと疼き出した。

「もっと触れてもいい？」

囁くようにそう訊ねられ、姫花は消え入るような声で「はい」と返事をする。大きくて温かい手が、太ももの隙間に入り込んできた。そっと膝を割られ、左の踵をテーブルの縁に置かれる。脚を大きく開く格好になり、スカートの裾が脚の付け根までずり上がった。けれど、今は恥ずかしさよりも晃生に触れられることへの期待のほうが遥かに勝っている。

「あんっ……ふ、あっ……」

晃生の掌や指が、マスク男に触られたところを丁寧になぞる。嫌な記憶は、優しい愛撫によって洗い流され、新たに植え付けられた快楽の種が次々に芽吹く。

思うところはいろいろあるけれど、今だけは何も考えずに晃生の優しさに包まれていたい。

姫花はいつしか夢うつつになりながらも、晃生からの愛撫に身を任せるのだった。

第三章　嘘から出た誠？

晃生と二度目の夜をともに過ごしてから一週間が経ち、姫花はゴールデンウィークの初日を実家で迎えていた。

時刻は午前七時半。目が覚めて一時間以上経つが、まだちゃんと起きる気になれない。かつて自分の部屋だったここは二階にあり、今は半分物置と化していろいろなものが押し込まれている。

窓から見える空を眺めながら、姫花は先月の月末に起きたいろいろな出来事を思い返してみた。

（普通じゃあり得ない。でも、ぜんぶ本当に起きたことなんだよね……）

正直まだ頭の中はゴチャゴチャだし、気持ちも落ち着かないままだ。それでも仕事だけはきちんとやり遂げたし、傍から見ればいつも通りの社長秘書である自分でいられたように思う。けれど、ただの上司と部下の関係ではなくなった今、これから晃生とどう向き合っていけばいいのか……。

姫花は思い悩むあまり、ベッドの上でうつ伏せになって脚をジタバタさせた。

「姫花～。もう起きてるんでしょ？　早くご飯食べちゃいなさいよ～」

「はぁい。今行く～」

階下から聞こえてきた母親の声に返事をすると、姫花はベッドの上でごろりと寝返りを打つ。

東京下町にある「美松庵」は、創業六十二年の老舗和菓子屋として地域の人々に親しまれている。現在の店主は姫花の父親であり、ともに和菓子作りをしている実兄はその跡を継ぐべく現在修行中の身だ。店頭には母親の美穂《みほ》と兄嫁の結衣《ゆい》が立っており、それなりに繁盛している。殊に端午の節句を目前に控えている今、柏餅やちまきの準備もあり、今朝も早くから餡の仕込みをしていたようだ。

パジャマのまま階段を下りて、洗面所で顔を洗う。

睡眠時間をたっぷりとったからか、寝起きの顔がいつもより引き締まっているみたいだ。

マスク男の一件があってから、姫花は電車で一時間の距離にある実家に身を寄せていた。その件に関して家族には、かなりオブラートに包んで話したが、予想通り大いに心配されてしまった。

マスク男は、その後余罪があることがわかったらしく、今も拘束中の身だ。今後は間違いなく刑務所に収監されるようだし、晃生が保証してくれたからには、二度と会うことはないだろう。

『だけど、もう今のところから引っ越したほうがいいんじゃない？』

家族にそう言われたし、姫花自身も襲われた場所の近所に住み続けたくなかった。ちょうど賃貸契約の更新時期も近づいてきており、今日は物件探しに出かけようと思っている。

(今度は、もっと会社の近くで探そうかな)

今住んでいるマンションは、「アティオ」の前に勤務していたアパレルメーカーに新卒で入社すると同時に住み始めた。いずれの会社にも乗り換えなしで行けて便利だが、もう潮時だろう。

髪の毛を梳かしシュシュでひとつ括りにしたあと、再度部屋に戻って身支度を整える。用意したワンピースに着替え、キッチンに向かう。

花模様のテーブルクロスが掛けられたダイニングテーブルに着いているのは、美穂と結衣だ。

「姫花、おはよう」

「おはよう、結衣。お母さん」

「はい、おはよう」

それぞれと挨拶を交わし、伏せてあった茶碗を取って炊飯器からご飯をよそう。

美穂が飼い犬の散歩に出かけると言ってダイニングキッチンを出た。もうかなり築年数が古い実家は、リフォームされてはいるが使われている家具はそれぞれに年季が入っている。

「姫花、それすごく似合ってるね」

結衣が姫花の着ているワンピースを指差して、にっこりする。小花柄のそれは、昨夜彼女が今日の外出用にと貸してくれたものだ。フロントはカシュクールで、襟とウエストがそれぞれギャザーになっており、着脱も楽で着心地もいい。

「ほんと？　こういうテイストの洋服って着たことないから、どうかなって思ったけど」

「本当に、よく似合ってるよ。たまにはそういう女らしさ全開の服も着たらいいと思うな。今度、一緒にショッピングに行こうよ」

「うん、ありがとう」

姫花が普段選ぶ外出着は、色もデザインもかっちりとしたものが多い。本当は今着ているワンピースのようなフェミニンな洋服も着てみたいと思っていたし、以前はもっとおしゃれに気を配っていた。しかし、度重なる失恋と心ない噂のせいもあって、だんだんと地味で目立たない洋服ばかり選ぶようになってしまったのだ。

姫花が席に着くと、隣に座っている結衣が小さなスケッチブックを姫花に差し出してきた。

「ねえねえ、これ見て。可愛いでしょ？」

「何これ、柏餅？　すごく可愛い。子供が大喜びしそう」

見せられた紙に描かれているのは、餅の部分に目と口がついている柏餅の絵だ。

「最近、食べられるシールとか流行ってるでしょ？　それで、うちもオリジナルのシールを作ってみたの」

姫花と結衣は幼馴染であり、昔から今に至るまで大の仲良しだ。

「さすが結衣。元漫画研究会の腕は落ちてないね」

高校生の時に部活動として漫画研究会に入っていた結衣は、店の手伝いをするかたわら趣味で四コマ漫画を描いてSNSで発信するなどして楽しんでいる。

「任しといて〜。姫花も元美術部なんだし、何かしら秘書としてそれを活かしたりすればいいよ」

「うーん、そんな出番ないよ。今はもう美術館通いもしてないし」

「そっか。こうなったら、早く彼氏を作って美術館デートに行くしかないね。社長秘書なんだし、せっかくだから玉の輿を狙いなよ。この間『アティオ』の菊池晃生社長、テレビで見たわよ。イケメンすぎてびっくりしちゃった！」

結衣が見たのは、おそらく先日取材を受けたXDDテレビのインタビュー映像だろう。当初社長室で受ける予定だったインタビューは、直前になって中会議室に変更になった。

その時のいきさつを思い出し、姫花は密かに耳朶を熱くする。

『場所を変更したのは、インタビューの時に君とここでキスをした時のことを思い出してしまいそうだからだ』

そう言われた数分前に彼は姫花に突然プロポーズし、キスをしたのだ。

(今でも信じられない……。だって、社長と秘書だよ？　生まれも育ちも違い過ぎるし、どう考えてもうまくいくわけないじゃない)

晃生と思いがけず身体を重ねてから、何度同じことを考えただろう。

自分なりに悩んだし、試しに彼とともに歩む将来を思い描いてみた。しかし、どう考えても現実的ではない。ドラマや小説の世界ではあり得ても、実際に夢のような玉の輿に乗れる人は、世界中のほんの一握りの人だ。

(ううん、一握りどころかひとつまみもいないんじゃない？　そのひとつまみの中にごく普通のアラサー女子が入れるわけないよ)

ほうれん草の白和えを口に運びながら、姫花は晃生のマンションに泊まらせてもらった時のことを思い浮かべる。

マスク男に襲われた姫花を気遣い、彼はありとあらゆる気遣いを見せてくれた。

(自宅にいきなりお邪魔させてもらった上に、また慰めてもらうことになっちゃって……。私ったら、どこまで社長に迷惑をかけたら気が済むの)

傷ついた心と身体を癒やすために、晃生は姫花の希望どおり、マスク男に触られた場所の記憶を拭い去ってくれた。その方法は甘いキスと愛撫であり、彼は姫花がそのまま寝入ってしまうまで、緩やかな快楽を与え続けてくれたのだ。

（私ったら、うっかり寝ちゃって……。ほんと、はずかしい！　それにしても、社長は、どうしてそこまでしてくださるんだろう？）

事情があったとはいえ、姫花はまたしても晃生の優しさに甘えてしまった。今回は最後の一線は越えなかったものの、何度となく濃厚なキスを交わし、最終的には半裸状態になって乳房と秘部を愛撫してもらったのだ。

（社長は優しいから……。だから、私の望みを聞いてくれたのよね）

やはり、それが晃生の女性と恋愛をする時のスタイルなのだろう。たとえそれが一夜限りの相手だとしても、だ。

せめて、途中で寝たりしなければ――そんな考えが頭をよぎり、自分の浅ましさを心から恥じた。

（もともと本気で付き合ってもらえるような相手じゃないんだから、グズグズ考え込まないで、とっとと諦めなさい！）

誠実な彼のことだから、かけられた言葉は多少なりとも本気だったかもしれないし、そう思いたい。むろん、たかが一度寝たくらいで大騒ぎするほど若くないし、すべてを真に受けて有頂天になれるほど能天気ではない。晃生の優しさに嘘はないが、彼はきっと傷ついて泣いているのがほかの女性でも、同じようにしたに違いなかった。

もちろん、誰彼構わずというわけではないだろう。だからこそ、晃生から結婚を打診されて驚きつつも心から嬉しく思ってしまったのだ。

今思えば、きっともうずいぶん前から彼を上司としてだけではなく、異性として意識していたのだと思う。思いがけず彼と身体を合わせたせいで、自分の晃生に対する気持ちにはっきりと気づいてしまった。

とどのつまり、姫花はもうとっくに晃生を本気で好きになってしまっていたのだ。だからこそ、彼に抱かれてはじめての性的快楽を得て、身も心も満ち足りた時間を過ごせたのだと思う。

(だからって、どうなるわけでもないでしょ。そんなの重々わかってる)

プロポーズの言葉は、晃生の真面目で優しい性格と、会長夫妻に知られたことで行きがかり上言わざるを得なくなっただけ。そこに彼の誠意はあっても、恋愛感情はない。

言わば、一夜の夢――。晃生にとって、姫花とのことは傷口に絆創膏を貼った程度のものだったに違いない。

これ以上考えるのは無駄だとして、自分なりにけりをつける。

そもそも、姫花は恋愛に夢も希望も持っていないし、男性に期待をしても裏切られた経験しかなかった。

今回だって同じだ。いくら相手が真面目で紳士的な人でも、迂闊に期待するときっと後悔する。

晃生にしても「アティオ」の社長としての立場もあるし、今頃は秘書との結婚など非現実的だと思い直していることだろう。会長夫妻にしても、身分差のある結婚など望んでいないはずだ。

「――そういえば、この間社長に同行して出張に行くって言ってたよね？　その時、思いがけないことが起こって社長とベッドイン――なぁんてことがあったりしなかったの？」

上の空でのたくあん漬けを咀嚼していると、結衣がいきなりそんなことを言って姫花のほうに身を乗り出してきた。

「ぶはっ！……ごほっ、ごほんっ！　なっ……何わけわかんないこと言って……ごほん！」

「ちょっと、姫花。そっちこそ、何あわててんの？　あ～、もしかして図星？　社長と出張先でラブラブな一夜を過ごしたんでしょ。うわぁ、ロマンチック～！」

結衣が両手の指を組んで、うっとりとした表情を浮かべる。

「そ、そんなわけないでしょ！　何をそんな夢みたいなこと――」

「あ、やっぱり玉の輿を夢見てるんだ」

肘で姫花の腕をつつくと、結衣が訳知り顔でニヤニヤする。

「ちょっ……揚げ足を取らないでよ。違います～。私と社長は、ただの上司と部下の関係で、それ以上でも以下でもありません」

姫花は背筋を伸ばし、きっぱりと結衣の憶測を否定した。けれど、古い付き合いの親友は、姫花のちょっとした癖を見逃さなかったようだ。

「ふぅん？　否定する割には、顔が赤くなってるけど？」

「え？　そ、それはちょっとお茶が熱かったせいだよ」

「そぉ～お？　怪しいなぁ～」

うっかり結衣のニヤニヤ笑いが移りそうになるも、姫花はなんとか意志の力でそれを回避した。

玉の輿だなんて、とんでもない！

そんなことを言うなんて、結衣はどうかしている。

一夜を過ごしたには違いないが、ラブラブではない。始まりはロマンチックとはほど遠いものだったし、元はといえばストレスと深酒が引き起こした単なるハプニングで――。

「ただいま～」

犬の散歩に出かけていた美穂の甲高い声が、玄関から聞こえてきた。

「あれっ？　出たのついさっきだよね？　帰ってくるの早くない？」

姫花は意図的に話題を反らし、結衣に背を向けてキッチンの入口に顔を向けた。

「たしかに。やけにテンションが高い声だし、散歩中に何かあったのかな？」

結衣が言い、姫花と同じ方向に視線を向けた。

ほどなくして、美穂が散歩用の帽子を脱ぎながらダイニングキッチンの入口に顔を出した。その背後に、ライトグレーと黒のランニングウェアを着た晃生がいる。

あり得ないシチュエーションに、姫花は椅子を蹴り飛ばす勢いで立ち上がった。

「しゃ、社長っ⁉」

キッチンに姫花の声が響き渡り、美穂が即座に顔をしかめた。

「姫花ったら、声が大きいわよ。菊池社長が、びっくりなさるでしょ」

美穂が怖い顔をして、姫花を睨みつける。けれど、すぐに満面の笑みを浮かべて晃生のほうを振り返った。

「わっ……本物の菊池晃生社長だ～。雑誌のインタビュー記事で見るより何倍もイケメンだね」

結衣が声を上げ、姫花の背中をバンバンと叩く。

姫花はその反動で前後に揺れながら、晃生の顔に見入った。

「おはよう、姫花さん」

「お……おはようございます。あの、社長……どうしてここへ――」

「朝のランニングの途中で『美松庵』の和菓子を買いに行こうと思い立ってね」

「うちの和菓子を？」

「そうなのよ。社長さん、わざわざ住所を調べて、事前に電話までしてくださったの」

電話を受けたのは散歩に行く前に店に立ち寄った美穂で、晃生はひと言挨拶をするために、自分が姫花の上司であることを明かしたようだ。

「店はまだ開いてないし、日頃からお世話になっている上に、危ないところを助けていただいたんだもの。せっかくだから朝食でもいかがですかって、お誘いしたのよ」

美穂がニコニコ顔で晃生を姫花の前の席に誘導する。

「そうだったんですね。菊池社長、どうぞゆっくりしていってください」

結衣が美穂と連れ立って流し台に向かった。二人とも朝食を用意しながら、何やら嬉しそうにコソコソと囁き合っている。

「急に来て、驚いただろう？」

晃生がにこやかに笑いながら、トップスのジッパーを下ろし首元を寛げる。

「はい、とても驚きました。社長がうちの和菓子を、わざわざ買いに来てくださるなんて……。言ってくだされば会社にお持ちしましたのに」

「週明けじゃなく、今食べたいと思ってね。……なんて、本当のことを言うと君に会いに来たんだ。ここのところ外出や出張続きで、直接話す機会があまりなかっただろう？」

晃生は先月の週中から地方の支社に出向いたり取引先に出かけたりと、ほとんど社内にいない日が続いていた。だが、姫花にとって晃生の不在は好都合だったし、そのおかげで幾分冷静になって考えることができた。

あとは、自分なりに導き出した結論どおりに振る舞うだけ。

そう思っていたのに、またしても予想外の出来事が起きてしまうとは……。

「何か急用でもありましたか？」

「うむ。電話をかけようかとも思ったんだが、直接会って話したほうがいいと判断したものだから」

「そうですか」

休日の朝に、いきなり部下の実家までやってくるとは、いったい何事だろう？

(仕事に関することかな？　それともプライベート？)

いずれにしても、いつもの晃生らしからぬ行動であることだけは確かだ。

「それはそうと、どこかに出かける用事でもあるのかな？」

晃生がワンピースを着た姫花に、チラリと視線を這わせた。

「はい、今住んでいるマンションから引っ越したいので、今日は物件を探しに不動産屋に行くつもりなんです」

「ああ、それなら――」

「おまたせしました～。さあ、たいしたものはありませんが、遠慮なく召し上がってくださいね」

晃生が何かを言おうとする前に、美穂が結衣とともにトレイを持ってダイニングテーブルに戻って来た。晃生の前に並んだのは、白ごはんに豆腐とワカメの味噌汁。そのほかに焼き鮭や玉子焼きなどの和食だ。

彼は嬉しそうに微笑むと、「いただきます」と言い、旺盛な食欲を見せて料理を食べ始める。さすが良家の御曹司だけあって、食べる時の姿勢といい箸の持ち方といい、すべての所作が綺麗だ。

「お口に合いますか？」

美穂が晃生の隣の席に腰かける。

「はい、どれもすごく美味しいです。特に、この白和えは絶品ですね」

「あら、よかったわぁ」

料理を褒められた美穂が嬉しそうに手を叩き、彼に訊ねられて白和えの作り方をレクチャーする。

姫花は聞き役に徹して、黙々と箸を動かし続けた。とにかく今は一刻も早く朝ごはんを食べ終えて、彼がここにやってきた用件を聞かなければ。

頭の中をクエスチョンマークだらけにしながら箸をおき、「ごちそうさま」を言う。

すでに食べ終えて美穂と談笑していた晃生が、待ってましたとばかりに姫花のほうに向き直った。

「さっき引っ越しをしたいと言っていた件だけど、よければ僕からひとつ提案をさせてくれないかな？」

「提案、とは何でしょうか」

「うん……実は、先日の件もあって、僕も君が今のところから引っ越すべきだと考えていた。姫花さん、あのマンションを出て、僕の家に来ないか？」

「はい？」

まっすぐな目でそう言われ、頭の中にクエスチョンマークが追加される。

「あの……それはどのような意味で、おっしゃっているんでしょうか」

姫花が聞き返すと、美穂が横から口を挟んできた。

「どのようなも何も、そのままの意味に決まってるでしょ。姫花ったら、菊池社長と正式にお付き合いしてるんですってね。さっき、店でお父さんと一緒にお話を伺ったのよ。もう、この子ったら何も言わないから……もちろん、二人とも大賛成よ。ねえ、菊池社長？」

頷く晃生の顔には、いかにも好青年らしい完璧な微笑みが浮かんでいる。

「もちろん、同居は結婚を前提としたものだし、僕の両親にも話は通してあるから、その点は心配しなくてもいいよ」

晃生が姫花を見て、そう付け加えた。

「会長ご夫妻も認めてくださっているなら、安心だわぁ。これ以上ないくらい、いいご縁をいただいて……お母さん、本当に嬉しいわ」

美穂が目尻をハンカチで拭うしぐさをするうしろで、壁に掛けてあるボンボン時計が午前八時を知らせた。美穂が犬の散歩に出かけた時間から、まだ一時間も経っていない。

それなのに、いったい何がどうなって双方の両親同意のもとで晃生と同居するという話になったのだろう？

「やだもう、姫花ったら、やっぱりそうだったんじゃないのぉ！　良縁ゲット、おめでとうっ！」

結衣に軽く体当たりをされ、ようやく我に返って自分を見る三人の顔を見比べる。

「り、良縁って……」

急展開すぎて、脳味噌が置いてきぼりを食らっている。

姫花が呆気に取られている間に、これから晃生とドライブデートに行く話ができ上がっていた。

どのみち出かける予定だったたし、もう準備もできている。美穂と結衣に追い立てられるように実家を出て、晃生とともに彼の車が停めてある駐車場に向かう。

けれど、何を話したらいいのかわからず、ずっと無言のまま歩き進める。

ランニングウェア姿が新鮮だからか、今日の晃生はいつにも増してイケメンのオーラ全開だ。

ついさっきまで、格別に爽やかな魅力を振りまいていた晃生だが、今は打って変わって甘く男性的な雰囲気を纏っている。

「ほら、ちゃんと前を向いて歩かないと危ないよ」

急に左肩を抱き寄せられ、立ち止まった。進行方向を見ると、数歩先にカフェの立て看板がある。

このまま進んでいたら、確実にぶつかっていたところだ。

「すみません。私ったら、ついぼんやりしていて……。どうもありがとうございます」

姫花は腰を折って礼を言い、さりげなく彼の手から逃れた。再び歩き出すと、晃生が姫花のすぐ隣に寄り添ってくる。

「礼には及ばないよ。『君の安全は僕が責任を持って守る』って言っただろう？　あの言葉に嘘はないし、これからは僕がずっとそばにいて、君を一生守り続ける」

（今〝一生〟って言った？）

姫花が密かに動揺していると、晃生が上から顔を覗き込んできた。突然そんなことをされ、心臓がドキッとする。同時に頬が熱くなり、そわそわして落ち着かない気分になった。

上司と部下として、これまでに数えきれないほど目が合ったし、仕事に同行して何度となく二人きりになった。ましてや、仮にも一度身体を重ねた間柄だ。

今さら何を、と思うものの、いつになく胸がドキドキする。

再び肩を抱き寄せられ、ぴったりと身体が密着する。ランニングウェアの薄い生地を通して、彼の引き締まった筋肉の感触がダイレクトに伝わって来た。

（わわっ……上腕の筋肉が……それに、胸筋もすごいっ……）

どうにかして冷静さを取り戻そうとするのに、こうも密着していては余計気持ちが乱れてしまう。

密かに顔を紅潮させながら駐車場に辿り着き、素早く車のそばに行った晃生に助手席のドアを開けてもらった。

「恐れ入ります」

姫花が恐縮すると、晃生が「どういたしまして」と返す。彼が運転席に乗り込むと、姫花は動揺する気持ちを抑えながら、晃生のほうに身体ごと向き直った。

「あの、社長……」

「はい、これ。よかったらどうぞ」

話し始めた姫花に、晃生が小さな小袋を手渡してきた。それは、緑色のセロファン紙に包まれたラムネだ。

「君に駄菓子の美味しさを教わって以来、駄菓子の魅力に取り憑かれてね。今は、これがお気に入りなんだ」

「そ、そうだったんですね。いただきます」

包装を解いてひと粒ラムネを口に入れた。慣れ親しんだシュワシュワとした食感を楽しみながら、小さく深呼吸をする。

「社長……さっきのお話ですが、まさか本気でおっしゃっているわけではありませんよね？」

訊ねると、晃生が姫花の上に覆いかぶさるように身を乗り出してきた。

斜めになった彼の顔が近づいてきて、今にも唇が触れ合いそうになる。

姫花が頬を引きつらせながら息を止めていると、カチリと音がして助手席のシートベルトが締まった。姫花の動揺をよそに、晃生が運転席に座り直してハンドルを握る。

「いや、僕は本気だ。逆に、なぜ本気だと思わないんだ？」

質問を疑問で返され、姫花はたじたじとなって口ごもった。

（落ち着いて、姫花！）

姫花は心の中で自分を叱り飛ばし、持てる意志力をフルに使って冷静になろうとする。

「そ、それは、そうだと思う結論に至ったからです」

エンジンがかかり、車が駐車場を出て公園の裏手にある道を、まっすぐに走り出した。晃生は口を開かない。

姫花は小さく息を吸い込み、また話し始めた。

「あの日から自分なりにいろいろと考えました。社長は真面目で誠実な方ですから、私と一夜をともにしたことに対して、過度な責任を感じていらっしゃることと思います。ですが、あの夜の出来事は私の油断と不注意が引き起こしたアクシデントです」

膝の上に置いた手の甲を見つめながら、姫花ははっきりとそう断言した。

運転席のほうから、晃生が深く息を吸い込む音が聞こえてくる。

「それで？」

「社長は優しいがゆえに、酔って取り乱す私を放っておけなかった――。だから、あのようなことに……。すべて私の不徳のいたすところです。社長には何の落ち度もありません。ですから、責任を感じていただかなくて結構です。同居や結婚云々の話はもちろん、一連の出来事もすべてなかったことにしていただければ助かります」

言い終えて顔を上げると同時に、信号が赤になり、車が交差点の手前で止まった。

「責任を感じて、か……。今姫花さんが言ったことは、すべて君の推測に基づいて考えた結論だろう？　君がそうだったように、僕もあの日から自分なりにいろいろと考えた。もう一度落ち着いて話し合う必要があるようだから、とりあえず僕の自宅に向かわせてもらうよ」

信号が変わり、車が再び走り出す。

「わかりました」

姫花は短くそう答えると、再び膝の上に視線を落とした。二人とも黙ったままでひと言も口を利かず、聞こえてくるのはカーステレオから流れるピアノ曲のみだ。

（もしかして、怒らせちゃったかも……。責任を感じていただかなくて結構だなんて、なんだか偉そうな言い方だったよね）

突然やってきた晃生から同居や結婚の話を持ち出され、つい冷静さを失ってしまった。同じことを言うのでも、もっとほかに言い方があったはずだ。晃生が今どんな表情を浮かべているのか気になるが、今の雰囲気の中で彼のほうを見る勇気がない。

車の中に、なんとなく重苦しい空気が流れた状態で晃生の自宅に到着する。いったいどんな顔をしていればいいのかわからず、車を降りてからもずっと彼のほうを見ないようにしていた。

結局一度も視線を合わさないままエレベーターに乗り、晃生のあとをついて玄関まで歩く。

「どうぞ、中に入って」

ドアを開けた晃生に、中に入るよう促される。暗かった室内に灯りが点くと同時に、色鮮やかな赤が目に飛び込んできた。よく見ると、それはたくさんの赤い薔薇だ。玄関からリビングに続く廊下は広く、壁際を縁取るように薔薇を活けた花瓶が並んでいる。

「わぁ……」

まるで薔薇の小路のような景観もさることながら、芳醇な香りが素晴らしい。

姫花は深く息を吸い込み、ゆっくりと吐き出して微笑みを浮かべた。

「綺麗……。それに、すごく香り高い……」

「気に入ってくれた？」

横にいた晃生がそう訊ねてきた。

「はい……もしかして、これは私のために？」

「そうだ。昨日会社に出入りしているフラワーショップに連絡をして、今朝まだ暗いうちにセッティングを……いや、そんなことはどうでもいいな。とにかく、今日は君をここに連れてくるつもりだったから……」

心なしか、話す晃生の顔が若干赤くなっているような気がする。

彼は、姫花に腹を立てていたのではなかったのだろうか？

いずれにせよ、自分のためにこんな演出をしてくれた彼の気持ちが嬉しかった。自然と表情が緩み、口元に笑みが浮かぶ。

「やっと笑ってくれたね。……よかった」

晃生がホッと安堵のため息をついた。

そう言われて、はじめて自分が彼と顔を合わせてから一度も笑顔を見せていなかったことに気づく。笑うような状況ではなかったにしろ、わざわざ足を運んでくれた上司に対して、もう少し配慮ある態度を取るべきだった。

「社長、今日はいろいろと申し訳ございま——んっ……」

軽く顎を下げた顎を掌ですくわれ、上を向いた時にはもう唇が重なっていた。

壁にそっと身体を押し付けられ、腰をグッと引き寄せられる。

「しゃ……ちょう……」

晃生との関係をもとに戻すと決めたのに、またしても不適切な状況に陥ってしまった。

姫花は咄嗟に顔を背け、抱き寄せてくる彼の腕を押し返す。唇が離れ、壁に押し付けられていた肩が自由になる。

正面を向くと、自分を見る晃生と視線が絡み合った。

「とりあえず、中に入ろう。話はそれからだ」

身体が離れ、晃生が姫花に先立って靴を脱ぎ廊下を歩き出す。導かれるままに彼のあとに従い、広々としたキッチンに入った。

晃生が冷蔵庫のドアを開け、中からミネラルウォーターのペットボトルを二本取り出す。そして、片方を姫花に手渡してくれた。

「君がさっき言ったこと……あれはつまり、僕が君とセックスしたのは君の不注意に因るアクシデントだから、責任を感じなくていい——という解釈でいいのかな？」

「はい、そうです」

「君は、同居や結婚云々の話はもちろん、一連の出来事もすべてなかったことにしてほしいとも言った。それは、僕に抱かれたのは本意ではなく、君にとっては一日でも早く忘れたい記憶であり、僕と結婚するなんて望むどころかまっぴらごめんだと――」

「それは違います！」

あまりにも自分の気持ちとかけ離れたことを言われ、姫花は晃生の話を遮って否定した。

「私が社長と一夜をともにしたのは、そうしたいと思ったからです」

「そうか。じゃあ、自ら望んで僕とセックスをした。だけど、あれはただ単に性欲を満たすだけの行為だったし、二度とキスをされたり抱き締められたりするのもごめんだ――これで合っているかな？」

「ぜんぜん合っていません！　私は性欲を満たすためだけにセックスなんかしませんし、社長だから抱かれたんです。それに、キスも抱き締められるのだって嫌じゃありません！」

晃生の目が細くなり、顔に少し考え込むような表情が浮かんだ。

「ふぅん……じゃあ、あの時、君が気持ちいいと言ったのは本当だったんだね？」

「……はい、本当です」

「もっと深く、もっと奥まで挿れてとねだったのは、相手が僕だったからだと？」

「そうです」

当時のことを思い出すような質問をされ、否が応でも抱かれた時の記憶が蘇る。身体のあちこちが熱くなり始め、そんな自分を恥ずかしく思う。

「どうした？　やけに顔が赤いね」

「い、いえ……何でもありません」

口ごもって下を向く姫花の顎を、晃生の手がそっと上向けてくる。

「ふむ……君の今の様子や言ったことから判断すると、君は多少なりとも僕に対する気持ちがあったからセックスをした。それで間違いないかな？」

セクシーで魅惑的なまなざしを向けられ、姫花はいっそう頬を照らせてこっくりと頷いた。もうこれ以上自分の気持ちを抑えきれなくなり、晃生を見つめながら口を開く。

「社長に対する気持ち……多少ではありません。私、あの夜社長に抱かれている時に気づいたんです。私は、もうずっと前から――んっ……ふ……」

唇を重ねられ、身体を胸に抱き寄せられる。

持っていたペットボトルを奪われ、姫花は無意識に両手を彼の腰に回した。どちらともなく舌を絡め合い、何度となくキスをする。いつの間にか目を閉じて夢中で唇を合わせていると、ふいにキスが終わり抱き締めてくる腕が緩んだ。

「意地悪な言い方をして悪かったね。それに、もっと早い段階で自分の気持ちを君にきちんと伝えるべきだった。姫花さん、僕は君が好きだ。女性に対して今みたいな気持ちになったことがなかったから、長い間そうと気づかなかった。だけど、もうずっと前から君を想っていたんだ」

晃生が目を細くして、微笑みを浮かべた。

「えっ……今なんて……？」

彼が口にした言葉がにわかに信じられず、姫花は目を大きく見開きながら訊ねた。

「僕は姫花さんが好きだ、と言った。仕事を通して君の真面目で実直な性格を知って、気づかないうちに惹かれていたんだ。あの日、泣きじゃくる君を見て心から愛おしく思った。二人きりで過ごした夜は、僕に君への気持ちを気づかせてくれるきっかけになったんだ」

「社長……ん、んっ……」

唇に甘いキスをもらい、唇を合わせながら見つめ合う。

想いが込み上げてきて、姫花は遠慮がちに晃生の背中に両掌を添わせた。

「僕は君と真剣に付き合いたい。同居したいと言ったのも、恋人としてそばにいて、君を守りたいと思ったからだ。つい先走って君の実家に押し掛けてしまったが、これが僕の本心だ。……わかってくれたかな？」

晃生が恋人だの結婚だのと言ったのは、てっきり行きがかり上そう口にしただけだと思っていた。けれど、そうじゃなかった。

嬉しさのあまり身体から力が抜けて、床にへたり込みそうになる。けれど、晃生がしっかりと抱き締めてくれているおかげで、そうならないで済んだ。

身体を抱き上げられ、縦横に長いカウンターの縁に降ろされる。目の高さが彼と同じになり、改めて互いの顔を見つめ合った。

「姫花さん、改めて言う。僕と付き合ってくれないか？」

晃生が真剣な表情を浮かべながら、姫花にそう尋ねてきた。

姫花は破顔して、繰り返し首を縦に振った。

「はいっ……。喜んで、お付き合いさせていただきます」

返事を聞くなり、晃生が安堵の表情を浮かべて姫花の唇に軽くキスをする。

「よかった……。もし断られでもしたら、どうしようかと思ってた。ずっとビクビクしてたし、受け入れてもらえて本当に嬉しいよ」

何度となく啄むようなキスをされ、腰を緩く抱かれる。こんなにも素敵な男性と相思相愛になれるなんて、少し前までは考えられなかったのに……。

「社長……私も社長に惹かれる気持ち、ずっと前からありました。でも、そんな気持ちを持つのは好ましくないと思って、社長を異性として意識する度に自分を律していたんです」

姫花は晃生の双肩に手をかけ、彼の身体を自分のほうに引き寄せた。脚が自然と左右に開き、晃生の腰を太ももで挟むような姿勢になる。

「あの夜、かなり酔って取り乱してしまったのは、今思い返しても恥ずかしくてたまりません。ですが、あれほど素敵な夜を過ごしたのははじめてだったし、自分があんなふうになれるなんて思ってもみませんでした」

姫花が恥じらうのを見て、晃生がニヤリと笑った。きっと彼は、自分の腕の中で思いきり乱れている姫花を想像しているに違いなかった。

「社長、好きです……。社長とお付き合いできるなんて、嬉しくて心臓が破裂しそうです」

言い終えると同時に、どちらともなく唇を寄せ長いキスをする。

「僕だって、そうだ。大好きだよ、姫花」

はじめて名前を呼び捨てにされて、胸が痛いほどキュンとなった。それに気づいたのか、晃生が耳元でわざとのように名前を呼ぶ。

「二人きりの時は、今みたいに呼ばせてもらうよ。姫花も〝社長〟じゃなくて〝晃生〟って呼んでほしいな。いい？」

「はい。……あ……晃生……さん」

「いいね。恋人って感じがする。慣れてきたら呼び捨てで呼んでほしいな」

白い歯を見せて笑うと、晃生がスポーツ用ジャケットのジッパーを下ろし、中に着ていたTシャツとともに床に脱ぎ捨てる。彼の手がランニングパンツの腰にかかった。

姫花はあらわになった晃生の上体に見入りながら、ほうっと感嘆のため息をつく。

「そういえば、君が筋肉フェチだったとは知らなかったな。それなら、ますます気合を入れて身体づくりに励まないとな」

いたずらっぽい顔でそう言われ、姫花はますます恥じ入って唇を固く結んだ。けれど、閉じた唇の隙間に舌を這わされ、即座に口元が緩む。そのまま長いキスをされ、だんだんと息が荒くなる。

唇だけではなく、もっと違う場所も触れてもらいたい……。

そんな想いに囚われた姫花は、そうと意識しないまま晃生の背中に指を食い込ませた。

「もうキスだけじゃ物足りない？」

甘く囁くように聞かれて、つい素直に頷いてしまった。晃生が姫花の手を取り、ワンピースの裾を持つよう促してくる。

「自分で脱いでごらん。君がそうするのを見てみたいんだ。お願いを聞いてくれるかな？」

晃生が言いながら、改めて姫花と視線を合わせてくる。期待を込めた目で見つめられて、彼の願いを聞いてあげたいという思いに駆られた。

晃生が着ているものをすべて脱ぎ捨てて、全裸になる。

姫花は、おずおずとワンピースの裾をたくし上げると、晃生に見つめられながらそれを脱いでカウンターの脇に置いた。今になって普段使いの地味な下着をつけているのを後悔したが、彼はまるで気にしていない様子で姫花を見つめ続けている。

とんでもなく、恥ずかしい。それと同時に、これから先に起こるであろうことを予測して息が乱れてくる。

晃生が姫花に口づけながら、ブラジャーのホックを外した。ストラップが肩から落ち、乳房があらわになる。彼の掌が右胸を覆い、そっと捏ねるように揉み始める。

「ぁんっ！」

先端を指先で摘まれ、小さく声が漏れる。ためらいながらショーツの腰に指をかけ、僅かに腰を浮かせた。すると、晃生が腰をかがめて左胸に吸い付いてきた。

「ああんっ！　晃生さんっ……あっ……ああっ！」

乳嘴を甘噛みされ、仰け反った拍子に身体が大きくうしろに倒れた。あやうく頭を天板に打ち付けそうになるも、すぐに上体を抱き寄せられてことなきを得る。

そのままカウンターの上に仰向けに寝かせられ、そっと腰を引き寄せられた。天板の冷たさを感じるも、身体が熱く火照っているせいかまったく気にならない。晃生の手を借りながらショーツを脱ぎ、生まれたままの姿になった。

「姫花、好きだ……。好きで好きでたまらないよ」

晃生が姫花の閉じた膝を割り、太ももを左右の腕に抱え上げた。そして、膝を曲げた格好のままそれぞれの踵をカウンターの縁に置く。

大きく脚を開いている今、秘所は晃生に丸見えになっている。これほどいやらしい格好をしているのに、もうすでに彼を欲する気持ちが恥ずかしさを凌駕していた。

「姫花、改めて言うよ。――僕は君を心から大切に想っている。僕と結婚して、一生そばにいてほしい。これは僕からの正式なプロポーズだ。受けてくれるかな？」

開いた脚の間で、晃生のものが熱く猛るのを感じる。秘裂に押し当てられた茎幹が、ビクンと力強く跳ね上がった。こんなタイミングではあるが、彼の真摯な想いが全身に伝わってくる。

両想いの人と結ばれて結婚できるなんて、これ以上の幸せはない。

姫花は喜びに目を潤ませながら、何度となく頷いた。

「もちろんです。……すごく、嬉しい……でも、本当に、私でいいんですか？」

「姫花じゃなきゃダメなんだ。僕が妻にしたいと思うのは、多岐川姫花ただ一人だ」

上から覆いかぶさってきた彼と唇を合わせ、それまでにないほど熱いキスを交わす。

彼の腰が前に進み、先端の硬い括れが、花芽を緩く引っ掻く。もうすでに蜜にまみれたそれが、ぬらぬらとぬめりながら秘裂を擦り上げた。

「このまま挿れても構わないか？」

それはつまり、避妊具なしで挿入をするということだ。彼が直に自分の中に入ってくると思うと、嬉しさで胸がいっぱいになる。

「か……構いませ……ん、ぁっ！　あああっ！」

ぬちゅっと音が立ち、そのすぐあとに切っ先をずぶりとねじ込まれた。視線が合ったまま、ゆるゆると腰を振られ、あまりの快楽にカウンターに寝そべりながら身もだえする。

「ゃあんっ！　あんっ……あ、んっ……あふ……」

左乳房に舌を這わされ、頭の中が淫らな想いでいっぱいになる。両方の膝をグッと押し上げられ、いっそう挿入が深くなった。

「中……すごく熱い……最高に気持ちいいよ。姫花、愛してる。君を心から愛してるよ」

まるで自身の形を刻み込むように中を押し広げられ、何度となく切っ先で最奥を愛でられる。

姫花は晃生と交わっている悦びに浸りつつも、目を瞬かせて自分を見る彼の目を見つめ返した。

「い、今……なんて……？　あっ……あああっ！」

晃生が激しく腰をグラインドさせた。ズンズンと奥を突く屹立が、蜜窟の中をまんべんなく愛撫する。我を忘れるほど強い快楽に囚われ、姫花は身を捩りながら背中を仰け反らせた。

「君を心から愛してる、と言ったんだ。姫花が愛おしくてたまらない……。そうじゃなきゃ、これほど気持ちがいいはずがないだろう？　愛してるよ、姫花……君の奥に、たっぷりと僕の精を注ぎ込みたい。何度も、何度でもだ……」

低くセクシーな声でそんなことを言われ、全身がカッと熱くなる。ただでさえ感じているのに、心まで甘く揺さぶられて、今にも達しそうになってしまう。

わなわなと震える唇にキスをされ、腫れた花芽を親指の腹でそっと撫でられる。

「ぁんっ！　……晃生さ……も……ダメ……イッちゃうっ……」

「まだ挿れてから少ししか経ってないのに、もうイクのか？　可愛いな、姫花……大好きだよ。じゃあ、一緒に――」

「あっ……あああんっ！」

晃生の腰の動きが速くなり、最初抱かれた時に見つけられた〝いいところ〟を何度となく突かれる。込み上げてくる快感に天地がわからなくなり、必死になって晃生の背中にしがみつく。

なおも激しく動く彼に振り落とされまいとして、姫花は両脚を彼の腰に絡めた。

すると、身体が彼の動きに連動して、挿入がより深くなる。まるで振り子のように身体を大きく揺さぶられ、もう声を出すことすらできない。

見つめ合いキスを交わしながら、さらに腰を振られてギリギリまで追いつめられる。

姫花は声にならない叫び声を上げて、一気に絶頂まで昇り詰めた。

痺れるような愉悦が全身を満たし、蜜窟がギュッと窄まる。晃生が低く呻くと同時に、切っ先が姫花の中でたくさんの熱い精を放った。

（晃生さんの……私の中に、いっぱい……）

自分の身体が、それを嬉々として受け入れるのがわかる。

晃生と愛を確かめ合い、その上でひとつになって二人して絶頂の時を迎えた。一度は諦めた恋心が胸に迫り、姫花は口づけてくる晃生の顔を見て思わず涙ぐんだ。

「晃生さんとこんなふうになれるなんて、夢みたいです……」

そう呟いた唇に、晃生が微笑みながらキスをする。

「僕もそう感じてるよ。僕の人生の中で、君のように心から愛し合える女性が現れるとは思ってもみなかった」

「私も……。はじめてです、こんなに、全力で誰かを愛せるのって……」

「それと、こんなに全力で愛されるのも？」

「はい」

「そうか。君とこんなふうになれて嬉しいよ。……だけど、まだ愛し足りない。せっかく脱いだんだし、このまま一緒に風呂に入ろうか」

そう言うなり、晃生が姫花の背中と膝裏を両腕に抱え込んだ。

「え？　え……きゃっ！」

驚いてあたふたしている間に、晃生が姫花を横抱きにしたままキッチンから出てバスルームに向かって歩いていく。その動作には無駄がなくスマートで、いかにも手慣れているといった感じだ。

「さあ、着いた」

シャワーヘッドの下で下ろされ、ちょうどいい温度の湯を肩にかけてもらう。足元から立ち上る湯気が、まだ火照っている裸の身体を包み込む。そのおかげで、恥ずかしさも少しだけ和らいでいる。けれど、すぐ横の壁に埋め込まれた縦長の鏡には、全裸でイチャついている自分達がはっきりと映っていた。姫花は急に恥ずかしくなり、もじもじとつま先をすり合わせた。

「洗ってあげるから、じっとしていてくれるかな？」

姫花が頷くと、晃生がどこからか取り出したヘアクリップで髪の毛を手際よく留めてくれた。

「もっとも、もしそうできたら——だけどね」

棚に置かれたバスソープを掌で泡立てると、晃生が姫花を鏡の前に立たせた。そして、ふわふわの泡を姫花のデコルテにたっぷりと載せて、にこやかに微笑む。

滑り下りてくる泡を掌にすくうと、晃生が姫花の乳房を丁寧に洗い始めた。大きな円を描くように動く彼の手が、乳嘴を繰り返し刺激する。

「や、ぁんっ……！　ふぁっ……ぁんっ……」

途端に身体のあちこちに火が点き、まともに立っていられなくなる。じっとしているなんて、到底無理だ。姫花は早々に降参して鏡にもたれかかり、息を弾ませながら晃生を見た。

「その上目遣いの視線……いいね。色っぽくてゾクゾクするよ」

シャワーヘッドの向きが変わり、ミスト状になった湯が姫花の身体に降り注ぐ。泡が流れ落ち、淡い桜色をしたバストトップが晃生の目の前に晒された。

普段は柔らかで、ふっくらとしている胸の先が、今はツンと固く尖っている。

姫花の目の前で、晃生が乳房を下から押し上げるようにしてそっと掴んだ。そして、まるでソフトクリームを食べる時のように先端をペロペロと舐め始める。

「あっ……やぁんっ……」

恥じらいの声が漏れ、息が乱れる。呼吸をする度に胸が大きく上下し、そうするつもりもないのに乳房を晃生の口に押し付けているみたいになった。

「もっと強く舐めてほしいのかな？」

チラリと視線を上に向けた晃生が、ニッと笑う。端正な顔に浮かぶ表情がこの上なくエロティックで、姫花は無意識に頷いて彼の顔を見つめた。

「いいよ。姫花は僕が思っていたよりも、ずっといやらしくてエッチな女性だったんだな」

晃生がゆったりと微笑み、これ見よがしに舌先で乳房を舐め回す。

「ち、違っ……あ、んっ……そ……そんなこと……」

否定の言葉を聞こうともせずに、晃生が乳房の先にカプリとかぶりつく。先端を舌で捏ね、チュウチュウと音を立てて吸って、姫花の恥じらいを助長させる。

晃生とのセックスは、どうしてこうも淫らで甘美なのだろう？

頭のてっぺんからつま先まで彼の愛撫に踊らされ、底知れぬ官能の海に落ちていく感覚――。

彼と交わっていると、尽きることのない悦びを感じ心まで満たされる。もっとほしくなるし、いっそすべて奪われてめちゃくちゃにされてしまいたいとすら思う。

晃生になら、何をされても構わない。

そんな劣情に囚われながら乳房をねぶられ、姫花は嬉しさのあまり彼の頭を腕に抱え喘いだ。

「ふむ……胸は姫花の〝いいところ〟のひとつみたいだね。柔らかで清楚だけど、ちょっと愛撫するだけで、ほら……乳嘴がこんなに硬くなってコリコリしてる」

「ひっ……！」

指の間に乳嘴を挟み込まれ、そこをキュッとねじられる。

思わず鏡から背中が浮き、晃生に支えられたまま身体が反転する。彼に背を向けて鏡に手をつくと同時に、背後からそっと抱き寄せられた。右の乳房を左掌で緩く揉まれ、ぷっくりと腫れ上がった花芽を右手の指先に囚われる。

「女性のここは、発生学的には男性のペニスに相当する。敏感で性的に興奮すると今みたいに硬く勃起するんだ。姫花は、すこぶる感度がいい。だけど、これほどだとは思わなかったな。ほら……いつの間にここをこんなにしてたのかな？」

「あっあ、あっ……ああんっ！」

突端を指の腹で優しく押し潰され、中にある花芯を執拗にいたぶられる。同時に違う場所を弄られ、その度に身体の中に稲妻が走ったようになった。

晃生はといえば、鏡に映る姫花の顔をじっと見つめながら、こちらの反応を楽しんでいる。

真面目で温厚な晃生に、こんな面があったなんて……。

知れば知るほど彼という人に惹き込まれ、自分の隠れた一面を発見して驚愕する。事実、晃生の視線に晒されながらの愛撫は、姫花の心の奥底にあった性的な被虐心を呼び覚ましたようだった。

そうと知ってか、晃生は身もだえする姫花を見て、満足そうに微笑みを浮かべている。

「姫花は僕が知る誰よりも真面目で理性的な女性だ。白百合のように凛とした美しさもあるし、とても強い。それなのに、こんなに淫らに感じて僕を惑わせるなんて……。こうなったら、もっともっと感じさせてあげないといけないな」

花芽を愛でているのとは別の指が、蜜窟の前庭を蛇行する。今にも中に入りそうで入らない。じれったさに頬が焼け、そうしようと思わないのに蜜窟の入口がもの欲しそうにヒクヒクと戦慄く。

「晃生さんっ……。指……あっ、あああっ！」

湧き起こる愉悦を感じて、膝がガクガクと震え、何度となくあられもない声を上げる。

気がつけば、晃生が床にへたり込んでいる姫花の双臀を撫で、ゆっくりと捏ね回していた。

姫花は、そうと意識しないまま腰を浮かせ体重を前に移動させる。腰を引き上げられ、彼に背を向けた状態で四つん這いの姿勢になった。

「指を挿れてほしいのかな？　たとえば、こんなふうに」

晃生の人差し指と中指が、ツプンと蜜窟の中に入る。二本の指の腹が、奥の上壁をクニクニと捏ね回す。

感じるところを的確に刺激され、姫花は我知らず背中をしならせて腰を高く上げた。

「ぁああっ……あ、ふぅ……あっ……あっ……」

「可愛い啼き声だね。もっと聞かせてもらうには、どうしたらいいかな」

晃生が呟き、空いているほうの手で姫花のヒップラインをなぞった。それだけで期待で胸がはちきれんばかりになり、そうしようと思わないのに腰がクネクネと動く。

双臀から太ももの付け根に下りた彼の手が、内腿をまさぐる。そして、ふいに左右の尻肉を掌で外側に押し開いた。

「やっ……」

後孔の窄まりがあらわになり、薄まっていた羞恥心が一瞬で蘇る。今までにない格好をさせられ、恥ずかしすぎてどうしたらいいか、わからなくなる。

いったい、今彼はどこを見ているのだろう？

そんな場所は未だかつて誰にも見せたことはないし、見せるようなものでもない。そう思い、腰を落とそうとするも、晃生の手が断固としてそうさせてくれない。

「美しいな……。どんなに綺麗な花よりも、君のここのほうが何億倍も美しいよ」

晃生が姫花の双臀に唇を寄せ、チュッと音を立ててキスをした。

いくら心から想う人でも、そんなところまで見られてしまうなんて……。

晃生が尻肉を舐め回しながら、時折緩く噛みついてくる。くすぐったさに腰を揺らすと、その拍子に蜜窟の中に入っていた指が抜け出てしまった。

それを残念に思う間もなく、さらに腰を高く上げさせられて、ヒクヒクと蠢くそこに舌を差し込まれる。

「あっ……ああああんっ！」

蜜窟の中に入ってきた彼の舌が、小さな屹立のように硬くなって抽送を始める。挿入の悦びに全身が熱く粟立ち、腰がグッと反り返った。一時もじっとしていない舌が花芽をくすぐり、溢れ出る蜜を纏いながら、もう一度蜜窟の中に沈んだ。

姫花は熱に浮かされたようになり、目を薄く閉じて浅い呼吸を繰り返す。

もうこれ以上、恥ずかしさに耐えられない――。

そう思った時、晃生が後孔の窄まりにキスをして襞をそっとくすぐってきた。

「はぅっ……」

はじめて味わう感覚に驚き、姫花は小さく声を上げていっそう上体を反らせた。恥ずかしいという言葉では言い表せないほどの感情に囚われ、意識が朦朧としてくる。

体勢を保てなくなり、姫花は肘を折って上体を床に伏せた。そのせいで、よけい見られてはいけない部分を晒すような格好になってしまう。

「晃……。ダ……メ……ッ……。は……ずか……し……」

思ってもみないところを愛撫され、身を裂くほどの羞恥心を感じる。

けれど、同時に言いようのない高揚感に全身を包み込まれ、花芽が痛いほど熱くなった。

もし自分が男性だったら、とっくに射精しているところだ。そんな愚かしい考えが頭に思い浮かぶと同時に、突然ガクリと膝が折れた。

きっと、軽く達してしまったのだと思う。そのまま床にへたり込むような姿勢になり、はぁはぁと息を弾ませる。

「姫花、大丈夫か？」

背後から顔を覗き込んできた晃生が、姫花の肩を抱き寄せて心配そうな表情を浮かべた。

手を貸され、姫花はどうにか起き上がろうとした。けれど、半分腰が抜けたようになってどうしても立てない。

「少し無理をさせてしまったかな？　のぼせるといけないから、もう上がろうか？」

「いいえ……大丈夫です」

姫花は息を弾ませながらも、はっきりと首を横に振った。

「本当に？」

「はい、本当に大丈夫です」

「そうか……。それならいいんだが」

姫花がニコリと微笑むと、晃生がホッとした様子で表情を緩めた。

この上なく淫らな行為をしかけてきたと思えば、いつも以上に優しく思いやりに溢れた目で見つめてくる。そんな彼に心揺さぶられ、愛おしさが募った。

ふと見た視線の先に、晃生の硬く猛った屹立がある。それはこれ以上ないというくらい力強く反り返っており、硬い腹筋をも突き破らんとしているみたいだった。

「わ……私より、晃生さんのほうが、よっぽどいやらしくてエッチです。私を心配しながらそんなにしてるなんて……」

目を反らすべきなのに、どうしても視線を外すことができない。

姫花が魅入られたように猛る男性器を見つめていると、晃生が、小さく含み笑いをする。

「くくっ……。それについては、今後も継続的に話し合う必要があるな」

晃生が姫花を助け起こし、バスタブの縁に誘導した。深く腰かけられるほどのスペースがあるそこに、晃生が先に座る。

彼の隣に誘われるも、姫花はそこではなく晃生の開いた脚の間で腰を落とし正座をした。

そして、割れた腹筋の前でそそり立つ彼のものを見つめながら、我知らず舌なめずりをする。

そんな自分をはしたないと思いつつも、姫花は彼のものを口に含みたいという気持ちを抑えることができなかった。

「姫花……」

晃生の手が姫花の額に触れ、前髪をそっと掻き上げる。

姫花は差し出された彼の手に唇を寄せ、指先を軽く吸った。

「晃生さん……好きです……。私も晃生さんを気持ちよくしてあげたい……。いいえ……自分がこうしたくて仕方ないんです」

そう呟くなり、姫花はそそり立っている屹立に手を添え、太い血管が浮いている茎幹にうっとりと舌を這わせた。舌で触れるほどに硬くなるそれが、引き寄せようとする姫花の手に抵抗するかのように、いっそう強く反り返る。鴇色の茎幹と、それよりもワントーン色鮮やかな切っ先。それを繋ぐ小帯が、ギリギリまで伸びているのがわかる。

自分との行為でこれほど興奮状態になっているのだと思うと、いっそう愛おしさが募ってきた。

屹立の根元に思う存分舌を這わせたあと、先端に向けて一気に舐め上げる。

まだ足りないし、もっとほしい。

姫花は屹立を左手でそっと握りしめ、切っ先を口に含んだ。淫靡な曲線を描くそれに舌を絡め、ゆっくりと吸い込むように喉の奥へ呑み込んでいく。

「うっ……」

晃生が低く呻き、姫花の頭を緩く掴んでくる。耳の奥でじゅぷじゅぷと音が響き、口の中で晃生のものが一段と硬く腫れ上がった。奥深く飲み込むほどに淫猥な想いに囚われ、まるで美味しいものを食べる時のように唾液が出て顎を伝い下りる。

息ができなくて、苦しい――。

けれど、もっと深く含みたいと思うし、思う存分舐め回したいという欲望を抑えることができなかった。もうすでに理性など、どこかに行ってしまっており、ただ欲しいままに口の中のものを愛でたいという想いに囚われている。

「姫花っ……」

ふいに肩を掴まれ、口の中から屹立を奪い去られる。誘導されるがままに晃生が座っていたバスタブの縁に上体を伏せ、腰を引かれた直後蜜窟の中に硬い切っ先を突き立てられた。

「あああああっ！　あっ、ああああああっ！」

潤った中が晃生のものを歓迎し、きゅうきゅうと収縮する。

性急すぎる挿入が、たまらなく気持ちいい。蜜窟の入口が、蜜を垂らしながら彼のものをきつく締め付けるのがわかった。

「姫花っ……姫花……」

晃生が姫花の名前を呼びながら腰を動かし、乳房を掌でまさぐってくる。

見境なく乱暴にズボズボと突いてくる感じが、たまらない。高まる一方の快楽に身をゆだねていると、晃生が耳朶に唇を寄せてきた。

姫花は彼のほうをふりむき、唇から覗く彼の舌に吸いつきながら喘ぎ声を漏らした。

「姫花……愛してる……。どうしようもなく姫花を愛しているよ」

パチュパチュと秘裂に腰を打ちつけられる音が、バスルームに響き渡る。突き上げがより強くなり、内奥ばかりか子宮まで悦びで啼き出すのがわかった。

「私も……私も、愛してます……。晃生さん……あ……愛……あ、ああああああっ！」

腰を腕で抱えられ、動きながらさらに奥深く屹立をねじ込まれる。

「お……奥……、や……破れちゃ……ぁ、あ、あぁっ――！」

快楽の極限に達し、一瞬重力を感じなくなって宙に浮いたような感覚に陥る。それからすぐに絶頂の渦の中に巻き込まれ、息が止まった。

痺れるほど甘美な愛欲が身体中を満たし、全身が不随意に震える。この上なく淫らで尽きることなく快感を得られるのは、二人が愛し合っているからこそなのだろう。

「姫花……愛してる。君だけは、ぜったいに離さないって誓うよ――」

晃生の唇をこめかみに感じる。

姫花は、これ以上ないほど満ち足りた気分に浸りながら、抱き寄せてくる彼の腕にゆったりと身体をもたれさせるのだった。

第四章　山あり谷ありの同居生活

五月も下旬に差し掛かり、かねてから進められていた「リドゥル」とのコラボ商品企画も順調に進み、今は試作品の製作に取り掛かっている。

人気ファッションブランドとのコラボレーションが成功すれば、「アティオ」の名は今以上にワールドワイドなものになるだろう。そんな希望を胸に、関係各部署は企画の成功を目指していっそう仕事に熱を入れ、社内はいつも以上に活気に満ち満ちている。

「じゃあ、あとはよろしく頼む」

「承知しました。では、いってらっしゃいませ」

エレベーターホールで晃生と取引先の社長を見送ると、姫花はデスクに戻り途中まで済ませていたデータ分析に取り掛かった。各部署から集まってくる資料を一括で管理し、それを有益且つわかりやすくデータ化するのは社長秘書の重要な仕事のうちのひとつだ。

集中して作業し、ふと時計を確認する。

（もうこんな時間？）

いつの間に時間が過ぎていたのか、もうすでに終業時刻を十分過ぎていた。

「仕事は効率よく」「不要な残業は好ましくない」

それが「アティオ」のワークスタイルであり、晃生が社長に就任して以来、その考えは本社から関連会社にまで浸透しつつある。

姫花は手早く後片付けを済ませ、退社して駅への道を歩き出した。交差点で立ち止まり、信号が青になるのを待つ。

(社長は今日遅くなる予定だし、晩ご飯は何を食べようかな)

五月の連休中に思いがけず正式なプロポーズを受け、姫花は住んでいたマンションを出て彼の自宅で新しい生活をスタートさせた。

今のところ知っているのは双方の両親達のみで、会社には別々に行って帰っている。晃生は交際している事実を公表しても構わないと言ったが、そんなことをしたら社内が大騒ぎになるだけでは済まないと判断して、とりあえず内緒にしておくと決めた。

振り返って見れば驚きの連続だったし、まるでジェットコースター並みの展開だらけだ。だが、今は心から幸せを感じるし、結婚を前提にしての同居はぎこちないながらも、もうすでに新婚の甘さを漂わせている。

(昨日の残り物が、まだ冷蔵庫に残ってたな)

再び歩き出しながら、姫花は昨夜食べた豚の角煮を頭に思い浮かべた。

トロトロでありながら味がしつこくないそれは、晃生が姫花のリクエストに応えて作ってくれたものだ。彼の料理の腕はプロ並みで、美味しすぎてついご飯が進み食べ過ぎてしまう。

それに引き換え自分の料理下手ときたら、晃生に愛想をつかされても仕方がないレベルだ。

駅に着き、電車に揺られながら、かつてそれが原因で元カレにフラれた時のことを思い出す。

『料理は僕が作るから、姫花はほかの家事をやってくれたらいいよ』

晃生はそう言ってくれたが、ただでさえ忙しい彼に甘えてばかりはいられない。

引っ越しの慌ただしさがようやく落ち着いた今、すでにいくつかの料理教室について調べており、あとはどこに通うか決めるだけになっている。

自宅の最寄り駅に到着し、寄り道をせずに帰り道を急ぐ。マンションに着き、自宅の玄関を開けてリビングに入った。

「ただいま。う〜ん、今日もお疲れさま」

自分にそう話しかけながら、バッグを床に下ろしソファに腰かける。さて、先に風呂に入ろうか晩御飯にしようかと考えていると、インターフォンが鳴った。

一瞬、晃生かと思った。けれど、彼ならチャイムを鳴らさずにドアを開けるはずだし、今日は取引先と会食に行っており、こんなに早く帰ってくるはずがない。

通話ボタンを押し、「はい」と応答して一瞬で固まる。モニターに映し出された訪問者は、晃生の母にして会長夫人である環だ。

「お、奥様っ……」

『ええ、私よ』

かつて女優だった彼女は、年相応ではあるが今も昔の美貌を保っている。

突然の来訪に戸惑いつつ、姫花は大急ぎでボタンを操作してマンション入口のドアを開錠し、玄関に急いだ。

（いったい、何の用だろう？）

姫花は忙しく考えを巡らせながら、ドアを開け、もうじき来るであろう環を待つ。パーティーの翌日以後、彼女とは仕事をする上で何度か顔を合わせ話した。だが、プライベートで二人きりになるのはこれがはじめてだ。

ほどなくしてやってきた環が、姫花と挨拶を交わしながら鷹揚に微笑みを浮かべる。

「晃生は今日遅いんでしょう？」

「はい、今日は『田所紡績《たどころぼうせき》』の田所社長と会食に――」

「ええ、知っているわ。今日は、それを承知の上でここに来たの。じゃ、ちょっとお邪魔させてもらうわね」

颯爽として堂々たる風格は、さすが「アティオ」の会長夫人だ。美しいだけではなく良妻賢母と誉れ高い環を前に、姫花は緊張に身を固くした。

表情は柔らかいが、環には晃生に勝るとも劣らないほど圧倒的なオーラがある。ただし、それは会長が一緒ではない時に限られており、行動をともにしている時はそれが楚々とした奥ゆかしさに取って代わるのだ。

それも会長夫人として当然の振る舞いか、はたまた元女優のなせる業か――。

いずれにしても、環はどこから見ても非の打ちどころのない女性であり、姫花が手本にすべき賢妻だ。

環をリビングのソファに案内したあと、テーブルの上に駄菓子が入ったラタン製のかごを置いたままにしていたことに気づく。かご自体はデザイン性が高いが、入っているのは駄菓子だ。それは明らかに社長宅にふさわしくないものであり、環が見たらきっと眉を顰めるに違いない。かごには蓋がついているが、今は開いたままになっている。けれど、幸いにも環はそれに気づいていない様子だ。

「今、お茶をお持ちします」

姫花はそう言いながら、さりげなくテーブルに近づいてかごの蓋を閉めた。とりあえず、これで大丈夫だ。姫花はホッと胸を撫でおろしながら、お茶を淹れるためにキッチンに向かった。

（よかった！　それにしても、びっくりしたぁ……）

晃生と同居を始めた週の土曜日、姫花は彼とともに会長夫妻宅を訪ねた。事前に晃生から話してくれていたおかげで、訪問中は終始和やかなムードだったし、夫妻が二人の仲を認めてくれているのもわかった。

そうは言っても、本当のところはどうだろう？

菊池家の歴史は古く、一族の中には各界の名士やエリートと呼ばれる人が大勢おり、その配偶者もしかりだ。

天下の「アテイオ」社長の妻になる者が秘書では、いろいろと思うところがあるのでは……。

そう思ったりするが、姫花にはどうすることもできなかった。

「お待たせいたしました」

緑茶を載せたトレイを持ってリビングに戻ると、環が膝に置いた冊子を眺めているところだった。

（うわっ、あれって料理教室のパンフレットだ！）

集めたパンフレットは、ソファの横のブックスタンドにまとめて入れてあった。別に見られてまずいものでもないが、詳しく聞かれたら料理下手なのがバレてしまいそうだ。

けれど、取り繕っても仕方がない。

姫花は覚悟を決めてソファ前のテーブルの横にかしこまった。

「失礼します」

環の前にお茶と茶菓子を置き、彼女のはす前の席に遠慮がちに腰を下ろした。環が礼を言ってひと口お茶を飲み、キューブ状の菓子を爪楊枝で刺して口に入れる。

「あなたが淹れてくれるお茶は、いつも本当に美味しいわね。このお菓子も美味しいわ。原料はさつまいも？」

「はい、紅芋をグラッセにしたものです」

「もしかして、あなたの実家で作っているお菓子かしら？」

「そうです。アイデアは母で、父がそれを商品化して――」

姫花の実家が和菓子屋を営んでいることは、会長宅を訪問した時に話した。まさか茶菓子について聞かれるとは思わなかったし、褒められてつい聞かれてもいないことまで話しそうになった。

姫花が口を噤むと、環は次々に菓子を口に運び、満足そうに口元をほころばせた。

「そう……アイデアはお母さまが思いつかれたのね。素晴らしい内助の功だわ。あなたも、お母さまを見習ってね。結婚するのはもう少し先だけど、社長の妻としての心づもりはもうしておいてもいいと思うわ」

婚約はしたものの、晃生側の親族に今年亡くなった人がいるため、実際に結婚をするのはきちんと喪が明けてからということになった。それが今からちょうど半年後の十一月半ばに当たる。

「ところで、これは何かしら？」

環が思い出したように持っていたパンフレットをパラパラとめくる。聞かれると覚悟はしていたが、実際に訊ねられて心臓がキュッと縮こまった。

「料理教室のパンフレットです」

「そのようね。姫花さん、もしかしてあなた、料理があまり得意じゃない——なんてことはないわよね？」

「いえ、正直に申し上げて、料理は不得手です」

「まぁ、そうなのね」

環が片方の眉を、ほんの少し吊り上げた。それも当然だ。息子の妻になる者が料理下手だと聞いて、喜ぶ親などどこを探してもいないだろう。

「じゃあ、毎日の料理は誰が作っているの？　そのほかの家事はどうしているのかしら？」

聞かれたくないことを聞かれてしまったが、嘘をつくわけにはいかなかった。姫花は覚悟を決めて、ありのままを話すことにする。

「料理は社長が作っていらっしゃいます。そのほかの家事は、主に私がやらせていただいております」

「あら、そう。……主に、ねぇ……」

環が部屋をぐるりと見回し、渋い顔をする。一応、掃除洗濯は姫花がすることになってはいるが、晃生が自らすすんで手伝ってくれることもしばしばだ。

「じゃあ、これはあなた用のパンフレットなのね。取り寄せたのも、あなたなの？」

「はい、そうです」

姫花は環に訊ねられ、端的に事実だけを伝えた。それ以外のことを話せば、すべて言い訳に聞こえてしまいそうだったからだ。

「姫花さん。あなたは秘書としてはとても優秀な人だわ。でも、社長の妻になるからには、公私ともに夫を支えなければならないの。いつどんな必要に迫られるかわからないわ。掃除洗濯はもちろん、料理も人並み以上にできるよう精進して社長の妻として晃生に尽くしてちょうだい」

「はい、承知しました」

なるほど、社長夫人ともなると必然的に交友関係も広がるだろうし、ゲストを招いてのホームパーティーなどもあるかもしれない。

姫花は改めて気を引き締め、是が非でも苦手を克服しようと決心する。

「晃生は以前からあなたの能力を高く評価しているし、私達夫婦だってそうよ。晃生と結婚したら秘書としてだけではなく社長の妻としてこれまで以上に持てる能力を発揮して会社に貢献してもらいたいわ」

「かしこまりました」

「それとね、姫花さん。わかってはいると思うけど、晃生は『アティオ』の将来を背負って立つ人間であるだけじゃなく、菊池家の次期当主になる大切な人なの。だから、あなたも社長の妻としてだけじゃなく、未来の当主夫人として恥ずかしくないよう心して行動してちょうだい」

「はい。しかと承りました」

姫花は返事をして、改めて居住まいを正した。

最初見た柔和な顔は、どこへやら。環は厳めしい表情を浮かべながら、姫花に語り掛ける。

姫花は首を垂れ、心して環の言葉を胸に刻んだ。

そのほかにもいくつかの社長の妻としての心得を聞かされ、その都度神妙な態度で返事をする。

「私も夫もあなたには期待しているの。あなたなら、晃生を安心して任せられると思っているし、そうでなきゃいけないわ。いいわね、姫花さん。今言った心得を常に念頭に置いて、くれぐれも私達夫婦の期待を裏切らないようにしてね」

そう言い残すと、環は来た時と同様に颯爽と帰っていった。彼女は話し終えるまでに二度お茶をお代わりし、気がつけばもう午後九時近くなっている。

使い終えた茶器を片付け、キッチンの隅に置いてあるスツールに腰を下ろす。以前から華がありパワフルな人だとは思っていたが、今日はいつにも増してエネルギッシュだった。

晃生曰く、夫妻は幼少の頃より彼のことを一人の人間として扱ってくれており、何をするにしても本人の意志を一番に尊重してくれるのだという。

結果的に両親が望む道を選んだ晃生だが、仕事に関しても自らの考えで「アティオ」の入社試験を受け、実績を積み上げた上で今の地位まで昇り詰めた。

姫花との結婚についてもしかりで、晃生が選んだ人なら間違いないという考えのもと、認めてもらったわけだ。

それは心底ありがたいと思うし、晃生を信頼し見守り続ける夫妻の考え方には感服する。実際、彼らが賛成してくれなければ、晃生との結婚話はここまでスムーズに進んでいなかったはずだ。

今日言われたことは「アティオ」や菊池家を思うがゆえのことであり、そのすべてが晃生のパートナーとして理解しておくべき教えだ。環はそれをきちんと伝えるために、あえて晃生の不在時にここに足を運んだのだろう。

「ふぅ……。それにしても、すごい迫力だったな」

今の姫花は、将来的に環のあとを継ぐ立場にいる。正直、今の自分には荷が重すぎるが、晃生との結婚を望むなら、弱音を吐いてなんかいられない。

姫花はこれまで以上に秘書としての能力を磨き、なおかつプライベートでも晃生の理想的な妻になることを求められているのだ。

今日の訪問で、改めて環がそれを強く望んでいるとわかった。

いや、むしろ自分に求められているのは、まさにそれだと確信した。逆に、それができそうになければ良家の子女でもない一般人の自分が晃生の妻として認められるはずがないのでは？

（きっとそうだ……。そうでなきゃ、私が菊池家に迎え入れられるわけがないものね）

ついひねくれたような見方をしてしまい、姫花はそんな自分を諌めた。

もちろん、晃生の熱意があってのことだし、その想いに報いるために最大限の努力をすべきだ。

環の言葉を素直に受け入れて、少しでも「社長の妻」と呼ばれるにふさわしい自分になろう。

そう思った姫花はリビングに戻り料理教室のパンフレットを開くと、明日からでも通えそうなクラスを探し始めるのだった。


姫花が晃生と同居生活をはじめて、早一か月半が過ぎた。

この頃の晃生は特に忙しく、国内外の出張も少なくない。その分、帰宅できる日は極力残業なしで帰ってきて、のんびりとした時間を過ごしている。

（今日は晃生さんが早く帰ってくる！　それなのに、料理教室で遅くなっちゃった）

時間を確認すると、すでに午後八時半になっている。

姫花が通っているのは、食材の切り方から学べる料理のスーパー基礎クラスだ。習うのは主に和食の家庭料理で、元プロの料理人である講師からマンツーマンでみっちり教えてもらえる。

通い始めてひと月近くなるが、おかげで以前よりもまともな料理が作れるようになった。

とはいえ、如何せん手際が悪く、完成するまでに時間がかかる。そのせいもあり、まだ晃生に料理を振る舞ったのは、たったの一度だけ。しかも、出来栄えはイマイチだった。

それでも晃生は姫花がはじめて作った手料理を喜んでくれたし、ちょうど次の日が休みだったこともあり、夜はことさら激しく身体を求められたりして……。

姫花は自宅への道を早足で歩きながら、我知らず頬を染める。

同居生活は概ね順調で、話し合った結果、婚姻届を出す日取りが決まったのを機に二人が婚約していることを社内に公表した。

これについては、予想通り――いや、それを上回る大騒ぎになり、沈静化していた嘘の噂を再燃させる結果になってしまった。

聞こえてきた噂話の発信源は様々だが、一番あからさまなのが同世代か少し上の独身女性達だ。

『真面目そうな顔して、陰で虎視眈々と玉の輿を狙ってたのね』

『結局は社長秘書という立場を利用して、社長に言い寄ってたってことでしょ』

むろん、面と向かっては言われない。しかし、化粧室やロッカー室の奥から聞こえてくる囁きは、聞こうと思わなくても姫花の耳に入ってくる。

さすがにノーダメージではいられないが、そのうち沈静化するだろう――。

姫花はそれまで我慢しようとしたが、晃生が黙ってはいなかった。

『プロポーズは自分からであり、彼女からのアプローチは一切なかった』

『真面目で仕事熱心な姿を見るうちに、いつの間にか惹かれていた』

それからすぐに出された社長からの通達には、そう明記されていた。

仕事以外の内容で社長通達を出すのは、異例中の異例だ。しかし、そのおかげで以後二人の婚約に関する否定的な話は一切聞こえてこなくなった。少なくとも姫花の耳には届かなくなっている。

ただ、婚約発表により多少なりとも社内が騒然としたのは事実であり、それを落ち着かせるために何らかの策を講じざるを得なくなった。

その結果、姫花は異動にこそならなかったが、二人の新人女性秘書の教育係に任命された。それに伴って姫花のデスクは社長室の前室から秘書課内に移り、晃生とのやり取りも新人秘書の教育を兼ねて彼女達を介することが多くなっている。

むろん、その都度姫花がフォローしており、今のところ大きな失敗はない。しかし、教えるために時間を取られるし、業務を支障なく行うために、以前にも増して気を遣うことが多くなった。

(これも後輩を育てるため。心して頑張らなきゃ)

新人秘書は二人とも姫花よりも四つ年下で、いずれも秘書検定一級を取得している。

一人は田中《たなか》という総務部から異動した一昨年の新卒で、もう一人は岸《きし》という去年人事部に配属された中途採用者だ。いずれも仕事熱心で、責任ある業務を任せられることにやり甲斐を感じてくれている。

姫花はといえば仕事量が格段に増えたし、今後のために新たなマニュアル作りを始めたせいもあって残業することも多くなった。それは別に苦ではないし、晃生も分かってくれている。それに、優秀な人材が育つのは会社としても喜ばしいことだ。

(でも、二人ともかなりの美人なのよね……)

引き続き家路を急ぎながら、姫花は少しだけ表情を曇らせる。

社長秘書なのだから立ち居振る舞いはもちろん、外見もある程度キチンとしていなければならない。その点は二人ともクリアしており、おまけにスタイルもよかった。

むろん、だからといってどうこう言うつもりはない。

ただ、晃生とやり取りをする上で、田中が必要以上に時間をかけたり、時折媚びを売るような態度を取ったりするのが引っかかる。はじめは気のせいかと思っていたが、ある時彼女が玲央奈と楽しそうに笑いながらランチを食べているのを見かけた。

それから注意して田中の行動をチェックしてみると、岸に頼んだ仕事をさりげなく横取りしては晃生と顔を合わせる機会を増やしているのがわかった。

かつて姫花を目の敵にし、今も良好とは言い難い関係の玲央奈と仲がいい――。

それだけで田中を穿った目で見るつもりはないが、新たに彼女の晃生と話す時の声のトーンも気になり出した。

(なんだか、甘えているような……。いろいろと引っかかるんだよね)

自宅マンションに着き、玄関のドアを開錠する。

「ただいま」と言って入ろうとした目の前に何かが立ちはだかり、それにドンとぶつかってしまう。

「ぶっ……」

前に進もうとした身体がうしろに仰け反り、いち早く伸びてきた手に支えられる。

「あ、晃生さんっ。ただいま帰りました」

「ごめん。そろそろ帰ってくる頃だと思って、ちょうどドアを開けたところだった。それにしても、やけに堅苦しい『ただいま』だな」

婚約して以来、晃生には二人きりの時はもっと砕けた話し方をしてほしいとお願いされている。しかし、まだ照れがあるし、慣れるにはもう少し時間がかかりそうだ。

「さあ、入って。今日は料理教室で何を教わってきたんだ？」

洗面所に向かいながらそう訊ねられ、ブリの照り焼きとほうれん草と油揚げの煮びたしを習ったと話す。手を洗いリビングに移動して、ソファに並んで腰かける。

「でも、手際が悪くてブリを少し焼きすぎてしまって。煮びたしは割とうまくできたのに、ごはんの水加減を間違えたみたいで――」

通っている料理教室は生徒の細かなニーズに応えてくれており、姫花の希望により、教えるのは口頭のみで調理には一切手を貸さないでいてくれている。

作ったものは講師とともに食べるのだが、今日の料理は正直人に出せるようなものではなかった。

「そうか。ここのところ忙しくしているし、疲れているせいもあるんじゃないか？」

「うーん……確かに忙しいけど、それを言い訳にしたくないし……。講師の方は一生懸命教えてくれているのに、なかなかうまくいかなくって」

料理教室なのだから当然だが、講師は姫花の包丁さばきや手際の悪さを逐一観察して、いい方向に導こうとしてくれている。

しかし見られていると緊張するし、一度失敗するとそれがあとあとまで尾を引く。仕事では不測の事態に陥っても切り替えられるのに、料理となるとてんでダメだ。

「苦手意識があると、どうしても委縮しがちだ。姫花の場合もそうなのかもしれないな」

事情を聞いた晃生が、そう分析する。姫花はそれに同意して、首を縦に振った。

「いっそのこと、一度実家に帰って母に一から料理を習ったほうがいいのかも――」

「それはダメだ」

穏やかな顔をしていた晃生が、突然真顔になって姫花のほうに身を乗り出してくる。

いきなり表情を変えた彼に驚きつつ、姫花は自分を見る彼の目を見つめ返した。

「……でも、今のままだと晃生さんにどうしても負担がかかっちゃいます」

「姫花だって掃除洗濯を引き受けてくれているじゃないか」

「それも、晃生さんがよく手伝ってくれてますよね。私、つい晃生さんに甘えすぎちゃって……」

「甘えすぎても、僕がいいと思っているんだから問題ないだろう？」

「だけど、社長として会社で忙しくしているんだから、その分家ではもっとゆっくりしてほしいです。うちの母も、仕事を手伝いながら家事をぜんぶやってました。私はもっと晃生さんをサポートしないと……仕事面でもプライベートでも、もっと役に立たなきゃ……掃除洗濯はもちろん、料理も人並み以上にできるように頑張らないとダメなんです」

姫花の頭の中に、環に言われた晃生の妻としての心得が思い浮かぶ。それをやり遂げてこそ、自分は菊池家の人々に認められる。逆にクリアできなければ彼のパートナーとして失格とみなされてしまうだろう。

「晃生さんの妻になるんだもの。公私ともに晃生さんを支えて、周りに恥ずかしくないような存在にならないと……。そうでなきゃ、せっかくの期待を裏切ることになってしまうから――」

ふいに伸びてきた晃生の手に顎を持ち上げられ、そっと唇を重ねられる。そのまま腕の中に抱き込まれて、だんだんとキスが深いものになっていく。

まるで優しくあやすように唇を食まれたあと、コツンと額を合わせてじっと見つめられる。

「姫花、もしかしてうちの母に何か言われたんじゃないか？」

背中と頬を緩く撫でられ、答えを引き出すかのように唇にチュッと吸われる。

先日環が家を訪ねてきたことは、晃生にも話した。けれど、会話の内容は必要だと思ったところをかいつまんで言っただけに留めている。

「な、何か……って……」

「うちの母は、昔まだ僕が子供だった頃から父方の祖母に、いろいろとうるさく言われていた。菊池家がどうだとか、社長の妻としてこうしろとか、ね。母は何を言われても『はい』と言って従っていたけど、僕はそんな母を見て子供心にいつも気の毒だと思っていた」

晃生が言うには、今は亡き彼の祖母は自分でも会社を興し経営者として成功した切れ者だったらしい。少々短気で性格もきつい人だったこともあり、晃生はしょっちゅう二人の間に入る緩和剤の役割を果たしていたのだ、と。

「その顔、やはり何か言われたんだな」

「それは……」

晃生にしつこく訊ねられ、姫花は環から言われた心得について話した。聞き終えた彼が、眉尻を下げながら姫花の額に唇を寄せた。

「姫花は本当に真面目だな。真面目すぎてたまに心配になるよ」

晃生が姫花の両脚を腕にすくい、自分の膝の上に横抱きにした。

「頑張る姫花は、とても素敵だ。だけど無理をしちゃダメだ。努力するのはいいが限界があるし、適性も関係してくる。何もかも完璧にできる人なんていないし、僕だってそうだ。姫花は今のままでも十分すぎるくらい僕の役に立っているよ」

甘いキスを仕掛けられ、うっとりとそれに応じる。太ももの下で彼のものが猛るのを感じて、途端に胸の先が疼き始めた。

「逆に、もっと僕に甘えてほしいくらいだよ。何なら掃除洗濯も僕がやってもいいくらいだし、実のところ料理だけじゃなくて家事全般が僕のストレス解消になっているんだ」

晃生の自宅をはじめて訪れた時、あまりに片付いているため通いのハウスキーパーでもいるのかと思った。彼の家事能力は、驚くほど高い。けれど、さすがに丸投げするわけにはいかないし、料理は引き続き学んでいきたいと思っている。

そう話すと、晃生が深く頷きながら、姫花に自分の太ももの上に向かい合わせで跨るよう誘導してきた。

「暮らし方は人それぞれだし、各家庭でやり方もルールも違う。うちはうちだ。家事はこれまでどおり二人で協力してやっていけばいいいし、僕はそれが心地いいと思ってる。僕が作る料理を美味しいと言って食べてくれる姫花を見るのは嬉しいし、すごく幸せを感じるんだ」

ソファにゆったりと持たれている晃生より、姫花のほうが少し目線が高い位置にある。下から見上げられながらにっこりされ、その笑顔に胸が大きく高鳴った。

「その幸せを奪わないでほしい。僕だって姫花をサポートしたいし、尽くしたいと思っている。姫花が喜ぶ顔が見たいし、一緒に楽しい時を過ごしたい」

ブラウスの前を開かれ、ブラジャーのカップを上にずらされた。

晃生が零れ出た乳房に吸い付き、舌と上顎で先端を挟むようにして愛撫する。

「あ、晃生さんっ……。まだお風呂入ってないのに……ぁ、んっ！」

早くも声が出て、頬が上気する。

「風呂はあとで一緒に入ろう。こんなに健気な姫花を見せられたら我慢できるはずがないだろう？」

晃生の掌がガーターストッキングの太ももをまさぐる。彼は、ずり上がったスカートの裾をめくると、姫花のショーツの腰ひもを解いた。クロッチ部分に縦穴が開いており、穿き口がストッパーレースになっているそれは、先日晃生がプレゼントしてくれたものだ。

「もうこんなにして……今にも指が中に入ってしまいそうだ」

クチュクチュと秘裂を撫でていた彼の指が、蜜窟の入口をくすぐる。思わず声を上げて腰を浮かせると、晃生が素早くスウェットパンツをずらし猛り切った屹立を露出させた。

腰を落とすと、硬い側面が、腫れて敏感になった花芽をかすめ下腹に熱い衝撃が走る。

姫花は早くも息を弾ませて、わなわなと唇を震わせた。

「その顔……すごくエロティックだね。それに、こんなに挿れやすい下着をつけるなんて……。執務室で二人きりになったら、きっと我慢できないだろうな」

晃生が右胸の乳嘴を舌で弾き、左胸を掌でゆるゆると揉み込む。

姫花は彼の肩に腕を回して、倒れそうになる身体を支えた。

「こ……これを着けるようにって言ったのは晃生さんでしょっ……」

「そうだっけ？　それにしても、最近はデスクが離れているから寂しいよ。姫花はどうだ？　僕がいないところでは、くれぐれもフェロモンをまき散らさないように」

硬くなった乳嘴を甘噛みされ、足先がキュッと内を向く。

「フ……フェロモンって……そんなもの、まき散らしてません！　あ……晃生さんのほうこそ、若くて美人の秘書が二人も入れ替わり立ち代わり部屋に入ってきて、そうしようと思わなくてもフェロモンが出ちゃってるんじゃないですかっ……」

田中を気にするようになって以来、姫花は彼女の言動を逐一チェックしており、仕事の横取りもできないよう気を配っている。

しかし、それも限界があるし、いくらガラス張りとはいえ死角がないわけではない。

晃生のことは信用している。けれど、婚約以降の彼は以前よりも女性の視線を集めているような気がしてならないのだ。

姫花がそれを指摘すると、晃生が片方の眉を吊り上げてニッと笑った。

「それは、嫉妬してくれているって解釈していいのかな？」

余裕の笑みを浮かべられ、姫花は多少ムッとして頬をいっそう紅潮させた。

「そう思っていただいても構いません。でも、別に晃生さんがほかの女性とどうとか……そういうふうに疑っているわけではないので、そこのところは誤解のないようにお願いしますっ」

姫花はそう言い切ると、プイと横を向いた。すると、晃生が姫花の首筋に鼻をすり寄せてきた。

彼が動く度に脚の間に当たる屹立が、溢れ出る蜜に濡れてぬらぬらと滑る。

「可愛いよ、姫花……。怒ると口調が丁寧になるところも可愛らしい。可愛すぎて、今すぐに襲い掛かりたいくらいだ。新人秘書が気になるようだが、僕は姫花以外の女性にはまったく興味がないから安心していいよ」

「ぁ、んっ……」

首筋をペロリと舐められ、尻肉を掌で緩く叩かれる。ゾクゾクするような快感が背中を走り抜け、姫花は堪えきれずに晃生の胸にもたれかかった。

「でも……田中さんは特にスタイルがいいし、ちょっとは気になったりしないですか？」

「ぜんぜん。一応言っておくけど、僕がほかの女性とどうにかなるなんて物理的にあり得ない」

「だけど、もし今私がしているような格好をした田中さんと、執務室で二人きりになったら？　ブラインドを下ろして誰にも見られないようにしてから、スカートの裾をチラッと持ち上げて『こんな感じなんです』って見せられたら――ああ、ヤダッ！」

自分で言ったことを妄想し、あわてて浮かびそうになった問題シーンを頭から追い出した。それを見た晃生が、声を上げて笑う。

「もしそうされても、まったく心配はいらない。なんせ僕は姫花に会うまで一度も欲情したことが

なかったし、今も姫花にしか勃起しないんだから」

「え？　そ、そうなんですか？」

正面を向いた唇にキスをすると、晃生が微笑みながら頷く。

「実は、うちの姉は人一倍――いや、人の五、六倍は奔放な人でね」

晃生が言うことには、彼の姉である樹里は幼少の頃からのモテ女で、中学に進学する頃には逆ハ

ーレムを作り、男子から女王さまのように扱われていたらしい。高校の時には複数の異性と同時に

付き合い、陰で『魔性の女子高生』と言われていたという。

大学入学を機にさらに自由気ままに振る舞うようになり、樹里に翻弄された男は数知れず。

なぜかそのすべてを晃生に逐一報告し、彼を心底呆れさせたのだ、と。

「姉の人並外れた恋愛遍歴を見聞きしたせいで、僕は女性に強い不信感を持っていた。まともに恋

愛をしたこともなかったし、おそらく自分は一生独身を通すものだと思っていたんだ。だけど、姫

花のおかげで人を本気で愛して身も心も結ばれる喜びを知ったんだ。姫花に会わなければ、僕は一

生女性を愛することもなかっただろうし、生涯童貞のままだったと思うよ」

「……え？　ちょっと待っ……。い、今……もしかして　"童貞"って言いました？」

「ああ、言ったよ。僕のはじめての相手は姫花だから。僕がパーティーの夜に『マグロなら、むし

ろ大歓迎だ』って言ったのを覚えてるか？」

「は、はい。もちろんです」

「あれは、性的な知識はあってても実践が伴ってないからこそ出た言葉だ。セックスの仕方や手順はわかっていても、はじめてだからどうしても焦ってしまうし、気持ちよくさせてあげられないんじゃないかとか、いろいろと考えたりしてね」

まさかの発言に、姫花は仰天して口をあんぐりと開けたまま絶句した。考えもしなかった事実を聞かされ、どう返事をすればいいかわからなくなる。

「実際、僕は姫花と会うまで性的な勃起不全だったからね。何をやってもダメだったから、もう諦めていた。それなのに、あの夜姫花と話しているうちに気がついたら勃起していた。それだけじゃなく、姫花とセックスをしたくてたまらなくなった。本当に驚いたよ」

童貞だっただけでも顎が外れるかと思うくらい驚いたのに、その上性的に勃たなかったなんて！

それと同時に、当時のめくるめく快感を思い出し、身体のあちこちに熱が宿る。自然と目がとろんとしてきて、今すぐに晃生とひとつになりたくてたまらなくなった。

「あの時、泣いている姫花を見て、どうしようもなく心が揺さぶられた。愛おしくて仕方がなくなって、どうにかして慰めてあげたいと思ったんだ。今思えば、姫花が同意してくれてよかった。そうでなければ、僕はセクハラ社長として訴えられていただろうな」

晃生が話しながら姫花の腰を持ち上げ、屹立の先で蜜窟の入口を探る。狙いを定めた切っ先が、蜜窟の縁を僅かに押し開いた。一気に腰を引き下げられ、互いの腰がぴったりと密着する。

「あぁんっ！　あっ……あ、あぁんっ！」

小刻みに腰を振られて、立て続けに嬌声を上げる。その顔をじっと見つめられ、胸に迫る想いが一気に脳天まで噴きあがった。気がつけば晃生の肩に寄りかかり、自ら腰を振っていた。交わりながらさらにほしくなり、彼の頬を両手で挟んで自分からキスをする。刺激を受けていっそう太く硬くなった屹立が、隘路をグッと押し広げる。

暴かれる悦びに恍惚となった姫花は、快楽の海にどっぷりと浸りながら、晃生の腕の中で何度となく絶頂を迎えるのだった。

姫花が新人秘書の教育係になってから、もうすぐ二か月が経とうとしている。

秘書の実務経験がある岸は呑み込みが早く、田中もそれに負けないよう頑張りを見せてくれた。そのおかげで、今や姫花が言わなくても先んじて必要な業務を行えるようになっている。

はじめこそ晃生に対して過度な接触を試みていた田中だが、まるで効果がないとわかったのか、今では仕事一筋といった様子だ。

そんなこともあり、二人は今月いっぱいでそれぞれ違う役員の担当になることが決まった。

その決定は晃生と人事部長の話し合いによるもので、主な理由は、婚約発表以来ざわついていた周囲がいくぶん落ち着いたこと。そして、姫花の真面目で実直な人となりが嘘の噂を払拭したからにほかならない。

（もうじき、また晃生さんのそばで仕事ができる。こうなったら、これまで以上に頑張らなきゃ！）

晃生に言うと無理をするなと言われそうだが、姫花は心からそう思っているし、そうできる時を心待ちにしている。

入社以来社長秘書として勤めてきた姫花は、つい二か月前まで執務室の前に置かれたデスクでのみ仕事をしていた。その結果、人事部秘書課に所属していながら、他部署の社員はおろか同じ課のメンバーともほとんど交流がなかった。その上、嘘の噂が流れたせいで、周りから距離を置かれていたのも事実だ。

しかし、今回秘書課内にデスクが移ったことにより、自然と周囲と話すようになり関わりが深くなった。そのおかげで、姫花を誤解していた人達は噂が完全に嘘だったと判断してくれたようだ。まだ多少やっかみの声は聞こえてくるが、これについても仕事で実績を積むうちに自然となくなっていくと思われる。

何はともあれ、一時的なものではあるけれど、仕事上で晃生と距離を置けたおかげで、周りとの壁をなくすことができた。かなり時間はかかったものの、これからはもっと会社に馴染み、いい雰囲気で仕事ができるに違いない。

(ううん、ぜったいにそうする!)

晃生と結婚して社長の妻になるからには、社員ともよりよい関係を築くべきだ。

今思えば、以前流れていたデマも、姫花が物理的に孤立していることや、自分から積極的に交流を持とうとしなかったことが一因だったのだろう。

(前は、こんなふうに考えることなんてなかったな。なんだかいろいろと前向きになった気がする。これも晃生さんのおかげだよね)

彼との出会いは破格の幸運であり、何物にも代えがたい天からの贈り物だ。想い合う気持ちは何としてでも守り抜かねばならないし、そのためならどんな苦難も乗り越えられると確信している。

「よぉし、気合入れて掃除するか！」

八月も下旬に差し掛かった土曜日、姫花は一人自宅で留守番をしていた。晃生は三日前から海外出張に出かけており、今夜帰ってくる予定だ。

髪の毛を高い位置でポニーテールにして、Ｔシャツのすそを短パンの中に押し込む。

各部屋の窓を開けると、夏真っ盛りといった外の熱気が一気に屋内に流れ込んできた。バスルームと洗面所の掃除を終え、リビングを経て晃生の書斎に向かう。

彼の部屋は常にきちんと片付いており、掃除をするにもまったく手間がかからない。手持無沙汰に部屋を一周したあと、デスクの上に置かれている「リドゥル」とのコラボ商品のデザイン画を眺めた。

（話し合い、無事終わったかな）

当初、両社の担当者が共同で考えたデザイン案は五つあり、協議の結果最終的に二つに絞られた。ひとつは、それぞれの企業のイメージカラーを用いたトラディショナルなもの。もう一方は双方の会社ロゴをモチーフにしたかなり斬新なデザインだ。

それらはいずれも甲乙つけがたく、同じくらい秀逸なだけに、どちらを選ぶにしても今ひとつ決定打がなかった。

人気ブランドとのコラボレーション企画であるからには、両社が完全に納得できるものでなければ商品化できない。今回のパリ出張では、再度「リドゥル」側と話し合う時間が取られており、今頃はもう結果が出ているはずだ。

掃除を終えてシャワーで汗を流したあと、テーブルの駄菓子を摘まみながらひと休みする。

スタイリッシュな部屋に駄菓子はミスマッチだが、すぐに摘まめるように専用の入れ物を置こうと言ったのは晃生だった。彼が用意したラタン製のかごは中が六つに分かれており、お菓子入れとしての役割を十二分に果たしてくれている。

スティック状のコーンスナックをひとつ食べ終えると、姫花は晃生のデスクから持ってきたデザイン案を眺めた。

今回の企画もそうだが、大きなプロジェクトに関してはチームが組まれ、話し合った内容を知るのは関係者のみに限られる。当然、すべての情報は社外秘だ。

しかし、社長秘書として晃生の事務サポートをしているため、プロジェクトの内容は自然と頭に入ってくる。そういう事情もあり、姫花自身は会議に出席することはないものの、毎回チームの末席に名を連ねていた。

頻繁ではないものの、晃生は時に姫花に意見を求めてくることがある。

むろん、一秘書の考えで決定が左右されることはない。けれど、ほんの僅かでも何かしらの役に立てば嬉しいし、難しい案件について考えている時間はとても有意義でためになった。

今回も晃生と電話で話している途中で、「アティオ」の社員としての考えを聞かれた。

姫花は少しでも彼の役に立ちたいと思い、熟考して自分なりの答えを導き出した。

二つのデザインに関しては、優劣つけがたいとしながらも、「アティオ」のブランドイメージを念頭に置いて斬新なほうを選んだ。

それとは別に、個人的な意見ではあるが、二つのデザインをコラージュにして組み合わせるのはどうかと付け加えた。それなら、形は変わるが考え方としては二つとも採用することになる。

そう考えたきっかけは、実家に帰った際に結衣からかけられた言葉だった。

『姫花も元美術部なんだし、何かしら秘書としてそれを活かしたりすればいいよ』

美術部にいた当時、姫花は一時本気で画家になりたいと思っていた。けれど、すぐにそんな才能はないと気づき、趣味として楽しみながら美術館に通い鑑賞眼を養ってきたのだ。

的外れな思い付きかもしれない。けれど、せっかく意見を求められたのだから、一応晃生に伝えておこうと思い、二日前に彼宛にメッセージを送った。晃生はすぐに「ありがとう」と返事をしてくれたし、昨日受け取った返信には、おかげでいい話し合いができたと書いてあった。

「さぁて、次は何を食べようかな」

そう呟いて駄菓子が入ったかごに手を伸ばそうとすると、玄関のチャイムが鳴った。

姫花はソファから立ち上がり、インターフォンの通話ボタンを押して「はい」と返事をした。

モニター画面に映し出されたのは、若い女性だ。緩くウェーブがかかったロングヘアに整った目鼻立ち。見た目からすると年齢は三十代前半だろうか。思わず見入ってしまうほど美しい顔をしたその人が、カメラに向かって軽く手を振り、にっこりと微笑みを浮かべた。

（誰？）

まったく見覚えのない顔だが、女性の親しげな様子ははじめての訪問とは思えなかった。

『こんにちは～。晃生いる？』

女性が言い、まさかの名前呼びにボタンを押す指が震える。しかも、呼び捨て。

(もしかして、晃生さんの元カノ？　まさか、修羅場になったりしないよね？)

そんな考えが瞬時に思い浮かび、頭の中がパニックになりかける。

「あ、晃生さんは今不在です」

なんとか声を出して返事をすると、女性がモニター画面の中で不満そうに口を尖らせた。

『何で留守なのよ～。せっかく可愛いベビーを連れてきたのに。とにかく、中に入れて。外、暑くてやってらんな～い』

(か、可愛いベビー？　まさか、赤ちゃんが一緒なの？)

「わかりました。どうぞ」

姫花は咄嗟に開錠ボタンを押し、女性との通話を終える。

画面の向こうでも、彼女の肌の白さと亜麻色の髪の毛の色がはっきりとわかった。

謎の美女と赤ちゃんの組み合わせで、姫花は完全に混乱状態に陥ってしまう。しかし、赤ちゃん連れであれば少なくとも暴挙に出るようなことはないだろう。

(と……とにかくドアを開けなきゃ)

前に出した足が一瞬よろけるも、すぐに体勢を立て直して玄関に急いだ。ドアを開け、エレベーターが来るのを待つ。まもなくしてやってきた女性は、すらりと背が高くメリハリのある身体つきをしている。

姫花はベビーカーが通れるようドアを大きく開け、母子を中に招き入れた。やはり以前もここに来たことがあるようで、女性はベビーカーから赤ちゃんを抱き上げて、迷うことなくリビングに向かって歩いていく。

それからすぐに宅配業者がやってきて、姫花はバタバタと対応を済ませた。そして、送り主が誰か確認する余裕もないままに、荷物を持ってリビングに取って返す。

「あら～、タイミングよく荷物が届いたのね～」

女性が言い、姫花に向かって微笑みながら手招きをする。

彼女の外見は華やかだが、物腰は柔らかで威圧感はゼロだ。それに、不思議と無条件で人を従わせてしまうような魅惑的な雰囲気を漂わせている。

「それ、私が送った荷物なの。さすが日本の宅配便ね。日時指定どおりに持ってきてくれたわ～」

突然赤ちゃん連れでやってきた上に、事前に荷物まで送っていたとは……。

姫花は訳もわからないまま女性に近づき、彼女の前に中型の段ボール箱を置いた。

「悪いけど、代わりに開けてくれる？」

女性が、にこやかな顔でそう頼んできた。

「わかりました」

姫花はガムテープを剥がしながら、添付してある送り状を見た。そして、そこに記されている名前を見るなり、目をパチクリさせながら顔を上げた。

「えっ！　晃生さんのお姉さま!?」

送り状の差出人欄には「仁科樹里《にしなじゅり》」と書かれている。それは、以前晃生から聞いていた彼の姉の名前だ。

「ええ、そうよ。そういえば、自己紹介がまだだったわね。はじめまして〜。私、晃生の姉の仁科樹里で〜す」

「は、はじめまして。多岐川姫花と申します」

姫花が頭を下げると、樹里が嬉しそうに満面の笑みを浮かべた。

「あらぁ、やっぱりあなたが姫花ちゃんなのね。すっごくいい人そうで安心した〜。あなた達のことは、いろいろと聞いているわ。もうじき結婚するんでしょ？　おめでとう〜」

「ありがとうございます。樹里さんは、いつ帰国なさったんですか？」

「ちょうど一週間前よ。ちょっといろいろと行き詰まっちゃって、里心がついちゃったの。でも、実家に帰ると両親がうるさいし、今は友達のところに泊まらせてもらってるのよ」

「そうでしたか」

晃生からの情報によれば、樹里は数々の恋愛を経て二十三歳の時に結婚したが、半年で離婚。その後、数えきれないほどの男性遍歴を重ねたのち、一昨年知り合った仁科正太郎《しょうたろう》という旧家の次男坊と結婚したのを機に、夫の仕事の関係でアメリカに移住したと聞いている。

樹里のリクエストを聞いて、姫花は彼女にアイスコーヒーを用意した。その間に、樹里は赤ちゃんにベビー飲料を飲ませている。

赤ちゃんは樹里に似て整った顔立ちをしており、ふっくらとした頬に長い睫毛がとても印象的だ。

「お子さん、すごく可愛いですね」

姫花がそう言うと、樹里が顔をぱあっと輝かせた。

「でしょ〜？　名前は飛ぶ鳥と書いて飛鳥《あすか》。今月で七か月になったばかりで、私の世界一大切な宝ものなの。あ、申し訳ないけど、箱に入っているクーファンを出してくれる？　飛鳥、もうじき寝ちゃいそうなの」

「はい。えっと……これですか？」

姫花は樹里に代わってクーファン入りの箱を取り出した。赤ちゃんを寝かせたまま移動もできるというそれは柔らかな生地でできており、プレイマットやおむつ替えシートとしても使えるようだ。

樹里に教わってクーファンをお昼寝用に組み立て、飛鳥をそこに寝かせる。

「はい、お気に入りのうさちゃんよ〜」

樹里が小さなウサギのぬいぐるみを手渡すと、飛鳥はさっそく長い耳を引っ張って遊び始める。

「姫花ちゃんが、いてくれてよかったわぁ。晃生から聞いてるでしょ？　実は少しの間だけ飛鳥をここで預かってほしいの。いきなりで悪いんだけど、そのうちあなた達二人の間に赤ちゃんができるかもしれないし、いい練習になると思うのよね〜」

「ふ、二人の間に赤ちゃん……」

結婚を前提に晃生と同居し、避妊具なしで睦み合っているのだ。それについては二人で話し合って決めたことであり、いつ妊娠してもおかしくない状態にある。彼との子供なら何人でもほしい。

そのことを考えると、つい幸せな想像が膨らんで顔がにやけそうになってしまう。

それはさておき、飛鳥を預かる話については、晃生からひと言も聞かされていないのだが……。

「まだ人見知りははじまってないし、よく寝る子だから比較的楽かな～とは思うわ。必要なものは箱の中にぜんぶ入っているから安心してね。使い方は――」

樹里が箱の中のものについて話し始め、樹里は頷きながら与えられた情報を逐一頭の中に叩き込んだ。中には見かけたことがあるグッズもあるが、ほとんどがはじめて見るものだった。

大いに不安だが、晃生が了承しているのなら、受け入れるまでだ。姫花が覚悟を決めていると、グッズの説明を終えた樹里が、アーチ形の眉をふっと曇らせる。

「実は今、夫の正太郎と離婚話をしてる真っ最中なの。原因はあっちの浮気。向こうは私が浮気してるって騒いでるけど、その前に反省しろって感じ。話し合いをしても平行線のままだし、ほんと嫌になっちゃう。ね～、飛鳥」

すでに寝入っている飛鳥を見て、樹里が聖母のような微笑みを浮かべる。姫花がその顔に見惚れていると、樹里がふと顔を上げて壁の時計を見た。

「あら、もうこんな時間？　ここに来るのに道が渋滞してて、予定より大幅に遅れちゃった。私、これから行くところがあるの。じゃ、飛鳥のことくれぐれもよろしくね。それとこれ、私の連絡先」

姫花の手を取ると、樹里が携帯電話の番号を書いたメモを握らせてきた。

「はい。しかと承りました」

「あらぁ、いい返事。さすが父と晃生が太鼓判を押した秘書さんね。しかも、もうじき私の義理の妹になるんですもの。これからずっと、母子ともども仲良くしてね。じゃあまた～」

樹里が立ち上がる前に、飛鳥の頬にキスをした。玄関まで見送ろうとするも、樹里は姫花を制して静かにリビングを出ていく。ドアの開閉音が聞こえたあと、部屋が急に静かになる。

(樹里さん、まるで嵐みたいに来て去っていったな……)

義理の姉になる人と、まさかこんな感じで対面するとは思わなかった。今思えば、整った顔立ちは晃生にどことなく似ている。彼の話では、かなり奔放で自由人らしいが、やってきて三十分足らずで帰られてしまったから、実際にそうなのかどうか判断がつかない。

(それにしても美人だったなぁ。笑顔が素敵だし、性別関係なく人を魅了する人って感じ)

少ししか話していないのに、なぜか親しみを覚えた。

過去の恋愛の失敗のせいか、姫花は人よりも警戒心が強い。いくら晃生の姉とはいえ、これほど短時間で一気に距離が縮まるとは思ってもみなかった。

そんなことを思いながら飛鳥を眺めていると、小さな足がぴょこりと動いた。

ギョッとして一瞬身を引いたが、すぐに様子を見るためにクーファンの中を覗き込んだ。

飛鳥はまだ目覚めてはいないものの、手を握ったり開いたりしている。

(そうだ……！　私、赤ちゃんのお世話とかしたことなかった！)

今になってはじめてそのことに気づき、あわてながら立ち上がり箱の中を確認する。早速使えそうな育児書を見つけ、それにざっと目を通した。ページのそこかしこに書かれているメモは、樹里が書いたものだろう。

それによると、飛鳥は両手をついてのお座りと、ハイハイができるようだ。下の歯が二本生えてきており、離乳食も始まっているらしい。箱の中にはオムツやミルクなどのほかに、着るものや赤ちゃん用の食器も入っている。

（これは何？　ああ、赤ちゃん用のマグボトルね。こっちはなんだろう？）

花の形をした平べったい製品を振ると、カラカラと可愛らしい音がした。どうやら歯がためというものらしいが、なんともビビッドな色合いだ。

本だけでは情報量が足りず、テーブルの上にノートパソコンを持ってきてあれこれと検索する。ヒットしたおむつ替えの動画を見ながら頭の中でシミュレーションをしていると、飛鳥が突然声を上げて泣き出した。

「わっ……あ、飛鳥ちゃん！　起きたのね。わ、わっ……」

力いっぱい手足をジタバタする飛鳥を見て、姫花は驚きながら青くなる。

「え？　どうしたの？　どこか痛いのかな？　だ、大丈夫？」

訳もわからないままオロオロしているうちに、ハッと気がついて鼻をクンクンさせた。

「うんち？　うんちしたのね、飛鳥ちゃん。うんちが気持ち悪くて泣いてるのね？」

そうと気づいた姫花は、傍らに置いていたおむつとおしり拭きに手を伸ばした。ノートパソコンの画面では、ちょうどおむつ替えの動画が流れており、今まさに赤ちゃんの着ているロンパースのボタンを外そうとしているところだ。

「ま、待って！　ボタンどこ？　あ、ここだっ」

動画を横目で確認しながら、新しいおむつを飛鳥の腰の下に置いた。穿いているおむつを外し、汚れを拭こうとした時、飛鳥がいっそう足をばたつかせた。腰のあたりを持っていた姫花の手が離れ、その拍子に汚れが飛鳥の太ももまで広がってしまう。

「飛鳥ちゃん、ごめんね！　あわわっ！」

しまいには新しいおむつまで汚れてしまい、姫花はさらに青ざめて緊張する。

（姫花、落ち着いて！　大丈夫……冷静になって……）

パニックになりそうな自分にそう言い聞かせ、泣いている飛鳥をあやしながら新しいおむつを取り出す。辺りにおしり拭きが散乱する中、もたつきながらもおむつ替えを続行する。

気がつけば、ほとんど半泣きになって汚れたおむつと格闘していた。なおも手こずりながらようやく代え終えるも、泣き疲れた様子の飛鳥はご機嫌斜めのままだ。

「もしかして、お腹空いたのかな？　ミルク、今作るから、ちょっとだけ待っててね」

姫花は育児書を片手に、ミルクの準備に必要なものをキッチンに移動させた。煮沸消毒した哺乳瓶にスティックタイプの粉ミルクを入れ、湯を沸かしている間に調乳用の水の蓋を開ける。

「熱っ！」

あわてたせいで、哺乳瓶に入れようとした湯が指先にかかった。だが、今はそれどころではない。

育児書に書かれている通り腕の内側でミルクの温度を計り、ちょうどよく冷めたところで飛鳥のそばに駆け寄る。

「おまたせ、飛鳥ちゃん。えっと……ど、どうやって飲ませてあげたらいいかな？　やっぱり抱っこだよね」

赤ちゃんを抱っこするのは、数年前に従妹の子供を抱かせてもらった時以来だ。

（こんなことなら、もっと赤ちゃんに関わっておけばよかった～！）

親族の集まりで何度かそんな機会があったのに、姫花は尻込みしてほかの人があやしたり世話をしたりするのを眺めてばかりだった。

（だって、まさか突然赤ちゃんの世話を任されるとは思わなかったし～！　でも、今泣き言を言ってもどうにもならないよね）

姫花はテーブルの上に哺乳瓶を置くと、飛鳥を苦労して抱き上げた。ソファの隅に寄りかかるようにして腰を下ろし、小さな背中をトントンと叩く。我ながら、ぎこちない。けれど、それまで泣きぐずって暴れていた飛鳥が、ほんの少し大人しくなった。まだしゃくり上げてはいるが、足をばたつかせるのはやめてくれている。

今のうちだ！

姫花は飛鳥がゆったりと座れるように、何度となく膝の位置を変えた。ようやくちょうどよさそうな姿勢になった途端、飛鳥が姫花の手から逃げ出す勢いで哺乳瓶のほうに手を伸ばした。

「わわっ！　あ、危な……あ、飛鳥ちゃんっ！」

寸でのところで落ちるのを防ぐと同時に、姫花はどうにか体勢を整えながらソファから下りてラグの上に腰を下ろした。

いつの間にか汗びっしょりになっているけれど、今飛鳥を下ろしたら大泣きするに違いない。

抱っこで両手が塞がっており、もはや育児書を見る余裕もなかった。いずれにせよ、慣れないうちは高いところに座るのは止めたほうが無難だ。

そう思った姫花は、飛鳥を抱いたままソファからクッションを下ろし、膝の上に載せた。床に胡坐をかいたり横座りになったりして、一番安定する体勢を探る。

「よし、飛鳥ちゃん、ここにおいで」

姫花は膝の上に乗せたクッションに飛鳥の背中をもたれさせ、落ちないように腕を添えた。哺乳瓶を取り、おそるおそる飛鳥の口元に近づける。すると、すぐそれに気づいた飛鳥が、哺乳瓶を持つ姫花の手に指を引っかけるようにして元気よくミルクを飲み始めた。

「飛鳥ちゃん、やっぱりお腹が空いてたんだね。準備が遅くなって、ごめんね」

姫花が話しかけるも、飛鳥はただ一心に哺乳瓶に吸い付いている。やがて中身が少しだけになり、飛鳥のミルクを飲む勢いもかなり落ち着いてきた。すっかり飲み終えたあとは、育児書に書かれていたのを真似てげっぷをさせる。

大人並みの音を出す飛鳥を見て、姫花はつい噴き出してしまう。

「飛鳥ちゃん、元気いいね！　すごいっ！」

クスクスと笑う姫花につられたのか、飛鳥がここへ来てはじめての笑顔を見せてくれた。

キャッキャと声を上げて笑う飛鳥は、言葉に尽くせないほど可愛らしい。

「うわぁ、可愛い……！　飛鳥ちゃん、なんて可愛いの～」

まっすぐにこちらを見つめてくる飛鳥を見て、姫花は自分の中の母性が目覚めるのを感じた。

こんなに無垢で愛おしい存在がいるなんて、いままでまったく気づかずにいた。子供が愛すべき存在なのは頭ではわかっていたが、実際にお世話をして心と身体で理解したという感じだ。

（でも……赤ちゃんのお世話って、すっごく大変なんだなぁ）

姫花はしみじみとそう思い、ふとノートパソコンに表示されている時刻を見た。

「え？　もう七時？　いつの間に、そんなに時間経ってたの？」

季節がら窓の外はまだ明るさを保っている。だが、気がつけば樹里が去ってからもう三時間以上経過していた。

ノートパソコンの画面に、赤ちゃんを入浴に関する動画が流れ始める。

姫花は飛鳥を自分の脚の間にうしろ向きに座らせ、その前に箱から探し出した音の鳴る電子おもちゃを置いた。そして、飛鳥がそれに夢中になっている間に、エアーポンプ内蔵の空気式ベビーチエアを膨らませる。その便利機能に驚きつつ椅子を完成させ、そこに飛鳥を座らせてみた。

ひよこの形をしたそれは、頭を掴むとピーピーと音が鳴るようになっている。飛鳥がそれで遊んでいる間にダッシュで風呂の用意をし、湯上がり用のマットを床に広げた。

すべての準備が終わるまでに、何度リビングとバスルームを往復したことだろうか。

ようやく風呂に入れる態勢が整ったと思ったら、飛鳥がベビーチェアの背もたれに寄りかかってすやすやと寝入っている。

（飛鳥ちゃん、寝ちゃった……。お風呂は？　外、暑かったし、やっぱり入れなきゃだよね。だけど、せっかく寝てるのに起こしたら可哀想だし……。でも、このまま寝かせててもいいもの？）

姫花は飛鳥を起こさないようにつま先立ちで歩き、ノートパソコンを操作して再度あれこれと検索を始めた。

気分はもう、秘書として脳味噌をフル回転させている時と同じだ。

いや、それ以上かもしれない。しかも、慣れないことだらけで我ながら手際が悪すぎる。飛鳥の世話を始めてから、たった数時間しか経っていないのに疲労感がハンパない。結局しばらく寝かせておくことにして、ノートパソコンの画面から目を逸らし飛鳥を見る。

(ふふっ、可愛い顔して寝てる)

ぐっすり寝入っている飛鳥をそっと抱き上げ、おっかなびっくりクーファンの上に寝かせた。幸い、飛鳥は目を覚まさない。

姫花はホッと胸を撫でおろし、額にかかる髪の毛をうしろに撫でつける。

(そういえば、喉が渇いた……。従妹が言ってた通り、赤ちゃんの世話をしてると、自分のことなんかそっちのけになっちゃうんだなぁ)

姫花はのろのろと立ち上がり、キッチンに行ってペットボトルのミネラルウォーターをがぶ飲みした。そして、思い立って箱に入っていた飛鳥用のお茶とストロー付きのマグボトルを用意する。

それが終わるなり、風呂上がりに着せるベビー服の準備がまだだったのに気づく。

(忙しいっ……ひと休みしたいけど、飛鳥ちゃんが寝ている間にやっておかないと)

赤ちゃんの世話は常に時間に追われており、寝てくれている時ですら息つく暇もない。

つくづく、母親という存在は偉大だ――そう思いながら、リビングに戻りクーファンのそばで肘をついて横になった。

仰向けになって寝ている飛鳥の顔が、どことなく晃生に似ているような気がする。

(血が繋がっているんだから当たり前か。……晃生さんと私に赤ちゃんができたら、ぜんぶ晃生さんに似るといいな)

そんなことを考えながら飛鳥の寝顔を眺め、立て続けに二回欠伸をした。

まだ眠くなるには早いが、やり慣れないことをしたせいか、やけに疲れを感じる。そのまま、少しだけウトウトとしていると、どこか遠くで誰かが話す声が聞こえてきた。

「――こ、これ、いったい何事だ？」

ふいにはっきりと聞こえてきた晃生の声で飛び起きると、姫花は目をパチパチと瞬かせた。すぐに飛鳥の様子を窺い、まだ寝ていると知ってホッとする。

「晃生さん、お帰りなさい」

姫花は小声でそう言いながら、唇の前に人差し指を立てた。晃生は頷きながらも、顔に戸惑いの表情を浮かべたままだ。

「ただいま。で、これはどういう状況なんだ？」

飛鳥を見ていた晃生が、リビングの中をぐるりと見回した。姫花もそれに倣って辺りを見回すと、部屋の中があり得ないほど散らかっている。

「わっ……汚っ……」

晃生が持っていたバッグを床に置き、落ちているものを避けながらそろそろと近づいてくる。

「姫花、その子は？」

「飛鳥ちゃんですよ。今日の午後、樹里さんが来て、少しの間だけよろしくって」

「姉さんが？　よろしくって……いったい何をどうよろしくなんだ？」

「えっ……晃生さん、樹里さんと飛鳥ちゃんを預かる約束をしていたんじゃないんですか？」

「いや、約束なんかしていない。ん？　そういえば――」

晃生がスマートフォンを取り出して、画面を操作する。そして、眉間に縦皺を寄せながらため息をつく。

「……ああ、これだ」

晃生が樹里から届いていたメールを開き、姫花に見せてくれた。それには、自身の離婚問題が解決するまで、飛鳥を預かってほしいという旨の文章が書かれている。

『私です』なんて題名だし知らないメアドからだったから、てっきり迷惑メールのたぐいだと思ってスルーしていた。離婚しようとしているなんて知らなかったし、そんなのすぐに解決するものでもないだろうに」

どうやら樹里はメール一本で晃生と約束をしたつもりになり、返信がないのも気にせずに飛鳥を連れてきたということらしい。

姫花が樹里とのやり取りをかいつまんで話すと、晃生は憤懣やるかたないといった様子で、再度大きなため息をついた。それに反応した飛鳥が、手足をぴくりと動かす。姫花がそっと顔を近づけると、目を開けた飛鳥が大きな声で泣き始めた。

「あらら、飛鳥ちゃん、起きちゃった？　えっと……寝て起きたから喉が渇いたかな？　それともおむつ？　お腹は——まだ空いてないよね？」

あわてる姫花の横で、晃生がスマートフォンで樹里に電話をかけた。けれど応答がないようで、諦めて渋い顔をする。

「姉さんのやつ、スマホの電源を切っているみたいだ。まったく、どれだけ僕を揉めごとに巻き込めば気が済むんだ？」

「晃生さん、とにかく飛鳥ちゃんのお世話しなきゃ。そうだ、ちょうどお風呂に入れようとしていたんだった」

「そうか。じゃあ、僕が抱っこするよ」

「えっ、晃生さんが？」

「うちは親戚がやたらと多いから、赤ちゃんの世話や子供の相手ならある程度慣れてるんだ」

晃生が飛鳥をクーファンから抱き上げ、慎重な足取りでバスルームに連れていく。

姫花は彼の後を追い、ふと見た洗面台の鏡に髪の毛を振り乱し、汗だくの自分が映っているのに気づいた。

「え！　なにこれっ」

襟は片方にずれているし、頰には何か硬いものを押し当てたらしい三角の跡がついている。

まるで、たった今修羅場を潜り抜けてきたかのような有様に、姫花は頰を引きつらせた。

だが、今はそんなものを気にしている場合ではない。入浴の手順を確認しつつ、それぞれに洋服を脱いでバスルームの中に入る。

晃生の手を借りながら飛鳥を洗い、それが済むと交代で自分達の髪の毛と身体を洗う。

先に湯船に入った晃生が、姫花の手から飛鳥を受け取って腕の中に抱きかかえる。居心地がいいのか、飛鳥は思いのほかご機嫌で、ニコニコと笑いながら掌を湯面に打ちつけて遊び始めた。

「すごい……。晃生さん、私よりもずっと上手ですね。それに、大きな手で支えられていると安心感があるのかな。もしかすると、血が繋がっているって、なんとなくわかるのかも」

バスタブの横に座り込んで飛鳥を見ていると、晃生の手が伸びてきて姫花の頬にかかる髪の毛を耳にかけてくれた。

「ごめん、姫花。いきなり姉が訪ねてきて驚いただろう？　まったく……自分の子供を人に押し付けて、いったいどこで何をしようとしているんだか」

「さすがに驚きましたけど、樹里さん、飛鳥ちゃんを心から大切に思っているみたいでした。『私の世界一大切な自慢の子よ』って言ってたし、『二人の間に赤ちゃんができるかもしれないし、いい練習になると思うのよね～』って」

樹里の言葉を口にした姫花の頬が、サッと赤くなった。

それとなく顔を下に向けるも、晃生にはすでに気づかれてしまったみたいだ。

「僕と姫花の赤ちゃん、か。いい響きだな」

「はい」

顔を上げ、彼と視線を合わせながら頷く。ちょっといいムードになりかけたその時、飛鳥が急に手足を止めて力み出した。

「あ、飛鳥！　ちょっと待った――」

晃生があわてて立ち上がるも、結局は間に合わずもう一度身体を洗う羽目に陥ってしまう。

初心者二人でどうにか甥っ子の入浴を終えて外に出た時には、のぼせる一歩手前だった。急いで部屋着を着て、飛鳥に湯上がりのお茶を飲ませ一息つく。

「晃生さん、出張から帰ったばかりなのに、ごめんなさい。部屋……こんなに散らかったままだし、お風呂のお手伝いまでしてもらっちゃって」

晃生に抱っこされている飛鳥は、さっぱりとした顔をして機嫌よく歯がためを噛んでいる。

「僕なら飛行機の中で、ぐっすり寝たから疲れてないし大丈夫だ」

「でも、向こうでは忙しかったでしょう？」

「そうだけど、姫花こそ飛鳥を預かってから、かなり大変な思いをしたんじゃないか？　部屋の散らかりっぷりと横になっていた姫花を見て、十分すぎるほどそれが伝わってきたよ。それに、家事だけじゃなく、育児も夫婦が協力し合ってするものだ」

姫花の父親は昔気質の亭主関白で、家事や育児にはいっさい手を出さない人だった。今時は必ずしもそうじゃないと思ってはいたが、現実的に考えて日本はまだまだ古い文化が残っている。

ましてや、晃生は歴史ある一族の御曹司だ。いくら優しくても、彼がそんな考え方をするとは思っていなかった。

「晃生さんがそう言ってくれると、すごく心強いです。うちの父なんか、赤ちゃんの世話なんてしたことがないし、育児は女性がして当たり前だと思っているんですよ。もしかして、会長も晃生さんと同じ考え方をなさっているんですか？」

「うちの父は、ああ見えてかなり家庭的な人でね。母やお手伝いさんに教わって、いろいろとやってたみたいだよ。小さい頃はよく遊んでくれたし、正直母よりも父のほうが手際よく何でもやれるんだ。あ……これは母には内緒だけどね」

「そうなんですね」

ほかにも一夫のイクメンエピソードを教えてもらい、姫花は会長に対する認識を新たにする。晃生と同じで真面目で実直な人だとは知っていたが、それほど子煩悩な人だとは思わずにいた。

「だから、家事も育児も二人で協力しながら、やっていこう」

「はいっ」

徐々に男尊女卑の文化が廃れてきているとはいえ、男女平等に関しては、日本はまだまだ後進国だ。晃生は、控えめに言っても日本トップクラスのフェミニストだ。

「晃生さんって、知れば知るほど素敵な人なんですね。だからこそ、秘書としてそばにいるうちに、無意識に晃生さんに惹かれていたんだと思います」

「それは僕も同じだ。そうと気づくのに時間がかかり過ぎたけど、二人がこうなることは運命だったんじゃないかと思ってるよ」

少々キザなセリフだが、晃生が言えば極上のスイーツのように甘い言葉になる。

「でも、ちょっとびっくりです。晃生さんって、実際に女性にモテていましたよね。だから、てっきり恋愛遍歴がかなりあるものだと思ってました。女性の扱いにも慣れてるし、私なんか驚きの連続で――」

話しているうちに、飛鳥の瞬きの回数が多くなった。晃生が抱きあげると、すぐに目を閉じて寝入ってしまう。

「飛鳥も疲れたよな」

晃生が飛鳥をクーファンに寝かせ、姫花がその上に布団をそっと被せた。まるで天使のような寝顔に見入っていると、その間に彼が冷えたお茶を持って来てくれた。二人してソファに腰かけ、飛鳥の寝顔を見て微笑み合う。

「姫花も喉が渇いただろう？　今日は本当にお疲れさまだったね」

「晃生さんこそ……」

肩を抱き寄せられ、唇にキスをされる。

「さっきの話だが、姫花の言う『女性の扱い』って、セックスのテクニックのことを言っているのかな？　そうだとしたら、僕は慣れてなんかいないよ。なにしろ、姫花とのセックスがはじめてだったんだから」

耳に唇を近づけられ、身体に甘い緊張が走る。当時のことを思い出し、姫花は頬を染めながら飛鳥の顔に見入った。

「そ、それはそうですけど……。じゃあ、どうしてあんなにいろいろなテクニックというか、エロティックなアプローチができるんですか？」

「たとえば？」

晃生が姫花の髪に指を絡ませながら、そう訊ねてくる。

「そ……そんなこと、飛鳥ちゃんがいるところで言えませんっ」

「内緒話なら聞こえないよ。ほら、僕にどんなことをされたか、じっくりと思い出してごらん」

こめかみにキスをされ、やんわりと胸を揉まれる。思わず声が出そうになり、姫花は咄嗟に唇を噛みしめて晃生を上目遣いに睨んだ。

「そんな顔して睨まれると、今すぐに押し倒したくなるよ」

「お、押し倒すって……そういうことをサラッと言わないでください……」

時に王子さまのように振る舞うかと思えば、飢えた野獣みたいに身体中を舐め回してくる。

晃生とのセックスは濃厚で、姫花は抱かれながらしばしば我を失う。ある時は自分が高貴で淫らな姫君になった気分になり、また別の時は色欲に溺れた娼婦の心境になる。

そうなっている間に、思いもよらない格好をさせられ、びっくりするようなところを愛撫されるのだ。そのテクニックには毎回蕩けさせられるし、意識が飛んでしまうことも一度や二度ではない。

晃生との睦み合いは、姫花にとって未知の世界を教えてくれる奥深く甘美な行為だ。

晃生に何度となく訊ねられ、姫花は羞恥で胸元まで赤くしながら答えた。

「逆に聞きますけど、晃生さんは、いったいどこでそういう知識を得たんですか？　それに、知識だけで、あんなに……」

姫花は飛鳥を見て、口を噤んだ。晃生が、姫花が言わんとしてることを察してか、意味ありげな微笑みを浮かべた。

「得たというより、頼んでもいないのに無理に教えられたという感じかな」

晃生によれば、彼の性的な知識は、おもに彼の一番の親友によってもたらされたようだ。

それにより、晃生は経験もないまま知識だけは豊富になり、それを姫花に実践した時に才能を開花させた。樹里のせいで女性に対して不信感を持っていた彼が、実体験なしであれほどのテクニシャンになるなんて……。

いったい、どんな教え方をされて、どんなふうに学んだのだろう？

そう思うも、姫花自身さほど経験があるわけでもなく、飛鳥が寝ている横でこれ以上性的な話をするのも憚られる。

晃生が飛鳥を覗き込むようにして、寝ているのを確かめた。そして、小声で姫花に耳打ちをする。

「その親友、達也って言うんだけど、実は姉の元恋人なんだ」

「えっ、そうなんですか？」

「もちろん、もうとっくに別れて、今ではいい友達同士になってるようだけどね」

「と、友達に――」

当時、二人はタッグを組み、晃生にありとあらゆる性的な情報を授けた。特に樹里は、晃生にいつまでも本気の彼女ができないのを心配して、彼に恋愛のノウハウまでレクチャーしてくれたらしい。

つまり、晃生が童貞でありながら、行き届いた愛撫で姫花をとろけさせたのは、樹里と達也のおかげ。晃生が自宅の廊下を薔薇で埋め尽くしたり、耳がとろけてしまうほど甘くエロティックな言葉を囁いたりしたのは、樹里からの教えが大いに参考になっているということであるらしい。

「姉と達也には、さんざん自分達がどうやってセックスをしてるか聞かされたよ。頼みもしないのにセクシーな内容のＤＶＤを渡されたりもしたしね」

「セクシーな……ＤＶＤ？」

「そう、いわゆるアダルトな内容のものだ。達也は未だに見終わったＤＶＤを、ここに来る度に置いていくから、増える一方だよ」

昔まだ姫花が高校生だった頃、男子生徒がそういったものを貸し借りしているのを見かけたことがある。男性というのは、大人になっても同じようなことをするものなのだろうか？

そうでなくても、レンタルショップに行けば手軽に手に入れられるし、昨今では女性向けの作品もあると聞いたことがある。

「ちなみに、それってどんな内容のものなんですか？」

「もらったＤＶＤは、まとめてそこに入れてある。ちょっと見てみる？」

晃生に促され、姫花は示された壁に作り付けの引き出しを開けた。中には、色鮮やかなパッケージに入った数十枚にも及ぶセクシーな内容の作品がずらりと並んでいる。それらを一枚ずつ眺めては目を剥いて驚く。

（「ビッチな受付嬢」……「美人秘書・オフィスでエッチ三昧」？「産業医の流儀」って何？「エロティックな社員食堂物語・お代わり自由で大満足」って、どういう意味？）

なんだかすごいタイトルばかりだし、ざっと見たところ、オフィスを舞台にした作品が多い。

パッケージはそれぞれにインパクトがあり、ジャケット写真を見ただけでも内容が想像できる。中には、どう見てもノーマルとは言い難いものもあり、見ているうちにドキドキが止まらなくなった。

「これ、ぜんぶ観たんですか？」

晃生が頷き、瞬きもせずに見入っている姫花の横で小さく笑い声を漏らす。

「おかげで性的な知識は十分すぎるほど得られた。もちろん、作品中のテクニックを、そのまま使うのはNGだし、何より女性の気持ちを最優先にすべきなのは理解しているよ。……それで、姫花は僕とセックスをして、どうだった？　感想を聞かせてくれるかな？」

晃生が、顔をグッと近づけてきた。聞かなくても分かっているくせに、わざわざ言わせようとするなんて、すごく意地が悪い。

そう思うものの、なぜか胸がときめいてしまうのはなぜだろう？

「……それは……す、すごく気持ちよかったです」

「具体的には？　例えば、どこをどうされた時が一番気持ちよかったとか、今後の参考にしたいから教えてくれるかな？」

耳にかかる髪の毛を指で払われ、それだけで頬が熱くなってチクチクする。

身体ばかりか、心にまで全身を愛撫され、深く交わった時の記憶が蘇ってきた。脚の間がじんわりと熱くなり、徐々に濡れてくるのがわかる。

「そ……そんなの、は……はずかしくて言えません」

「はずかしい？　僕は姫花の身体の隅々まで知ってるのに」

耳に息を拭きかけられたような気がして、姫花は思わず持っていたＤＶＤを床に落とした。

大きな音がしてしまい、咄嗟にクーファンのほうを見て、飛鳥が起きなかったか確認しに行く。

飛鳥はまだすやすやと眠っており、今のところ起きる気配はない。

「よかった……」

姫花がホッとしてうしろを振り返ると、晃生が近寄ってきて姫花をうしろから抱き締めてくる。

「姫花が何を言おうとしていたのか、だいたい想像がつくよ。いずれにしても、姫花が僕の愛し方を気に入って、気持ちいいと思ってくれたのなら問題ない」

「あ……愛し方……」

「セックスはテクニックだけじゃないし、気持ちが伴っているからこそ気持ちいいんだと思う。姫花が気持ちいいのは、それだけ僕を愛し、僕から愛されているってことでいいかな？」

「もちろんです」

愛撫やセックスが自分に対する晃生の愛情であるなら、彼は姫花の細部にわたるまで深く愛してくれているということになる。姫花は嬉しくなり、身体ごと振り向いて晃生の顔を見上げた。

「もちろんです。私、晃生さんを心から愛してます。晃生さんにならどんなにエッチなことをされても平気――あ……いえ、そのっ……」

言っているうちに耳朶が痛いほど熱くなり、下腹に熱の塊が宿る。飛鳥がいるのに、なんて破廉恥な――と思うものの、一度火が点いた身体は抑えようがなかった。

「姫花、愛してるよ。今夜にでも、子作りする？」

「ちょっ……晃生さんったら、飛鳥ちゃんが起きたらどうするんですかっ！　――あ、ほら。起きちゃった」

飛鳥がふいに手足を伸ばし、ぱっちりと目を開けた。一瞬今にも泣きだしそうな顔をするも、二人の顔を見て安心したようににっこりと笑う。

「今の姫花の声で起きたんだぞ」

晃生が飛鳥を抱き上げ、姫花に向かってわざとのように口を尖らせる。その顔が、まるで子供みたいだ。新たな彼の一面を見たような気がして、姫花は胸のときめきを感じた。

「えっ、私？　ご、ごめんね、飛鳥ちゃん……っと、もしかして今話してたの聞こえてた？　もしそうなら、ぜんぶ忘れてね。まだ理解できないだろうけど、耳にするには早すぎる――んっ……」

だいぶ抱っこに慣れた晃生が、飛鳥を抱く腕を左側に寄せて姫花にキスをしてきた。仲良くしているのがわかったのか、飛鳥が「キャッ」とはしゃいだ声を上げる。

「ふふっ……なんだかもう晃生さんと夫婦になって、一緒に子育てをしている気分です」

子育ては想像していたよりも遥かに大変だが、それを差し引いても、今この時に温かな幸せを感じる。そう思わせてくれるのは、間違いなく晃生のおかげだ。もうこれほど深く彼を愛しているのに、まだいくらでも晃生に恋をしてしまいそうだ。

「子作りの件、まだ返事を聞いてないけど？」

下唇を甘噛みされ、あやうく膝が折れそうになる。

「ダ……ダメですよ。飛鳥ちゃんがいるし、また眠っても、いつ起きるか分からないし――」

「やれやれ、仕方ないな。だけど、その顔……本当はそう思ってないだろう？　まあ、今回はおあずけってことで我慢するよ」

飛鳥がいるから、晃生もそれ以上は言わない。けれど彼の顔には、やけに意味ありげな笑みが浮かんでいる。

「おあず……な、何ですか、それ」

姫花はやっとの思いで返事をすると、いっそう頬を赤く染めながら晃生とともにいられる喜びを噛みしめるのだった。

第五章　前途多難な恋愛模様

姫花達が飛鳥を預かってから、あっという間に一週間が過ぎた。

樹里が来た翌日の日曜日は、一日かけてほかに必要と思われる赤ちゃんグッズを買いに行き、大忙しだった。

「離婚問題が解決するまで」とはいえ、晃生の言った通りすぐに解決するとは思えない。

当日は話を聞いてやってきた会長夫妻が、二人揃って留守番と子守を買って出てくれた。同時に、姫花に樹里の勝手気ままな行動を詫びてくれた。

必要を感じて買い込んだベビーベッドを寝室に運び込み、食事の時にも使える布製のベビーチェアをダイニングテーブルの横に据える。ほかにも離乳食用のフードプロセッサーや電動スイング機能付きのハイローチェアも買い揃え、育児をする準備は万全に整えた。

樹里には何度となく電話をかけているが、毎回留守番電話のメッセージが流れるだけ。

周りのドタバタをよそに、飛鳥は樹里がいなくても元気いっぱいだ。けれど、時折思い出したように泣き出すのは、きっと母親を恋しがってのことだろう。

それを見ると胸が痛むが、ほかの三人が樹里を非難するほどには姫花は彼女を責める気持ちにはならなかった。

(きっとやむにやまれぬ事情があるんだろうな。だって、あんなに優しい顔で飛鳥ちゃんを見てたんだもの。今頃寂しくてたまらなくなっているんじゃないかな……)

「さすが、菊池家の血を引くだけあって、飛鳥ちゃんって本当に可愛いですよね」

姫花が褒めそやすと、菊池家の面々はまんざらでもないといった面持ちで微笑んでいる。

日数が経った分だけ、飛鳥の世話には慣れた。けれど、初日の寝つきのよさはどこへやら。

夜泣きや寝ぐずりは当たり前で、基本的に抱っこしていないと泣き出す。何かしようにもハイハイで後追いをしようとするし、睡眠のリズムもバラバラだ。

むろん、晃生はできる限り飛鳥の世話をしてくれているし、早々に「アティオ」内の一階にある保育所の「テケテケ」に入所できるよう手配してくれた。

まさか利用することになるとは思わなかったから、存在は知っていたが利用規定に目を通すのは今回がはじめてだ。

場所は自社ビルの一階フロアにあり、園庭には砂場や大型の遊具がある。保育時間は午前九時から午後七時まで。利用料金は月額六千円で、希望すれば延長保育も可能だ。朝は二人のいずれかが飛鳥を「テケテケ」に連れていき、お迎えも同様に対応できるほうが出向く。

同所を利用するにあたり、晃生は自身の姉の子を一時的に預かっていることを周囲に明かしている。それまで二人がすでに同居していることは内緒にしていたが、これを機に公にした。言ってみれば、飛鳥のおかげで婚前同居をオープンにするきっかけができて、その理由にもなってくれた感じだ。

『社長が秘書との結婚を決めたのは、甥っ子の面倒を見てもらうためだったんじゃない？』

『言ってみれば、ベビーシッター代わりね』

新たにそんな声がチラリと耳に入ってきたが、もはや気にもならない。

それに、以前とは違い部署内外の人と広く交流するようになっている今、そんな話を本気にする人など一人もいなかった。


まだ暑い日が続く中、多くの企業がそうであるように「アティオ」も中間決算の時期を迎えた。直接決算業務に携わっていない部署も、データを取りまとめて提出しなければならない。そのせいか、全社的に平常時よりも気ぜわしい日々が続いている。

社長秘書に復帰した姫花だが、未だデスクは秘書課に移動したままで、今のところ以前いた場所に戻す予定はない。

それは、当然姫花と晃生の婚約を公にしたからであり、公私混同を疑われないためだ。

姫花自身も復帰以来、前にも増して自分を律し、晃生との適切な距離を保ちつつ業務に励んでいる。殊に、彼の執務室に出入りする時は常にブラインドを開けて、間違っても密室でイチャついていると勘違いされないよう気を配っていた。メイクや服装に関しても婚約前より派手にならないよう心掛け、仕事で同行する際は車の同乗は避けて現地集合をするようになっている。

「多岐川主任、ちょっといいかな」

月曜日の午後、晃生が内線をかけて姫花を執務室に呼んだ。すぐに応じてデスクに就いている彼の前に立つ。

「はい、社長。何でしょうか」

「たった今、『リドゥル』とのコラボ商品のデザインが決まった」

「そうですか。よかったです」

晃生の出張後、すぐに決まると思っていたデザインだが、詰めの段階で時間がかかり決定が先送りになっていたのだ。

「選ばれたのはA案だ」

A案とは、双方の会社ロゴをモチーフにした斬新なデザインであり、姫花も意見を聞かれた時にそちらを選んでいた。

「今回のプロジェクトはかなり難航したし、君も仕事量が増えて大変だったね」

「いえ、そんなことはありません」

実際は、かなりそれに時間を取られてしまったが、姫花としてはやるべき仕事を当たり前にこなしたまでだ。

「それと、君の二つのデザインをコラージュにして組み合わせるという案は、とても参考になったよ。実際に選択肢の中に入れられたわけじゃないが、考え方としてはアリだと思ったし、話し合いをする上で、二つの案を大局的に見るきっかけにもなった」

姫花は、多少なりとも自分の意見が晃生の役に立ったと知って心から嬉しく思った。その上労いの言葉までかけてもらい、仕事に対するモチベーションがさらにアップする。

社長室を辞して秘書課に戻り、自席に着く。

「多岐川主任、お昼どうぞ」

「あ、もうこんな時間？」

それからすぐに同僚に声をかけられ、エレベーターで一階に向かう。

飛鳥を「テケテケ」に預かってもらって以来、姫花はランチタイムになると昼食をとる前にそこを訪れるようになっていた。もちろん、保育の邪魔にならないように、窓からそっと中を覗くだけだ。我が子の様子を見に来る社員はほかにもおり、先日たまたまそこで顔を合わせた他部署の社員と一緒にランチを食べにいった。

(子供がいると、交友関係も広がるよね。将来的には晃生さんとの子供を預けることになるだろうし、樹里さんが言っていたように、いい練習になってるかも)

そんなことを考えて、我知らず表情が緩む。

「テケテケ」に着き、いつものように窓から中の様子を窺った。

(飛鳥ちゃんだ！　わぁ……いっぱい食べてるなぁ)

すでに離乳食が始まっている飛鳥は、順調に食べるものの種類を増やしている。

一度カボチャを使った離乳食づくりに挑戦した姫花だが、残念ながら飛鳥の口に合わなかった。

その一方で、晃生が作ったものは何でも残さずに食べてくれる。離乳食づくりを諦めたわけではないが、今はまだ料理の基礎固めを優先させたほうがよさそうだった。

「あ～ら、多岐川主任。お疲れさまです」

「テケテケ」を離れ、エレベーターホールに向かう途中で、玲央奈が声をかけてきた。少し前まで総務部にいた彼女は、今月から営業企画部に異動になっている。

「お疲れさまです、葛西主任。新しい部署には、もう慣れましたか？」

「ええ、もちろん。多岐川主任は、どうです？　誰にでもできる事務仕事に追われている上に、ベビーシッターまでさせられて、さすがにやつれてきてるんじゃないかしら？」

棘のある玲央奈の言い方は毎度のことだし、もはや彼女のスタンダードだ。

それを笑顔でスルーしてエレベーターの前で立ち止まると、玲央奈が姫花のすぐ横に並んだ。

「そういえば、もう社長と同居しているんですってね」

上に向かうエレベーターが止まり、玲央奈とともに乗り込む。中には他部署の社員もおり、それぞれと挨拶を交わす。

「男一人じゃ、赤ちゃんの世話なんか無理だものね。それにしても、社長ってイクメンよね。朝、『テケテケ』に飛鳥ちゃんを連れていったりしてるんでしょ？」

「ええ」

短く返事をして、余計な情報を提供しないよう気を付ける。もうすでに飛鳥の名前まで知っているところからして、彼女のリサーチ力は衰えていない様子だ。それに、言うまでもなくゴシップを撒き散らすパワーも健在だろう。

「さすがだわ。私、『テケテケ』の保育士の中に知り合いがいるの。彼女からいろいろと聞いてるんだけど……あ、もしかしてランチこれから？　よかったらご一緒しましょ」

今までランチをともにしたことなどないのに、いったいどういう風の吹き回しだろう？

どうせ、話す内容な十中八九、嫌味やロクでもない噂話だ。しかし、ほかの社員の手前、少々断りにくい。それに、彼女が何を言い出すのか、多少の興味もある。

「そうですね、では一緒に」

姫花は玲央奈の誘いに応じ、社員食堂があるフロアでエレベーターを降りた。

もともとあった古い食堂を晃生の提案でリニューアルしたそこは、外観も洒落ており街中にある人気カフェにも劣らないほどの盛況ぶりだ。

料理の種類も多く、食事代は社員カードを利用して後日給与から天引きになる。

姫花はイタリアンのブースでパスタランチを頼み、先に席に着いていた玲央奈と合流した。フロアの真ん中にあるその席の周りには大勢の社員がいる。

あえてそんな席を選んだ彼女のランチは、有機野菜のサラダと野菜ジュースだ。

「さあ、いただきましょ。ところで、社長って最近は若い女性が好みなのね。知り合いの保育士が言ってたけど、この間『テケテケ』に社長が来た時に、先月採用されたばかりの二十歳そこそこの保育士にやたら話しかけていたそうよ」

「そうですか」

ほら、やっぱり。

ここで詳細を知りたがると、玲央奈の思う壺だ。

姫花は軽く相槌を打つだけに留め、パスタを食べ続ける。

「社長、あなたとの婚約が決まってから、ますます魅力的になったって評判よね。前から社長を狙ってた女子社員が色めき立ってるし、新しく社長のファンになったたって子も大勢いるみたいよ。でもね……それとは別に、ちょっと気になる噂も耳にしてるのよね。一応耳に入れておくけど――」

玲央奈がさんざんもったいぶって姫花に明かした話は、晃生が最近になって星野理香《ほしのりか》という専属産業医の元を足繁く訪れているというものだ。

星野は三十代前半で、昨年前任者の退職に伴って新しく入社した。

彼女は秘書課と同じ階にある通称「保健ルーム」と呼ばれている部屋に常駐し、社員の健康に関する業務に携わっている。何を言い出すのかと思えば、今度はありもしない社長と産業医の不倫話をでっちあげるつもりなのだろうか？

姫花はいい加減呆れ果て、玲央奈のトンデモ発言に無反応で応戦した。しかし、それくらいで引き下がる彼女ではない。

「あの部屋、言わば密室でしょ。社長は決まってランチタイムの誰も来ない時を見計らって星野先生に会いに行くらしいわ。しかも、わざわざ二人分のランチを買って。中で何が起こってるのかは本人達しかわからないけど、星野先生って美人で才女だし、いろいろと心配になっちゃうわよね」

これまでの言動からすると、おそらく半分以上玲央奈の憶測か捏造だ。しかし、そうとわかっていても、彼女の発言内容を完全には無視できないし少なからず胸がざわつく。

それを悟られないようにしながら、姫花は黙ったまま水をひと口飲む。

「星野先生が来て以来、健康相談に行く人が格段に増えたわよね。私も行ったことあるけど、白衣がとってもお似合いで、きりっとした雰囲気がすごく素敵だったわ～」

玲央奈が言う通り、彼女が産業医になって以来「保健ルーム」の利用率がアップしている。

彼女が来たことにより、過去に行われた健康診断のデータ分析も進んでおり、前任者と比べても会社への貢献度は高い。

「気さくだし、社員が気軽に相談に行けるよう、いろいろと工夫していらっしゃいますよね。私も役員の健康診断の件で、何度かお話をしたことがあります。実際に会って話してみて、とても思慮深くて産業医としての責任感に溢れた方だと思いました」

淡々と話す姫花の態度が不満なのか、玲央奈が浮かべていた笑顔を引きつらせた。

「でしょ～？　星野先生って、元アスリートだけあって惚れ惚れするくらい魅力的なボディラインをしていらっしゃるわよね。社長もスポーツ万能だし、いろいろと話が合うんじゃないかしら」

星野は、かつて水泳の日本代表として活躍しており、現役選手だった時に「アティオ」のウェアを着て競技に挑んでいた。医師免許を持つ彼女が、引退後の就職先に「アティオ」を選んだのは、そんな縁もあってのことだったと聞いている。

「ねぇ、もしかして二人っきりのランチの手配は、多岐川主任がしたの？」

「いいえ。私はしていません」

「へぇ……多岐川主任のデスクって、秘書課に移ったままよね」

玲央奈が急に声を潜め、これ見よがしに周りの目を気にするそぶりをする。

「はい、そうですが」

「実は私、この間、社長の執務室に星野先生が入るのを見たの。それからすぐにブラインドが下りて、しばらくの間出てこなかったわ。いったい何を話していたのかしらね。それに、わざわざブラインドを下ろすなんて、何か見られちゃいけないようなことでもしていたのかしら？」

挑発されているとわかっているし、わざわざそれに乗って玲央奈を喜ばせるつもりなどサラサラない。姫花が一向に話に乗ってこないのに業を煮やしたのか、玲央奈は持っていたフォークを置いて前のめりになった。

「これ、本当は言わないでおこうと思ったけど、多岐川主任のためを思って言っちゃうわね。社長、さっき話した『テケテケ』の新人保育士と怪しいらしいの。知り合いの話では、二人が話している様子がやけに親密なんですって。一度なんか、二人が今にもキスしそうなくらい近づいているのを見たって」

「それはさすがに――」

つい反論しそうになり、姫花はそれをぐっと堪えて口を噤んだ。その反応に気をよくした様子の玲央奈が、嬉しそうににっこりする。

「もちろん、見間違いかもしれないわ。でも、新人保育士が、退所後に地下の役員用駐車場の周りをうろついていたのを見た人がいるの。それも、一度や二度じゃないのよ。彼女、とびきりの美人じゃないけど、胸が大きくてエロ可愛いし、もしかすると……ってね～」

当の新人保育士については、社内情報に詳しい同僚から、すでに婚約者がいると聞いている。姫花がそれを指摘するも、玲央奈は動じないどころか、呆れた様子でせせら笑ってきた。

「だからって、浮気をしないとは限らないでしょ。お堅い多岐川主任には、わからないかもしれないけど、はじめはその気がなくても、くっついちゃうことって往々にしてあるのよ。イケメン社長を婚約者に持つと苦労するわね。同情しちゃう」

何が「同情しちゃう」だ。

玲央奈の与太話に付き合うのは、もう終わりだ。

「いろいろとご心配いただいて、ありがとうございます。じゃあ、もうそろそろランチタイムが終わりますから、私はこれで失礼しますね」

姫花は捨て台詞を吐くことなくトレイを持ち、席を立った。そして、玲央奈に向かって軽く会釈をして、食器の返却口に向かって歩き出す。

(何よ、あれ！　不倫ドラマの見過ぎじゃない？　そんなの、誰が信じるのよ！)

平静を装いながらも、姫花は怒り心頭で密かに唇を噛みしめた。自席に戻るべくエレベーターに乗ろうとするも、タイミング悪く扉の前には大勢の人が待っている。

姫花は仕方なく非常階段があるほうに方向転換し、重いドアを開けて踊り場に出た。現在非常階段はワックス剥離を伴う清掃中で、あちこちが使用不可になっている。そのため、いつも以上に使う者はいないはずだ。けれど、階段を下り始めてすぐに上階から女性の忍び笑いが聞こえてきて、咄嗟に足を止めた。

「理香、今日は本当にありがとう。おかげでスッキリしたよ」

「やぁね、お礼なんか言わなくていいわよ」

(今の声、晃生さん？　それに、理香って……もしかして、星野先生と一緒なの？)

声は一、二階上のから聞こえており、そっと覗いてみると階段の手すりに寄りかかる白衣を着た腕が見えた。

「そうはいかない。いろいろとしてもらっているし、今度改めて礼をさせてもらうよ」

「晃生ったら大袈裟ねぇ。やるなら全力でやる。それが私の考える『産業医の流儀』よ。だから、気にしないで」

それからすぐに、二人のくぐもった笑い声が聞こえてきた。

姫花は一瞬、何が可笑しいのかと思ったが、すぐにピンときて表情を硬くする。

「ふっ……理香には本当に感謝してる。保健ルームはただでさえ予約でいっぱいなのに、ランチタイムまで使わせて悪かったな」

「晃生なら大歓迎だし、考えただけで生唾が出ちゃいそう」

「じゃあ、近いうちに、またお願いしてもいいかな？」

「もちろんよ。来た時は、遠慮しないでぜんぶ吐き出して。じゃあ、来てくれるのを楽しみにしてるわね」

「じゃ、またな」

二人の声は決して大きくはないが、壁に反響して姫花の耳にきちんと届いている。今さら足音を立てるわけにもいかず、姫花はじっと息を潜めたままその場に立ち尽くした。

それからすぐにドアを開閉する音がして、辺りがシンと静まり返る。

姫花は息をひそめたまま、二人がいた上階を見上げた。

(晃生さんと星野先生、こんなところで何を話してたの？　それに、あんなふうに笑ったりして、なんだかすごく親しそうだった……)

姫花の頭の中に、ついさっき聞いたばかりの玲央奈の言葉が浮かんだ。彼女のくだらない憶測はさておき、今の会話から判断するに、二人の関係は単なる仕事上のものだけではないようだ。少なくとも友達同士のように気楽に話していたし、捉え方によっては、もっと近い関係と言ってもおかしくないような感じだった。

胸の中にモヤモヤとした疑惑が広がりそうになり、そんなはずはないと自分に言い聞かせる。くだらない考えを強制的に頭から締め出すと、自席に戻りいつも以上の集中力を見せて仕事に没頭した。

その日の業務を終え、姫花は「テケテケ」に飛鳥を迎えに行き、事前に頼んでおいたタクシーに乗って帰途につく。

「飛鳥ちゃん、今日は楽しかった？　ご機嫌で遊べたかな？」

送り迎えの方法については、まだ七か月ということもあって姫花がする時はタクシーを利用するようにと晃生から言われている。

飛鳥の世話をするようになってから三週目に入った今、抱っこ紐を使っての移動もかなりスムーズにできるようになった。その間、何度か会長夫妻が訊ねてきて、必要な消耗品を買ってきてくれたり飛鳥の世話を手伝ったりしてくれている。樹里には相変わらず連絡が取れない。

けれど、姫花は彼女の留守番電話に、毎日の飛鳥の様子を長々と吹き込んでいた。

(樹里さん、きっと聞いてくれてるよね。ぜったいに、そう)

ふっくらとした頬をそっと指先で撫でると、姫花はにっこりと微笑みを浮かべた。

樹里が見せた聖母のような笑みは、子供を心から愛する母親だからこその表情だった。

あの時はただ見惚れていただけの姫花だったが、今なら樹里がどんな気持ちで飛鳥を見つめていたのか、はっきりとわかる。

まだ結婚前でプレママにすらなっていない自分にとって、育児は思っていた以上に大変で戸惑うことだらけだ。けれど、だからこそ得られる幸せは何ものにも代えがたい。未来の甥っ子相手ですらそう感じるのだから、晃生との子供を授かった時には、どれほど大きな多幸感に包まれるだろう。

遊び疲れたのか、飛鳥はタクシーに乗ってすぐに寝入ってしまった。

姫花は飛鳥の寝顔を見て心和ませながらも、図らずも非常階段で聞いてしまった晃生と理香の会話を思い出して表情を歪めた。

おかげでスッキリしただの、生唾が出ちゃいそうだの――。

受け取り方によっては変に勘ぐってしまいそうな内容だし、社長と産業医の会話にしては明らかにおかしい。特に気になっているのが、理香が口にした意味ありげな言い回しだ。

『やるなら全力でやる。それが私の考える「産業医の流儀」よ』

『来た時は、遠慮しないでぜんぶ吐き出して』――。

（どう考えても、アレと被ってるよね？）

帰途についている今、どうかすると頭の中が悪い妄想でいっぱいになり、叫び出しそうになる。頭ではあり得ないことだと思っていても、心のざわつきがどうしても収まらない。

（しっかりしてよ、姫花。晃生さんを疑うなんて、どうかしてる！　それに、今は飛鳥ちゃんを最優先にすべきでしょ）

姫花は無理矢理気持ちを切り替えて、腕の中で眠る飛鳥を見る。

その寝顔に癒やされて、ごわついていた心がふんわりとほぐれた。自宅に着き、タクシーを降りて飛鳥を起こさないよう気を配りながら玄関を通り抜ける。

（せめて、離乳食とお風呂の準備ができるまでは眠っていてくれると助かるな）

そう思いながら、ハイローチェアに近づくと、それまで眠っていた飛鳥がぱっちりと目を覚ました。一度起きたからには、もうしばらくは眠ってくれないだろう。逆に今起きていてくれたら夜ぐっすり寝てくれて助かる。ものは考えようだ。

風呂は晃生が帰宅してから一緒に入れるとして、まずは離乳食の準備に取り掛かる。

飛鳥を乗せたハイローチェアをキッチンに移動させ、歌ったり話しかけたりしながら、冷凍しておいた野菜の出汁を使っておかゆを作った。出汁は晃生が作ってくれたもので、びっくりするほど美味しくて、さっそくレシピを教わったほどだ。

「私も、頑張って美味しいものを作ってあげられるようにならなきゃ。それまで、晃生さんのお出汁に活躍してもらおうね～」

飛鳥がここに来て以来、姫花の料理に対するモチベーションがグンとアップした。けれど、まだまだ料理上手には程遠く、離乳食に関しては晃生が下ごしらえをしたものに手を加えるだけに留めている。

でき上がったおかゆをベビー用の食器に入れ、ひと匙ごとに冷ましながら飛鳥の口に入れる。はじめはゆっくりだったが、すぐに次のひと匙を口を開けて待つようになった。すべて食べ終えてご機嫌になったところで、平らにしたクーファンの上にお座りをしてもらう。おもちゃで遊ぶ飛鳥を眺め、頃合いを見計らって壁際に移動して作り付けの引き出しを開ける。

きちんと並んでいるＤＶＤの背表紙に視線を走らせて、目当てのタイトルがついたものを指先で押さえた。

「あった」

姫花は小さく呟いて、ごくりと唾を飲み込んだ。

取り出したパッケージには、セクシーな白衣を着た女性が半裸の男性に聴診器を当てているシーンが印刷されている。

タイトルは『産業医の流儀』～遠慮しないでぜんぶ吐き出して～」――。

それは、非常階段で理香が晃生に言った言葉そのものであり、姫花が昼間思い浮かべたのは、このＤＶＤのパッケージだったのだ。

「とある会社の保健室に隠しカメラを設置！　エッチな女性産業医と敏腕社長の淫らなひととき」

「逆カウンセリング！　社長によるソフトなＳＭプレイで悶絶」

裏表紙には、あらゆる体位で交わる裸の男女が刷られている。

晃生は、ここにあるＤＶＤはぜんぶ観たと言っていたし、しまわれている場所からすると、お気に入りの作品ではないかと思う。

晃生は時折、セックスの最中にちょっとした意地悪を言う。それも、ソフトなＳＭプレイの一環かもしれない。

ふと、理香の顔が思い浮かび、パッケージの男女が晃生と彼女の顔にすり替わりそうになる。

まさかとは思うが、二人はこの作品と同じように保健ルームで――。

（ううん、そんなことあるわけないから！）

姫花は頭を激しく横に振って、パッケージをギュッと握りしめた。

いくら被る言い回しがあろうと、これはただの偶然であり、現実とは何の関係もない。

誰が何と言おうと、ぜったいにそうだ。しかし、そうだとしても、理香がタイトルをそっくりそのまま口にしたのだけは、どうしても解せない。

（もしかして、星野先生もこれを持ってるとか？　人気がある作品なら、その可能性がないとは言えないよね）

そうと仮定して考えてみると、非常階段での会話や忍び笑いにも納得がいく。

いきさつはわからないが、同じＤＶＤを持つ者同士、意気投合したのかも？

いずれにしても、二人の様子からしてお互いにこの作品を見たことがあるのを知っているとしか思えない。

（何がどうなってるの？　晃生さんと星野先生って、どういう関係なのよ……）

悩むほどに、いくら否定しても想像したくもないシーンが自然と頭に思い浮かびそうになる。

美人でスタイル抜群の理香は、産業医であるだけに、きっと性的な知識も豊富だろう。

それに引き換え、自分ときたら元カレに「マグロ女」と言われたくらいセックスが下手だ。

もしかすると、玲央奈が言っていたことは本当なのかもしれない――。

ついにそんな疑惑が湧き起こり、だんだんと不安が募り始める。それからまもなくして玄関のドアが開き「ただいま」の声とともに晃生が帰ってきた。

「ただいま」

「おっ……お、おかえりなさいっ！」

出した声が裏返り、持っていたＤＶＤを落としそうになる。あわてて元の場所に戻そうとするも焦るあまりガタガタと音が立ち、リビングに入ってきた晃生に訝し気な顔をされてしまう。

「姫花、どうしたんだ。そんなにあわてて――」

「べ、別にどうもしませんっ。ちょっと、引き出しの具合を調べていただけです」

「だぁ～！」

タイミングよく飛鳥が晃生に向かって両手をいっぱいに伸ばし、両脚をピョンと蹴り出す。

晃生が飛鳥を抱き上げ、とろけるような微笑みを浮かべた。

「飛鳥、『おかえり』って言ってくれているのかな？　いい子だね」

姫花は飛鳥をあやす彼の優しい顔に視線を奪われつつも、疑惑でざわつく胸の苦しさを抱えたままでいる。

「お風呂の用意、もうできてますけど、どうしましょうか」

「じゃあ、飛鳥を連れていくから、先に行って準備をしておいてくれるかな？」

晃生に言われ、姫花は急ぎ足でバスルームに向かった。

できることなら、今すぐに晃生を質問攻めにしたい。

けれど、飛鳥の前でそんなことができるはずがなかった。そうでなくても、頻繁に母親を探すようなそぶりをする飛鳥の前では、常に笑顔でいようと決めている姫花だ。

(今はダメ。でも、なるべく早く本当はどうなのか確かめなきゃ)

姫花はそう思い詰め、洗面台の鏡に映る自分自身に向かって力なく微笑みかけるのだった。


「リドゥル」とのコラボレーション企画は滞りなく進み、第一弾としてランニングシューズとバッグの試作品ができ上がった。

両社とも自社製品を通じて地球の環境改善に貢献したいという企業理念を持っており、今回のコラボ商品にも廃材を利用したポリエステル素材を使用している。

双方のデザイナーが切磋琢磨して作り上げたそれらは、機能的でありながら見る者の目を引くこと間違いなしだ。

ビジネス面は順調そのもの。

そんな時、樹里から、いなくなって以来はじめての電話があった。かかってきたのは姫花のスマートフォン宛で、ちょうどランチタイムが終わろうとしている金曜日の午後一時前だった。

『ごめんね！　本当にごめんなさい！　飛鳥のお世話をしてくれて、毎日の様子を教えてくれてありがとう。心から感謝してる！』

どこか外にいるのか、風の音が入って声が聞き取りにくい。

樹里が言うには、今も離婚の話は続いており、つい先日双方の弁護士を交えて話し合いをしたらしい。

『私、離婚問題と育児に疲れ切ってメンタルがボロボロになってたの。このままじゃ飛鳥の世話もままならないと思った時、晃生が婚約者と同居してるって聞いて――』

共通の知人経由でそうと知った樹里は、藁をも縋る思いで晃生に連絡したらしい。

『何度も連絡をもらっていたのに、折り返せなくてごめんね。自分の無責任さは自覚してたけど、きちんと心身を整えてからじゃなきゃ、まともに受け答えもできないと思って……。本当にごめんなさい』

通話時間は僅かだったが、声を通じて樹里がどれほど切羽詰まった状態だったかが伝わってきた。

今も以前から世話になっている女友達の家にいると聞き、ひとまず安心して電話を切る。

それからすぐに晃生の執務室に出向き、樹里とのやり取りと、とりあえず今のまましばらく飛鳥を預かることにしたと報告をした。

「勝手に決めてしまい、申し訳ありません」

「いや、まったく問題ない。僕が電話を取っていてもそう決めていただろうし、姉が無事と聞いてホッとしたよ。ありがとう」

必要な話をしたあと、すぐに退室してデスクでやりかけていた仕事に取り掛かった。

終業時刻を迎え、飛鳥を連れてタクシーに乗り込む。

(飛鳥ちゃん、ママが恋しいよね。きっと、もうじき会えるから、あと少しだけ我慢して待っていようね)

晃生から、樹里は人一倍明るい性格だと聞かされている。

そんな彼女でさえ、浮気や離婚問題でメンタルをやられるのだ。

(その上、育児にも追われて……。大変だっただろうな……)

姫花も元カレ達と関わる上で、何度となく傷つけられて、一時はどん底まで落ち込んだ経験がある。それでもなんとか這い上がり、晃生と出会って一生に一度だと思えるほどの恋に落ちた。

もし彼を失うようなことがあれば、自分はいったいどうなってしまうだろう?

気持ちがざわついている今、理香の件はもとより、玲央奈から吹き込まれた「テケテケ」の新人保育士のことまで気になり始めている。

その日の仕事を終えた姫花は、思い立って帰宅するなりＤＶＤがしまってある引き出しを開けた。

そして、一番奥にあったパッケージを取り出して、思い詰めた表情を浮かべる。

手にしている作品のタイトルは「新人保育士の甘い罠」だ。裏面に書かれたあらすじには、子供を預けにきた男性が、保育士の若い肌に魅せられると同時に、幼児プレイにハマる、と書かれている。これについては、設定が企業内保育所ではないし、ただの偶然だと思いたい。

ただでさえ保健ルームで繰り広げられる妄想に悩まされているのに、その上「テケテケ」を舞台にした邪念に苦しめられるなんてまっぴらごめんだった。

しかも「テケテケ」は飛鳥が日々世話になっている場所だ。

姫花は今さらながら晃生のＤＶＤコレクションを見たことを悔やみ、縋るように飛鳥の綿毛のように柔らかな髪の毛に頬をすり寄せるのだった。


次の日の土曜日、晃生は急な用事で外出した。帰りは夕方になる予定で、彼の留守中は姫花一人で飛鳥の世話をすることになる。

晃生は会長夫妻を呼ぼうかと言ってくれたが、さほど長時間でもないので、自分だけで大丈夫だと断って笑顔で彼を送り出した。

「飛鳥ちゃん。天気いいし、ベビーカーで公園に行ってみようか」

姫花の提案に、飛鳥がニコニコ顔で手足をばたつかせた。まだ話せないが、何となく意思の疎通はできているのではないかと思い、嬉しくなる。

ベビーカーのバスケットに必要なものを入れ、いざ公園へと出発する。

自宅から徒歩圏内にあるそこは、緑豊かで遊具もあり、休日ともなると大勢の親子連れが集まる人気スポットだ。

花壇の花を見ながらのんびりと歩き、広場で適当な木陰を見つけてレジャーシートを広げた。

「飛鳥ちゃん、ここに座ろうか。ランチも用意してきたし、二人でピクニックしようね」

広場には同じようにシートを広げている家族が何組もおり、それぞれにのんびりとした時間を楽しんでいる様子だ。ベビーカーから下ろした飛鳥を広げた脚の間に座らせ、うしろに手をついて空を見上げる。

「ほら見て、飛鳥ちゃん。お空にヒツジがたくさんいるよ」

モコモコした雲が浮かぶ空を指差すと、飛鳥が姫花にもたれかかるようにして上を見上げた。

(飛鳥ちゃんの体温、気持ちいいな)

姫花はお腹に触れる温もりを感じて、穏やかな笑みを浮かべた。しばらくの間じっと空を見ていた飛鳥の目の前を、二匹のトンボが連れ立って横切る。

「キャッ」

飛鳥がはしゃいだ声を上げ、トンボのほうに手を伸ばした。よほど興味を引かれたのか、飛鳥は姫花の太ももを超える勢いで身を乗り出してハイハイをしようとする。

「待って、飛鳥ちゃん！」

姫花のふとももを蹴飛ばした飛鳥が、差し伸べた手をすり抜けて前に進んでいく。

姫花があわてて腰を上げると、ちょうどベビーカーを押しながら前を通りかかった人がさりげなく立ち止まり飛鳥の行く手を阻んでくれた。

「ありがとうございます！　飛鳥ちゃん、ストップだよ」

　姫花はしゃがんだ姿勢のまま飛鳥を抱き上げ、改めて礼を言おうとして顔を上げた。その途端、見覚えがある顔が視界に入り、一瞬にして表情が強張る。

「あれ？　姫花じゃないか。久しぶりだな。こんなところで何をしているんだ？　って、子供連れで公園にいるんだから、聞くまでもないか」

「徹《とおる》さん……お久しぶりです」

　ウェーブがかった髪の毛に無造作に切りそろえられた口髭。驚いたことに、飛鳥を止めてくれたのは姫花の元カレの渕上《ふちがみ》徹だった。

　彼は姫花が「アティオ」に勤務する前に勤めていたアパレル会社「サブリミナル」の社長であり、元直属の上司だ。

　当時、まだ副社長だった彼は、仕事はできるが筋金入りの女たらしだった。そうと知らずに彼の秘書を務めていた姫花は、あっさり彼に引っかかってつまみ食いをされた上に捨てられてしまったのだ。

「この子、男の子か？　おまえの子にしては、すげー可愛いじゃん」

　徹は姫花がすでに結婚して子供をもうけたと思い込んでいるようだ。

　姫花は、あえて誤解を解かないまま、だんまりを決め込む。

「そうだ、再会ついでに、その子をうちのベビー服のモデルとして使わせてくれよ。今カタログに使ってる子、イマイチ可愛くないんだよね」

二人の前にしゃがみ込むと、徹が飛鳥の顔を覗き込もうとする。なで肩でスレンダーな身体つきは、別れた当時と同じだ。忘れていた柑橘系の香水が、風に乗って姫花の鼻孔に届く。

思い出したくもない記憶が蘇りそうになり、姫花は咄嗟に立ち上がって靴を履いた。

「お断りします。まだ小さすぎますし、いろいろと忙しいので」

「なんだよ。つれないなぁ。おまえ、前はそんなんじゃなかったよな」

徹が不満そうな顔をして、横にあるベビーカーの持ち手を指で弾いた。そちらを見ると、中には桜色のベビー服を着た赤ちゃんがすやすやと眠っている。今すぐに立ち去ってほしいと思いつつ、姫花は飛鳥をベビーカーに乗せて帰り支度を始めた。

「徹さん、ご結婚されたんですね。お子さん、今一歳くらいですか？」

「確か一歳と五か月になるんだったかな。俺もうちの両親も第一子は男の子がいいって言ってたのにさ。まあ、生まれたら生まれたで可愛いし、うちの母親なんか毎日やってきてデレデレしながら孫の世話をしてるよ」

徹の父親は「サブリミナル」の会長職に就いており、晃生同様生粋の御曹司だ。しかし、彼は典型的なボンボン育ちだったし、今の様子からしても昔となんら変わっていないように思える。

「まだ結婚するつもりなんかなかったのに、どうしてもって言われて仕方なく見合いしたんだ。その日のうちにエッチしたら一発で孕んじゃって、相手が取引先の娘だったもんだから逃げられなくなってさ――」

徹は自分の子供を気にする様子もなく、ぺらぺらとしゃべり続けている。

姫花がベビーカーを覗き込むと、いつの間にか赤ちゃんが目を覚ましていた。

「こんにちは」と声をかけると、人見知りをするでもなくニコッと笑ってくれた。それからすぐに徹を見つけ、彼のほうに身を乗り出すようなそぶりをする。それなのに、徹は我が子に注意を向けるでもなく、よそ見ばかりしている。

「今日は嫁の同窓会があるってことで、うちに母親が来て澪《みお》の――あ、うちの子の名前〝澪〟っていうんだけど、澪の面倒を見てくれる予定だったのに、急にそれがダメになっちゃってさ。で、こうしてベビーカーを押して散歩に来たってわけ。どう？　俺ってイクメンだろ？」

イクメンなら、もっとそれらしく我が子の面倒を見たらどうだ。

姫花が憤りながら今一度澪を見ると、またにっこりと微笑んでくれた。

「それにしても、やけに垢抜けて綺麗になったたな。この近所に住んでるのか？　今度子供抜きで会わない？　っていうか、もう一度俺と付き合おうよ。俗にいうダブル不倫ってやつ？　そしたら、前みたいに目一杯の幸せを感じさせてやるから」

耳を疑うようなことを言われ、姫花は思わず大声を出しそうになる。それをどうにか堪えて、赤ちゃん達には聞こえないように抑えた声で話し始めた。

「目一杯の幸せって何ですか？　私、徹さんと一緒にいて幸せを感じたことなんか一度もありません。ダブル不倫なんて、言語道断です。それに、もう一度付き合おうって言いましたけど、そもそも徹さんは私と付き合った覚えなんかなかったはずですよね？」

徹との関係を終わらせる時、彼は姫花に「君と付き合った覚えはない」と言い放ったのだ。

そのことを指摘されても、徹は悪びれる様子もなくヘラヘラと笑っている。

「昔のことはどうでもいいだろう？　今この時が大事だし、せっかくこうして会えたんだから――」

「お断りします！」

片付けを終えた姫花は、飛鳥を乗せたベビーカーを自分のほうにそっと引き寄せた。そして、姫花のきっぱりとした返事に驚いている徹の腕を掴み、微笑みながら澪がいるベビーカーの横に彼をしゃがみ込ませた。

「あなたが目一杯の幸せを感じさせるべきなのは、自分の家族でしょう？　結婚して子供を持ったなら、いい加減好き勝手はやめて、家庭を持つ男としての自覚を持つべきです。せめて、澪ちゃんをもっとよく見てあげてください。ほら、こんなにパパに笑顔を向けてるじゃないですか」

澪に微笑みを向けながら、姫花は徹に対してそう言い切った。

「それに、私は夫を心から愛しています。この子は私達夫婦の宝物だし、精一杯の愛情をかけて育てているんです。今となっては、なかったことにしてしまいたいあなたとの縁を復活させるつもりなんてないし、二度と会いたくありません」

言い終えるなり、姫花は澪に向かっておどけた顔をして見せた。澪が声を上げて笑い、徹の腕を小さな掌でパンパンと叩く。

「くれぐれも澪ちゃんを大切にしてあげて……。あなたの血を分けた子供なんですから」

姫花は澪に「バイバイ」と声をかけると、小さな手がそれに応えてくれた。

なんだか泣きそうになり、急いで徹に背を向けて、ベビーカーを押しながら立ち去る。次に姫花が振り向いた時には、もう徹親子は見えなくなっていた。

徹とのことは過去の話だし、今はもう何の関係もない人だ。それでも、父親にまっすぐな愛情を向けている澪の幸せを願わずにはいられない。

「あ、飛鳥ちゃん、シャボン玉だよ」

どこからか飛んできた、たくさんのシャボン玉が、二人の周りをふわふわと飛び交っている。

姫花はベビーカーから飛鳥を抱き上げると、虹色に光るシャボン玉を見つめる小さな顔に優しく頬ずりをするのだった。


その日の夜、姫花はリビングのソファに腰かけて晃生を待ち構えていた。

「ちょっと話したいことがあって……」

そう言って晃生と二人だけの時間を持ちたいと誘ったのは、姫花だった。できるだけ自然な感じで言えたと思うし、彼も気軽に応じてくれた。

(今日こそ、星野先生のことを聞かなきゃ……)

晃生は今、飛鳥を寝かしつけるためにベッドルームにいる。もうじきここに来るだろうし、どの銘柄を出しておけばいいか聞いて、すでにワインもテーブルの上に用意していた。

「先に飲んでいてもいいよ」

彼はそう言ってくれていたし、緊張を解くためにもアルコールの助けを借りたい気分だった。

グラスの三分の一ほどワインを注ぎ、立て続けに二口飲む。晃生が選んだワインは飲みやすく、さほどアルコール度も高くない。

姫花は今一度頭の中を整理しながら、少しずつワインを飲み進める。だんだんと飲むペースが速くなり、気がつけば二杯目のワインを飲み干していた。

「お待たせ。飛鳥、やっと寝たよ」

晃生がそう言いながらリビングに入ってきた時には、もうすでに午後九時を過ぎていた。

姫花は持っていたワイングラスをテーブルの上に置き、微笑んで彼を迎えた。

「外で遊んだ日は、割とすぐに寝てくれるのにな。昼間の公園が楽しすぎて、興奮していたのかもしれないな。眠いのに眠れないいって感じで、寝ぐずってたよ」

晃生が飛鳥を連れてベッドルームに向かったのは、今から三十分ほど前だ。つい考えごとに没頭してしまい、時間を見るのを忘れてしまっていた。

「お疲れさまでした。すみません、寝かしつけ、交代すればよかったですね」

「いや、姫花は昼間、一人で飛鳥の面倒を見てくれたんだし、寝かしつけくらい何でもないよ。それに、飛鳥の寝顔を見てると、それだけで幸せな気分になるんだ」

「私も同じです。気がつくとニコニコしながら寝顔を見つめてたりするんですよね」

晃生が、にこやかに頷きながら二つの空いたグラスにワインを注ぎ入れた。

「ご、ごめんなさい。ワイン……一杯だけにしておくつもりだったのに、つい進んじゃって……」

すでにワインを二杯飲んだ姫花は、ほんのりと赤くなった頬を掌で覆い隠した。

「美味しかったなら、よかった。それで、話したいことって？」

姫花にワイングラスを手渡しながら、晃生がそう尋ねてくる。

いよいよ、面と向かって真実を明かしてもらう時が来たのだ。

姫花は話し始める前に、口を一文字に結んだまま大きく深呼吸をした。そして、並んで座る晃生のほうに向き直り、彼の目をじっと見つめる。

「あの……。晃生さんと星野先生って、どういう関係なんですか？」

言い終えるなり、姫花はギュッと目を閉じて身を固くした。ひと呼吸おいて、そろそろと目蓋を上げると、晃生が眉間に縦皺を寄せて複雑な顔をしている。

さすがにストレートすぎる質問だっただろうか？

そう思い、ワイングラスを持つ手が震えた。それでも、言ってしまったことを取り消すことはできない。

それに、晃生との未来を現実のものにするためには、すべてをクリアにしなければならなかった。

「実は私、この間偶然、晃生さんと星野先生が非常階段で話しているのを聞いてしまったんです。二人とも、すごく親しそうだったし、お互いに下の名前を呼び捨てにしていましたよね？」

「ああ……保健ルームを訪ねたあとのことか。非常階段なら誰もいないと思って油断していた。まさか、姫花が聞いていたなんて、ぜんぜん気づかなかったな」

晃生が気まずそうな表情をして、姫花を見る。今の口ぶりからすると、やはり二人の間には何かしらあるに違いない。こうなったら、すべてを明らかにしてもらうべきだ。

「お二人の会話、よく聞こえたし今でもはっきりと覚えています。晃生さん、星野先生に『おかげでスッキリしたよ』『またお願いしてもいいかな？』って言っていましたよね」

そこまできっちりと聞かれていたとは思わずにいたのか、晃生の顔に動揺の色が浮かんだ。

「それに対して、星野先生は『晃生なら大歓迎だし、考えただけで生唾が出ちゃいそう』と……。そのほかにも『やるなら全力でやる。それが私の考える『産業医の流儀』よ』『来た時は、遠慮しないでぜんぶ吐き出して』――それって、晃生さんが持っているＤＶＤのパッケージに書いてあるのと、そっくり同じですよね？」

「そ、それは……」

明らかに焦った様子の晃生を残し、姫花はソファから立ち上がって、作り付けの引き出しの前に進んだ。そして、引き出しの中から目当てのＤＶＤを取り出し、遅れてやってきた晃生に手渡した。

「『産業医の流儀』～遠慮しないで、ぜんぶ吐き出して～」……。私、これを視聴しました。非常階段で聞いた晃生さんと星野先生の会話の中に、作中の台詞とまったく同じものがいくつかあります。さすがに偶然とは言い難いし、どう解釈していいのかわからなくて――」

「姫花、これについて説明すると、少し長くなるんだが……」

晃生が困り果てたような顔をして、姫花を見る。彼の言動からして、最悪な展開が予想できた。けれど、晃生を信じる心がそれを断固として否定する。しかしながら、彼が理香と浅からぬ縁を築いているのは確かだ。

姫花は、くじけそうになる心をなんとか奮い立たせ、小さく深呼吸をする。

「では、私の話をぜんぶ終わらせてから伺います。――晃生さんが保健ルームで星野先生と二人きりでランチを食べているという噂を聞きました。これは、本当でしょうか？」

姫花は、自分を見る彼を見つめながら、そう訊ねた。晃生がためらいがちに頷き、姫花は感情的になるまいとして強く唇を噛んだ。

「本当だ。確かに僕は、保健ルームにデリバリーの品を持ち込んで、彼女と二人きりで食べた」

玲央奈が言っていたことは、嘘ではなく真実だったのだ……。

「わかりました。それと、『テケテケ』の新人保育士さんと晃生さんに関する話も聞きました。彼女が地下一階の役員用駐車場の周りをうろついていたという情報もあるようで……」

「僕と『テケテケ』の新人保育士さんに関する話？」

晃生が驚いたような顔で、そう聞き返してきた。姫花は努めて冷静な態度で、こっくりと頷いた。

「新人保育士さんの件については、私が実際に見たわけではないし、信憑性については疑問です。それでも気になるし、星野先生の件と合わせて、晃生さんにきちんと確かめておこうと思って……。そうじゃなきゃ、晃生さんと結婚して子供を作ることなんかできないから――」

突きつけられた現実と、晃生を信じる気持ちが、姫花の心を乱していた。どうであれ、すべての疑問をぶつけた今、あとは彼の返事を待つのみだ。

「姫花、まず、これだけは先に伝えておく。僕は、やましいことなんか一切していないし、今聞いたことについては、すべてきちんと説明すれば、わかってもらえるはずだ」

晃生が姫花の目を見つめながら、そう断言した。彼は姫花が知る限り、もっとも正直な人だ。

姫花は期待を込めて、晃生に話してくれるよう頼んだ。

「説明……聞かせてもらってもいいですか？」

「もちろんだ」

持っていたＤＶＤを棚の中に戻すと、晃生が姫花に一歩近づいてきた。

「星野理香は、僕のいとこだ」

「……へ？　いとこ……ですか？」

「そうだ。正確に言えば、前会長である僕の父方の祖父が妻ではない別の女性との間にもうけたのが理香の母親で、その人が大人になって結婚してできた子が、理香なんだよ」

姫花は、聞かされた話を瞬時に頭の中で整理した。

「……つまり、星野先生は、前会長のお孫さんで、会長の姪御さんってことですか？」

秘書として、創業者一族や役員に関する必要な情報は記憶している。しかし、そんな話は今までに一度も聞いたことがなかった。

姫花がポカンとした顔をしていると、晃生が頷きながら、さらに一歩近づいてくる。

「黙っていてすまない。社内でもこのことを知っているのは僕と会長だけでね。理香と僕は昔同じ学校に通っていた同級生でもあって、当時からお互いに血が繋がっていることも承知していた。当然、昔から今に至るまで、姫花が心配するような関係じゃないんだ」

晃生曰く、前会長は結婚前に理香の母親と本気で愛し合っていたのだと言う。けれど、家柄などの関係で夫婦にはなれず、結局別れることになったのだ、と。

「だけど、別れる前にその女性は祖父の子を妊娠していた。生まれた子は祖父が自分の子として認知し、適度な距離を保ちながら後々まで面倒を見ていたんだ」

前会長夫妻は姫花が入社する前に亡くなっており、彼のかつての恋人である理香の祖母もすでに鬼籍に入っている。

「僕の父方の祖母は、すべてを知った上で前会長と結婚した。いろいろと考えるところはあったと思うけど、夫婦仲は決して悪くなかったな。もちろん、本当のところはわからないけどね」

今でさえ家柄云々をやかましく言う人がいるくらいだ。昔はもっとうるさかっただろうし、詳しい事情はわからないが、それぞれの苦悩を思うと胸が痛い。

「僕は姫花には、ぜったいに悲しい思いはさせない。僕が愛する人は、生涯姫花ただ一人だけだ」

晃生が姫花の手を取り、指先にそっと唇を寄せた。

その言葉を聞いて、安堵のあまり全身から力が抜け落ちる。

咄嗟に伸びてきた晃生の腕に支えられ、姫花はかれとともにソファに戻り座面に腰を下ろした。

理香の入社は、あくまでも彼女の医師としての能力を評価してのことで、決して縁故採用ではない。「アティオ」内で菊池家と彼女の繋がりを知るものは晃生父子しかおらず、あえて口外しなければこのままばれることはないだろう。

それに、もし仮に彼女が菊池家と血の繋がりがあることがわかれば、多少なりとも好意的ではない目を向けられる恐れがある。晃生自身、試験を経て入社し、誰もが認めるほどの実績を上げてきたからこそ今の地位を築いた。それでも未だに創業者一族だというだけでなんだかんだと言う古参役員がいるのは、姫花も知るところだ。理香をまったくの他人として接し、幼馴染であることも公表しないのは、そういった事情があったからであるらしい。

しかし、それがかえって、おかしな噂が立った要因になってしまったというわけだ。

「保健ルームに行く時は、一応人目につかないよう気を付けていたつもりだったんだが……」

「人目につかないようにって……そんなの無理に決まってます」

姫花は、呆れ顔で彼の顔を見た。社長である上に、これほどハイクオリティなイケメンの晃生が、人目につかないわけがない。むしろ、コソコソしていればいるほど何かあるのかと勘繰られるのがオチだし、案の定噂になって姫花の耳にまで届いている。

「僕が『保健ルーム』に足繁く通っていたのは確かだ。あの日、非常階段で話してたのは、聞き忘れたことがあったからで、ちょうど清掃中で誰もこないと思ったから、理香をあそこに呼び出したんだ。今思えば注意が足りなかったな」

「でも、どうして急に頻繁に『保健ルーム』を訪ねるようになったんですか？　もしかして、どこか体調が悪いとか――」

「いや、そうじゃない。僕は心身ともに健康だ」

「じゃあ、どうしてですか？」

「実は、姫花とのことで、いろいろと相談に乗ってもらっていたんだ。なんといっても、僕にとっての女性は姫花がはじめてだったからね。職業柄、彼女はそういったことには詳しいから」

晃生が理香のところを頻繁に訪れていたのは、ベッドでの適切な振る舞いや、医師としての専門的な知識の助けを借りたいと思ったからだったようだ。

これでひとつ疑問が払拭された。姫花の表情がさらに緩むのを見て、晃生が嬉しそうに微笑みを浮かべた。

「気恥ずかしくはあるが、別に隠すようなことでもなかったし、姫花にはきちんと話しておくべきだったな。今後一切、隠しごとはなしにするよ。それと、『テケテケ』の保育士さんの件だが……」

晃生が言いにくそうに語ることには、彼女は役員の中でも一番若い取締役と一年前から恋愛関係にあるのだという。件の取締役はバツイチで彼女とは二回り近く年の差があるが、双方とも真剣に交際しているとのことだ。つまり、保育士に婚約者がいるというのは本当であり、彼女が「アティオ」の役員駐車場にいたのは、そんな理由があったからだった。

「そ、そうだったんですか……。ぜんぜん知りませんでした……」

晃生は取締役から話は聞かされていたものの、当面は内緒にしておいてほしいと頼まれていたようだ。まさかの取締役と保育士の交際を知らされ、姫花は驚きを隠せない。それぞれと仕事上の交流があり人柄がいいのを知っているだけに、願わくは二人が幸せになってほしいと思う。

「僕の気が回らなかったせいで姫花に余計な心配をさせてしまって、本当に悪かった」

晃生に深々と頭を下げられ、姫花はあわてて彼に顔を上げてもらうよう頼んだ。

「私こそ、気になるならさっさと聞けばよかったのに、いつまでもグズグズと悩んでいたのがいけなかったんです。晃生さんは、私のために星野先生のところを訪ねてくれていたんですね。そうとも知らず、私ったら……」

姫花は晃生の腕に手を添え、彼の目をじっと見つめた。

「晃生さんが、そんなことをする人じゃないってわかってたんです。でも、じゃあどうして？　っていろいろと考えすぎてしまって、聞くのが怖くなったというか……もしまた元カレ達の時のように捨てられたら――なんて考えが頭をよぎったというか、そんな感じで……」

我ながら説明が下手すぎる。けれど、うまく言おうとして、取り繕っている場合ではなかった。

そう考えているうちに、晃生には何でも話してしまおうという思いに駆られる。

「実は、今日公園で元カレ……いえ、私が一方的に付き合ってると思ってて、向こうはまったくそう思ってなかった人に偶然鉢合わせたんです」

姫花は徹が元勤務先の上司であることを明かし、彼と公園で出くわした時の状況を説明した。

晃生は時折頷きながら、何も言わずじっと耳を傾けてくれている。

「何から何まで晃生さんとは、まるで違うなって思いました。まっすぐな愛情を向けてくる我が子に対して、どうしてそれほど無関心でいられるんだろうって……。その上、そのすぐ横でダブル不倫をしようと言い出すなんて……神経を疑いました」

今思い出しても、胸が悪くなる。

姫花は、今さらながら自分の男性を見る目がなかったことを情けなく思った。

「彼を見て、改めて晃生さんの優しさを感じました。晃生さんと出会わなかったら、私は一生独身のままだったと思います。晃生さんと縁を結べてよかった、晃生さんの子供がほしいって心から思って――ん、んっ……」

しみじみと語っていた身体を抱きすくめられ、激しく唇を重ねられた。息もできないほど熱烈なキスで、身も心も蕩けそうになる。飛鳥と暮らすようになってから、自宅では育児中心の生活を送るようになっていた。そのため、セックスはおろかキスをするのすら久しぶりだ。

そんなこともあり、まるではじめて晃生とキスをした時のようにドキドキが止まらない。一方の晃生は、唇を合わせながら眉尻を下げて相貌を崩している。

「ああ、よかった……！　姫花から話があるって言われて、もしかすると別れ話でもされるんじゃないかと思ってビクビクしていたんだ」

晃生が、そう言って心底安堵したような表情を浮かべた。

姫花はといえば、彼があまりにも的外れな心配をしていたと知り目が点になる。

「そ、そんなことあるわけないじゃないですか！　たとえ天と地がひっくり返っても私から別れ話をするなんてことはありませんよ！」

「でも、ここのところ姫花は何かしら考え込んでいる様子だったし、もしかして僕に愛想を尽かしたんじゃないかと思って。それに、ほら……知らなかったとはいえ、あんな内容のＤＶＤを大量にしまい込んで、しかもそれを参考にしていたわけだし――」

晃生がバツの悪そうな顔で、姫花を見て笑った。

「姫花にＤＶＤの存在を知らせたって話したら、理香に馬鹿じゃないかって言われてね。ドン引きされても仕方ないだのなんだのって……」

「ドン引きはしてませんよ。でも、非常階段での会話には心底驚きました」

「ああ、それなんだが……。前に僕の親友の達也と姉が昔付き合っていた話をしただろう？　その親友が今付き合っているのが、理香なんだ」

「ええっ？　星野先生が、晃生さんの親友の恋人？」

「そうなんだ。昔、僕と理香が通っていた小学校に、達也が転校してきてね。それが三人が出会ったきっかけで、理香と達也は高校の時に二年間、付き合ってたこともあった」

けれど、理香がアメリカの大学に進学したのを機に円満に別れ、それぞれに新しく恋人を作った。

「理香と達也は、うちによく遊びに来てたし、もともと姉とも仲が良かったんだ。達也も姉同様昔から性的なことに関心を持っていたし、馬が合ったんだろうな。理香がいなくなって、しばらくしてから付き合い始めて、三年くらいは続いてたかな」

その後、理香が帰国。三人は晃生を中心にそれぞれとの縁も復活させるうちに、理香と達也が再度恋人関係になったらしい。

「姉は、あの通りざっくばらんな性格だし、理香も達也もそうだ。傍から見たら普通じゃないように感じるかもしれないけど、姉と理香はたまに達也なしで会っているみたいだ」

「はぁ……そうなんですね」

姫花にしてみれば、今カレの元カノと仲良くするなんて、ちょっと考えにくい。けれど、樹里も理香も魅力的な人であるだけに、そんなこともあるのだろうと理解する。

「それはいいんだが、迷惑なことに俺を介してＤＶＤを貸し借りするんだ。この『産業医の流儀』は、僕にくれた時から姉と達也のお気に入りでね。結局理香も達也にこれを見せられて、大いに気に入ったらしい。そういうわけで、四人の間では、この作品に関することが冗談や軽口のネタになってるんだ」

「ああ……だから、タイトルや台詞が混じった会話をしていたんですね」

「そう言うわけだ。いろいろとごめん……。せっかくだから、一緒に見てみようか？」

晃生にそう言われ、姫花は遠慮がちに頷いた。『産業医の流儀』は作品として興味深いし、ストーリー展開もおもしろい。

姫花が頷くと、晃生が席を立ちレコーダーにＤＶＤをセットし、ソファに戻ってきた。オープニングから数分でセクシーなシーンになり、主人公の女性産業医と勤務先の社長が半裸になって診察台の上に寝ころぶ。

キスをして激しく絡み合ううちに、社長が彼女の首からかけていた聴診器を奪い、それを使って彼女の手首を頭上で緩く縛った。自由を奪われたにもかかわらず、女性産業医は嬉しそうに微笑み、一刻も早く「社長の太い注射器」を挿入してくれと懇願する。

神聖な職場でセックスをするなんて、破廉恥極まりない。決してほかの社員達に悟られてはならないし、いかにバレないようにしながら淫らな行為をするかというのが、この作品のテーマなのだ。

濃厚なセックスシーンの中には、軽くＳＭチックなものや、晃生が参考にしたであろう愛撫も混ざっている。それを見て、平常心でいられるはずがない。

映像の中で絡み合っている二人を、廊下側の窓から複数の社員が覗き見をしている。二人のセックスはこの上なく淫らで、それを見る社員達は大いに興奮し、しまいにはペアを組んでそれぞれにセックスを楽しみ始める。

姫花は徐々に息を荒くし、身体を熱く火照らせる。それは晃生も同じのようで、ふいにソファから抱き下ろされて床の上に押し倒された。

キスをしながら服を脱ぎ捨てた晃生が、姫花の部屋着の中に手を忍ばせてくる。直に乳房を揉まれ、思わず甘い声が漏れた。

「あぁんっ……晃生さんっ……」

「しーっ、あまり大きな声を出すと飛鳥が起きてしまうよ。ほら……あの作品と同じように、何をされても声を抑えて、我慢しないと――」

『もっとよ……。もっと私を無茶苦茶にしてっ……！』

女性産業医が言い、社長を見つめながら舌なめずりをする。それからすぐに、二人が交わっている部分にカメラが寄り、テレビのスピーカーからグチュグチュという音が聞こえ始めた。

「晃生さんっ……音……小さくしないと……」

「これくらいなら、飛鳥の耳には届かないよ。姫花……思う存分感じさせてあげるよ。ただし、声はできるだけ抑えないとね」

そう言うと、晃生は姫花の唇から始めたキスを、まっすぐに下に下ろしていく。胸の谷間に舌を這わせながら、彼の指が両方の乳房の先をキュッとつねった。

いきなりの強い刺激に、姫花は早々に涙目になって悦びに身を震わせる。

「そういえば、さっき僕に元カレの話をしたね。さすがに、ちょっと嫉妬したよ。いや、かなりかな？」

「あ、ふ……」

乳嘴を爪で緩く引っ掻かれ、背中に甘くゾクゾクするような戦慄が走る。見据えてくる晃生の瞳に、淫欲の炎が宿っているのが見えた。今の彼からは、とびきりセクシーで獰猛な雄の匂いがする。

姫花は晃生に自分の身を投げ出してしまいたいという衝動に駆られ、喘ぎながら身を仰け反らせた。双臀を両手で強く掴まれ、胸の先がキュンとして硬くなる。

晃生の唇がさらに下を目指し、薄い柔毛に覆われた恥骨に、そっとかぶりついてきた。

柔肌を噛む彼の硬い歯を感じて、一気に体温が上がる。噛まれる度に肌が引き攣れて、すぐ下にある花芽に刺激が直に伝わった。

まだ触れられてもいないのに、そこがプクンと腫れ上がったのがわかる。

ちょっとの間焦らされたあと、晃生の舌がペロリと花芽を舐めた。そして、まるで赤ちゃんがミルクを飲むみたいに、ちゅうちゅうと吸い始める。

「ふ、っ……ん、ん……っ……」

緩急をつけてそこを吸われるうちに、包皮が剥けて晃生の口の中で花芯が露出した。米粒大の先端を舌先で嬲られ、あまりの法悦に嬌声を上げそうになる。

姫花は必死になって唇を固く閉じ、掌で口を覆った。それでも込み上げる愉悦は抑えがたく、手探りで脱いだものをたぐり寄せ、それを口に含んで強く噛んだ。

花芯を舌で捏ねられている間に、少なくとも三回は軽く達してしまった。舌だけでイかされる恥ずかしさを感じると同時に、もっと晃生に辱められたいという欲望が芽吹くのがわかる。

それとともに性欲がグンと高まり、より淫らなセックスをして彼自身を自分の中に刻んでほしくてたまらなくなった。

晃生の舌が秘裂を割り、そこに溢れていた蜜が後孔を濡らし尾てい骨のほうに伝い下りる。

ふと壁掛けテレビの画面を見ると、全裸になった女性産業医が診察台にうつ伏せになり、社長にバックスタイルで挿れられているところだった。両方の手首は未だ聴診器で戒められており、不自由なままだ。社長が彼女の目を覆うようにして、頭を包帯でぐるぐる巻きにする。口に詰め込まれているのは、おそらく彼女自身が履いていた総レースのショーツだ。

それを見た姫花は、映像につられるようにして目を閉じ、頭の上で両方の手首を重ね合わせた。

すると、ふいに自分が画面の中にいる女性産業医になった気分になり、少しの愛撫でも耐えられないほどの快感が全身を襲い始める。晃生の舌が蜜窟の中に沈み、中を抉るように舐め回す。挿入の悦びを感じたそこが、キュッと窄んで彼の舌を締め付ける。

「あぁんっ！　……、あっ……んぁあんっ！」

隣室で寝ている飛鳥を気遣いつつも、姫花は晃生の愛撫に溺れ身体をくねらせた。堪えきれずに開いた唇から、僅かに嬌声が漏れる。

もうなりふり構ってはいられなくなり、姫花は小さな声で晃生の名を呼んだ。

「晃生さんっ……私……もう……、んっ……ふ……」

囁いた唇にキスをされ、蜜にまみれた舌で口の中をいっぱいにされる。ふと、自分でも秘裂を愛撫したかのような錯覚に陥り、花芽の奥がジィンと痺れてきた。

晃生の指が蜜窟の縁をまさぐり、吸い込まれるように中に沈んで奥を捏ねるように愛撫する。

「あ……あん、んっ！」

必死になって声を抑える姫花を見て、晃生がゆったりとした微笑みを浮かべた。

「姫花も、あんなふうにされたいのかな？　縛られて何も見えなくされた上で、身体のあちこちを弄んでほしい？」

こっそりテレビの画面を見ていたことがバレてしまい、姫花はどうしようもない羞恥心に襲われた。瞳が潤み、唇がもの欲しそうに震える。恥骨の裏を指で抉るようにマッサージされ、腰が抜けそうなほどの快楽を感じた。

「返事を聞くまでもないようだね。姫花は、どんどんエッチになっていくんだな。素敵だよ」

「あ、んっ！　そこ……や……あんっ……」

堪えきれずに出した声が、ものすごく淫らだ。我もなく乱れる様を眺められ、恥ずかしさに頬が焼けて焦げてしまいそうになる。

姫花は大きく喘ぎ、唇を震わせながら晃生の目をじっと見つめた。そして、彼の背中に腕を回し、再びキスをしてくる唇に、そっと噛みつく。

「わ……私、晃生さんに、もっと愛してほしいです。晃生さんになら何をされてもいい……。私のこと、好きに抱いて……。私、晃生さんに、無茶苦茶にされたいの……お願いっ……」

途切れ途切れにそう言うと、晃生が薄っすらと目を細め、僅かに首を傾げた。

「本気で、そんなことを言ってるのか？　本当に、何をされてもいい？」

低い声で訊ねられ、姫花は息を乱しながらコクリと頷いた。晃生の目に今まで見たことのない劣情の色が浮かぶ。それを見た姫花の蜜窟が、期待でキュンと窄まった。

「姫花……可愛すぎてどうにかなりそうだよ――」

蜜窟から指を引き抜かれると同時に、彼の熱く猛ったものが一気に中に入ってきた。先端が最奥に達し、行き止まったところをグッと押し上げる。

頭の中がまばゆい光でいっぱいになり、彼のものを咥え込んだそこが悦びでひっきりなしに蠢く。

「姫花、挿れたままで、脚を閉じてごらん」

彼の手に誘導され、姫花は屹立を挿入されたまま両膝を合わせ、脚をまっすぐに伸ばした。晃生が腰を振る度に彼の恥骨が花芽に当たり、その度に痺れるような快楽がそこに生まれた。

「あ、あんっ！　あ、あ、あぁんっ！」

声を出すまいとするのに、どうしても抑えることができない。今にも達しそうになっている姫花を見て、晃生が腰の抽送を速めながら、にっこりと笑った。

「これ、好き？」

そう訊ねるなりさらに強く腰を振られ、頭のてっぺんがジィンと痺れてきた。晃生の目を見つめながら首を縦に振ると、ニヤリと微笑んだ彼が、いっそう強く腰を打ちつけてくる。

叫びそうになる口を掌でそっと押さえられ、脱ぎ捨てた洋服の袖が目の上にかかり視界を遮られる。その上で上体をきつく抱きしめてもらい、晃生にすべての自由を奪われたようになった。

思いきり乱れたいのに、そうできない――。

脚をぴったりと閉じたままでいるせいか、隘路が余計狭くなり屹立をきゅうきゅうと締め付けてるみたいだ。

「姫花……最高に気持ちいいよ……。中で、溶けてしまいそうだ」

晃生が緩急をつけながら腰を振り、姫花の耳元で低く呻き声を漏らした。自分とのセックスで、晃生が快楽をえてくれているのが、嬉しくてたまらない。

姫花は込み上げる愉悦で心身ともに満たされ、晃生のキスに応えながら目に涙を滲ませた。

リズミカルな腰の動きが、だんだんと激しい突き上げに代わる。身体ごとどこかに飛んでいきそうなほど強い快楽を感じて、姫花は晃生の腕の中でビクビクと全身を波打たせた。

「ん、っ……んんん……！　ぷわっ……あ、ぁ……！　あっ……！」

気が遠くなるほど甘やかな快楽を感じて、姫花は身を捩りながら掠れたよがり声を上げる。それと同時に、最奥を穿つ切っ先から熱い精が迸り、彼の分身が子宮の奥に注ぎ込まれるのを感じた。

「姫花……愛してる……。僕の子供を宿してくれ……。愛してる……たまらなく愛してるよ……」

重なったままの唇がそう呟き、姫花は頷きながら夢中でキスを返した。

「晃生さんの子供……。あなたとの愛の証、早く宿したい……」

この上なく気持ちいいセックスの余波に身を任せながら、姫花はうっとりと目を瞬かせた。

晃生のキスが姫花の顔中に降り注ぎ、未だ蜜窟の中にいる屹立が、少しずつ硬度を増していく。

まだ離れがたい。

二人がそう思いながら見つめ合った時、ベッドルームから飛鳥の泣き声が聞こえてきた。

「飛鳥ちゃんが起きた！」

姫花は晃生に抱き起こされるようにして身を起こし、大急ぎで脱ぎ散らかした洋服をかき集めた。

「ふっ……これも子育ての予行練習だな」

ともにベッドルームに急ぎながら、晃生がそういって笑った。

姫花はぷっと噴き出しながらも、いっそう彼との愛が深まったのを感じるのだった。


樹里から連絡があった次の週の土曜日、彼女が夫の正太郎とともに飛鳥を迎えにきた。

離婚に向けて話し合っていたはずの二人だったが、どうやらお互いに浮気をしていると誤解していたらしい。

元来激情型だという樹里は、話し合いをしようとする正太郎を断固拒否。飛鳥を連れて日本に逃げ帰り、限界まで疲れ切った結果、弟を頼ったというわけだ。

「私、育児疲れから必要以上に疑心暗鬼になっていたみたい。それで、いもしない浮気相手をいると思い込んじゃって。言い合いをするうちに、つい『私だって浮気相手なら何人もいる』な～んて言ったもんだから、変にこじれちゃったの」

「ぜんぶ夫である僕の責任です！　仕事が忙しいのを理由に、樹里一人に家事も育児を押し付けて、それが当たり前だと思い込んでいたんですから」

正太郎は、来月早々長期間の海外勤務を終え、東京本社に異動になるのだという。

「どんな理由があったにしても、可愛い飛鳥をひと月近くも預けたままにするなんて、本当にどうかしてた。心から反省してる。本当にごめんなさいね」

平謝りの樹里の腕の中で、飛鳥がはしゃいだ声を上げた。そして、ぴょんぴょんと足を蹴り出しながら、そばにいる姫花のほうに身を乗り出してくる。

「飛鳥ちゃん、あぶない！　ママの腕の中から落っこちちゃうよ」

姫花があわてて手を伸ばすと、飛鳥が嬉しそうに指をギュッと掴んでくる。

「飛鳥、姫花ちゃんのことが大好きなのね。姫花ちゃんなら、きっといいママになるわ。って、私が偉そうに言っちゃダメよね」

樹里がペロリと舌を出して笑うと、飛鳥がキャッと歓声を上げた。やはり母親の存在は偉大だ。

姫花は改めて樹里母子の絆を感じ、彼女達家族の再会を心から喜んだ。

「姫花ちゃんが毎日留守番電話に残してくれたメッセージ、本当にありがたかった。飛鳥に会いたくてたまらなかったけど、姫花ちゃんがお世話してくれてるって思うと安心できたし、あれのおかげで、落ち着いていろいろと考えることができたの。」

樹里の飛鳥を見る顔には、前に見た時よりも落ち着いた女神のような微笑みが浮かんでいる。

飛鳥はといえば、大はしゃぎの末に疲れたのか、いつの間にか夢の中だ。

「樹里さん、飛鳥ちゃんを預からせてくれて、ありがとうございました。樹里さんが言った通り、子育ての練習になりました。これでもう、いつ出来ても――あ……いえ、その……」

まだ結婚前なのに子供の話をするなんて、少々気が早すぎる。恥じ入る姫花を見て、晃生が笑いながら肩を抱き寄せてきた。

「今年中には籍を入れるんだから、姫花の言う通り、いつでも大丈夫だ」

「あ、晃生さん……」

仲睦まじい二人を見て、樹里が隣にいる夫に寄り添って、にっこりする。

「よかったわぁ、晃生に可愛い婚約者が見つかって。私も苦労して面倒を見た甲斐があったってもんだわ」

ＤＶＤの収納場所を知っている様子の樹里が、引き出しをチラリと見て、にっこりする。

「さて、と。じゃあ、私達はこれでお暇するわ。もうじき帰国して、ここからそう遠くないところに引っ越してくる予定だから、その時はよろしくね～」

晴れやかな顔をして、樹里一家が帰っていく。

玄関先で晃生とともに三人を見送った姫花は、ホッとしながら隣に立つ晃生の顔を見上げた。

「正太郎さん、すごくいい人そうですね」

「ああ、実際にそうだし、浮ついたところがまったくない。そもそも浮気なんかするタイプじゃないんだ。あの姉さんが、まともな結婚生活を送れているのも、正太郎さんのおかげだと言っても過言じゃない」

そうは言っても、はじめての子育てと海外生活で戸惑うことも多かったはずだ。帰国後は夫婦で家事と育児を頑張ると張り切っている様子だし、きっともう大丈夫だ。

「飛鳥ちゃんのお世話したのって、ひと月にも満たなかったですよね。長かったような、短かったような……なんだか不思議な感じがします」

「そうだな。大変だったけど、振り返ってみればすごく楽しかったよ」

「私も、そう思います」

姫花は晃生に同意して、ついさっき別れたばかりの飛鳥の寝顔を思い浮かべた。

「寂しい？」

「はい」

短く返事をすると同時に、胸に熱いものが込み上げてきた。姫花はそれをグッと飲み込み、晃生の胸にそっと身をすり寄せる。

「またすぐに会えるよ」

「そうですよね。もうじき帰国して、ここからそう遠くないところに住むんですものね」

飛鳥と過ごした日々は公私ともに忙しく、あっという間だったような気がする。二人とも不慣れではあったけれど、本当にいい勉強になったし、いっそう自分達の子供がほしくなった感じだ。

「あっ、これ、飛鳥ちゃんのおもちゃだ」

ソファの隅に、飛鳥がお気に入りの歯固めが落ちていた。綺麗に洗ったあと、おもちゃと一緒に樹里に渡したつもりだったが、うっかり入れ忘れてしまったみたいだ。

「ほんとだ。……明日は休みだし、時間が合えば届けに行くか？」

晃生が、姫花の顔を覗き込んで、にっこりする。その顔からして、彼も同じくらい飛鳥との別れを寂しがっている様子だ。

「そうしましょう。そしたら、また飛鳥ちゃんに会えるし」

俄然元気になった姫花を見て、晃生がクスクスと笑い出した。

「そうだな。だけど、久しぶりに二人きりの夜を過ごすんだ。出かけるのは昼頃になるかもしれないな」

意味ありげに微笑んだ晃生に背中を抱き寄せられ、見つめ合いながらゆっくりと唇を重ねる。

今夜はもう遠慮なく大声を上げられるし、泣き声を聞いてあわてて駆け出さなくてもいいのだ。

「じゃあ、あとで樹里さんに連絡をしておかないとですね」

まだ昼間だし、ベッドルームにこもるには早すぎる時間だ。けれど、晃生はもう姫花を腕に抱え上げてソファから立ち上がろうとしている。

折しも、今日あたり排卵日だ。

姫花は晃生の肩に額をすり寄せながら、そう遠くない未来に生まれてくるであろう自分達の子供に思いをはせるのだった。


姫花が晃生とともに樹里の新居を訪れたのは、十月はじめの日曜日だ。

地上三十八階のタワーレジデンスからは、姫花が飛鳥を連れて散歩に行った公園が見える。

会長夫妻の自宅からもそう遠くない位置にあり、住み心地もよさそうだ。

今日は、自分と晃生のほかに会長夫妻もここを訪れている。もうじき午後一時になろうとしている今、樹里の夫の正太郎を含めた男性三人は買い出しに出かけており不在だ。

樹里が環とともにキッチンで離乳食を作っている間、姫花は飛鳥を抱っこして広々としたリビングを歩き回っていた。

「飛鳥ちゃん、ほら見える？　あの公園、またみんなで一緒に行けたらいいね〜」

姫花は飛鳥を連れて窓に近づき、緑豊かな公園を指差した。

「あ〜」

飛鳥が手を伸ばし、外の景色に興味を示した。今月で九か月になる飛鳥は、「ママ」「パパ」と言えるようになり、ハイハイの速度もスピードアップしている様子だ。

「お待たせ〜」

樹里が、離乳食を乗せたトレイを持ってリビングに入って来た。その声に反応して、飛鳥が脚をピョンと蹴り出して母親のほうに行こうとする。

姫花は大理石のローテーブルの前に行き、飛鳥をベビーチェアに座らせた。すると、飛鳥が早速切り分けた野菜サンドイッチに手を伸ばす。樹里は飛鳥を挟んで姫花の右側に腰を下ろし、持っていたストロー付きのマグをトレイの端にセットする。

「飛鳥ちゃん、もう自分で食べたり飲んだりできるんですね」

「そうなのよ〜。割と好き嫌いなく食べてくれるから、助かっちゃう」

遅れてやってきた環が姫花の左隣に座り、テーブルの上にお茶と茶菓子を乗せた小皿を置く。その上には、目鼻がついたひと口大の大福が入っている。姫花はそれを見て「あ」と声を上げた。

「これ、うちの実家のお菓子ですね」

「そうよ。前にお邪魔した時に出してくれたお菓子が美味しかったから、あれからちょくちょくお店に行かせてもらってるの。これなんか、見た目も可愛くてうちのパパもお気に入りなのよ」

「母からも聞いています。ごひいきにしてくださって、父も喜んでいました」

「それと、これも一緒にどうぞ。近くの店で売ってないから、ついこの間製造元に連絡して二箱買ったのよ」

環がトレイの上に載せてあった小箱をテーブルの上に置き、蓋を開けた。中には、小分け梱包された菓子袋が入っている。

「えっ……これ、イカ左衛門……！」

それは、姫花が昔から気に入って食べているイカを甘辛く味付けした駄菓子だ。

「ふふっ、びっくりした？　これ、テーブルの上に載っていたラタン製のかごに入ってたでしょう？　つい懐かしくて、姫花さんがお茶を淹れに行っている時、こっそりひとついただいて食べちゃったの」

環が自宅を訪れた時、確かに駄菓子を入れたかごをテーブルの上に置きっぱなしにしていた。

蓋が開けっ放しになっているのに気づいてすぐに閉めたが、どうやらバッチリ見咎められていたみたいだ。

「私ね、今は『アティオ』の会長夫人に納まってるけど、もともとは下町の生まれなの。もうとっくの昔に廃業したけど、実家は本屋さんでね。夫とは店番をしている時に来てくれた、お客さんとして出会ったのよ。スカウトされて女優になったのは、それからすぐだったわ」

懐かしそうにそう話す環が、イカ左衛門をひとつ取って袋を開けた。慣れ親しんだ甘辛い香りが広がり、隣に座っている飛鳥が鼻をクンクンさせる。

「そうだったんですか」

かつて芸能界で華々しく活躍していた環は、結婚を機に引退して家庭に入った。その威風堂々として落ち着いた外見から、姫花は彼女のことを代々続く良家の出身だと思い込んでいたのだ。

「これ、昔よく食べていたのよ。ずっと忘れていた味を思い出せて、よかったわ。ありがとう、姫花さん」

「いえ、お礼なんて……」

「この間、これを食べていたら、主人にひとつくれって言われてあげたの。そしたら、主人もこの味のファンになっちゃってね。主人とこれを食べながら、昔のことを思い出したりして……」

「会長がイカ左衛門を？」

「そうよ。今じゃ晩酌のお供にするくらい気に入っているのよ。……姫花さん、あの時は偉そうなことばかり言ってごめんなさいね。私ったら、自分が菊池家に嫁いできた時のことを忘れて、お姑さんと同じことをあなたに言ってしまっていたわ」

環が言うには、先日用があって晃生が実家に立ち寄った時、お茶を飲みながら親子三人で昔話に花を咲かせたのだと言う。

「その時に、私のお姑さんの話になってね。晃生に言われたのよ。『お母さん、相当苦労してたよね』って。それで、ハッと気づいたの。自分が言われて嫌だったことを、そっくりそのままあなたに言うなんて、どうかしてたわ。本当にごめんなさい」

「そ、そんな……奥様……」

まさか環に謝られるなんて思いもしなかった姫花は、驚いてあたふたする。

「奥様なんて、他人行儀な。もっと気軽に話してくれていいし、ちょっと早いけどプライベートでは、もう〝お義母さん〟って呼んでくれたほうが嬉しいわ」

環が笑い、タイミングよく飛鳥が「きゃあ」と歓声を上げた。見ると、もう離乳食を綺麗に平らげている。

「とにかく、あまり気負わないでね。今でこそ人並みにできるようになったけど、私だって結婚した当初はろくに料理なんかできなかったし、お手伝いさんを雇って手取り足取り教えてもらったりしてたのよ」

思いがけず料理下手だった過去を打ち明けられ、一気に親近感が増した。環とは、同じ下町生まれとして仲良くやっていけるのではないかと思う。

「姫花さん、もしこの先子供が生まれて、育児の手助けが必要になったら、いつでも言ってね。私、口うるさい姑ではなく、頼りたい時に気軽に声をかけてもらえる姑でありたいと思ってるの」

「奥……お、お義母さん、ありがとうございます。助けが要る時は、声をかけさせてもらいますね」

姫花がそう言うと、環が目を三日月形にしてにっこりする。

「お母さんったら、口うるさい姑になりたくないとか言って、それって早く子供を作れっていう催促なんじゃないの？」

「え？　あ、あら……違うの。ぜんぜん、そんなつもりじゃないのよ」

環が手に口を当てて、困ったような表情を浮かべる。そして、遊びたそうにしている飛鳥を連れて、そそくさとおもちゃ箱が置かれた部屋の向こうに逃げ出して行った。

それを待ち構えていたかのように、樹里が姫花にそっと耳打ちしてくる。

「そういえば、晃生にあげたＤＶＤ、役に立ってる？　新しいやつを仕入れたから、また今度持っていってあげるね」

「えっと……はい、かなり役に立ってます」

姫花が小さな声で返事をすると、樹里が笑顔で親指を立てた。

「タイトルは『社長秘書はお硬いのがお好き』よ。晃生ったらある時から社長秘書が主人公のものをリクエストしてくるようになってたのよね。あれって、姫花ちゃんを念頭においてたんだろうね。晃生ったら、や～らしいんだ～」

樹里にドンと背中を叩かれ、姫花は驚いてしゃっくりのような声を上げた。

「リ、リクエストですか……。晃生さん、そんなことひと言も言ってなかったのに……」

「そうなの？　ふふっ、男って本当に可愛い生き物よね～」

樹里が朗らかに笑い、姫花にウインクする。彼女曰く、人一倍真面目だと言われる正太郎ですら、セクシーなＤＶＤには目がないらしい。

「ママ～」

飛鳥が覚えたての言葉を口にすると、樹里が嬉しそうに立ち上がって我が子のもとに駆け寄っていった。その背中を見送りながら、姫花は自分が今ここにいる幸せをしみじみと噛みしめた。

（みんな、いい人ばっかりだなぁ）

樹里宅に引っ越しの手伝いに行った時、彼女は姫花にこっそり打ち明け話をしてくれた。

『晃生に本当の彼女ができなかったのって、たぶん私のせいじゃないかって思ってるの』

自分が性的に奔放だと自覚していた樹里は、当時は晃生に対して意図的にセックスを伴う恋愛について情報を垂れ流しにしていたらしい。

『晃生って私と違って超がつくほど真面目でね。だから、ちょっとからかってやろうっていう気持ちもあったの。でも、後々すごく後悔して……。だから、その償いの意味を込めて、少しでも晃生が恋愛に前向きになれるようDVDを貸したりしてたのよ』

樹里の償いは、かなり変わっている。けれど、結果的にそれが多少なりとも自分達の距離を縮める役に立ったのだから、彼女には感謝しかない。

晃生自身は、樹里がそんなふうに思っているとは知らないようだし、これからも気づくことはないだろう。性格は真逆でも、心はしっかりと繋がっている。

姉弟は互いを気遣いながら、今後も仲を深めていくに違いない。

姫花はそんなことを思いながら、ニコニコと笑いながら見つめ合っている樹里と飛鳥を眺め、いっそう晃生との子供を望む気持ちを強くするのだった。

◇　◇　◇

本格的な秋になり、人々は行楽にスポーツにと、それぞれの秋を楽しんでいる。

「リドゥル」とのコラボレーションにより発売されたランニングシューズとバッグは、各店舗で即完売になるほどの人気ぶりだ。早くも第二弾で発売されるランニングウェアとボトルポーチの試作品の製作も終わり、あとは製造販売を待つばかりだ。

「君が膨大な事務仕事を一手に引き受けてくれたおかげで、思ったよりも早く仕事が進んでいるよ。いつも以上に大変だっただろうに、本当にありがとう」

自身の執務室に姫花を呼んだ晃生は、彼女を心から労って礼を言った。

「そう言っていただけて、何よりです」

「ところで、引継ぎのほうは、順調にいっているかな？」

「はい、滞りなく進んでいます」

十月に入ってすぐに、姫花の妊娠がわかった。きっかけは彼女の体調の変化に晃生が気づいたことであり、すぐに二人して産婦人科を受診し、妊娠初期であるとわかったのだ。

出産予定日は来年の六月初旬で、報告を受けた両家の家族は大喜びだった。

そんな事情もあって、姫花は十一月一日付で人事部秘書課から離れることになった。今後は同部署でそのほかの業務に携わる予定になっており、現在は後任の者に引継ぎをしているところだ。

新しく秘書になるのは古参の男性秘書であり、彼なら姫花と同程度の働きを期待できるだろう。

「それと、『サブリミナル』の件は、どうなったかな？」

「調べたところ、経営者側にも、いろいろと問題がありそうです」

姫花から手渡されたタブレットを見ると、そこには同社社長である渕上徹に関する調査結果が表示されていた。

「なるほど……渕上社長は、あらゆる面で経営に関わるべきではない人物だな」

姫花が控えめに頷き、晃生は引き続き同社についてのデータを閲覧する。

先月の初旬、営業企画部から「サブリミナル」とのコラボレーション商品に関する企画書が回ってきた。

発案者は、同部署所属の葛西玲央奈。

企画書は正式な部内会議を経て出されたものであり、晃生は経営者として会社の利益に繋がるならと思い、調査の結果を待っていた。

姫花の元カレということもあり、「サブリミナル」については個人的にいろいろと思うところがある。むろん、公私混同するつもりはないし、今回の件にも私的な感情はいっさい交えていない。けれど、ただでさえ徹に対しては好印象を持っていない晃生だ。

「サブリミナル」に関しては、いつも以上に念入りな調査をするよう依頼したし、経営者の私生活に関しても細かく調べるよう命じていた。

調査書によると、同社は三年前に今の社長に代替わりして以来、かなり経営状況が悪化しており顧客離れが加速している。それに加えて、社長である徹の素行にかなり問題があることがわかった。

「この件に関しては全面的に却下だ。それと、このデータを今すぐに共有ファイルにコピーしてくれ。それが終わったら、これを副社長のところに持っていってくれるかな？」

「かしこまりました」

晃生は内線で企画本部の部長に連絡を入れ、『サブリミナル』の調査データを見るよう指示をした上で企画を却下すると伝えた。

晃生から手渡された書類を手に、姫花が退室する。晃生はそのうしろ姿を、こっそり目で追いながら、密かに口元をほころばせた。

姫花の妊娠がわかって以来、晃生は以前にも増して精力的に仕事をこなしている。

それは、会社のためであると同時に、近々正式な夫婦になる自分達のためでもあった。来年には子供も生まれることを踏まえ、新たに考えていることも多々ある。

そのひとつが、企業内保育所「テケテケ」の拡充だ。

現在、同所の定員は三十名であり、今のところ希望者がいれば受け入れ可能ではある。

しかし、年々女性社員の人数と勤続年数が増加傾向にあるため、いずれ定員を上回る利用希望者が出る可能性大だ。

そうなる前に施設の増築と保育士の増員をし、子供を持つ社員にとってより働きやすい環境を整えておきたい。そう考えるに至ったのは、言うまでもなく姫花との出会いがきっかけであり、彼女のおかげで視野が広がったおかげだ。

正直なところ、姫花と結婚したいと切望していたが、子供に関してはまだそれほど強く望む気持ちはなかった。けれど、ひょんなことから飛鳥を預かることになり、姫花とともに慣れない育児をする間に、子供を持つことに対して、前向きな意識改革が起こったのだ。

大切な存在を守りたいという想いが前にも増して強くなり、飛鳥を抱っこする姫花を見ては愛おしさが募るのを感じた。

それが高じて「アティオ」の社員に対して、社長として何ができるかと考えるに至り、「テケテケ」増築に向けて業者に見積もりを依頼した次第だ。

(今後はもっと子供向けの商品を増やしたいし、いずれはスポーツクラブも開設したいな)

むろん、国内の少子化が問題視されて久しいことを踏まえると、そう簡単に着手できない。それでも、各部署と相談の上で子供のためになる何らかの事業を起こしたいと思う。

「サブリミナル」は子供服も多く手掛けており、それもあって同社とのコラボ企画についても一考する気になったのだが、あの調査結果を見て、無理だと即断した。

(それにしても、どうしてあんな企画書が僕のところにまで上がってきたんだ?)

社長である晃生のところには、各部署の会議を経て精査された企画書が提出されてくる。

その時点で、かなり実現性の高いものであるはずが、今回に限ってはいろいろと詰めが甘かった。

晃生が首をひねりながら次の仕事に取りかかろうとした時、執務室のドアをノックする音が聞こえてきた。「どうぞ」と声をかけると、開いたドアの外に葛西玲央奈が立っている。

「社長、『サブリミナル』の件、なぜ却下されたんですか？　どうしても納得できないので、理由をお聞かせください！」

玲央奈は怒り心頭の様子で、部屋に入るなり自分の企画が退けられたことに対して不満を口にした。彼女については以前から何かと問題のある社員だと思っていたし、姫花に関連したすべてのデマの発信元だということも調査済みだ。

だが、仕事に関しては評価できる部分も多々あり、デマを流したというだけでは十分な解雇理由にはならない。しかし、今は状況が違う。

「サブリミナル」とのコラボレーション企画を立てた彼女には、いろいろと事実確認をする必要がある。

「葛西主任。逆に聞きたいんだが、君ともあろう人がどうしてあんな企画書を出してきたんだ？」

晃生がいつもどおりの冷静さでそう訊ねると、玲央奈は眉根を寄せて微かに首を傾げた。

「どういうことでしょうか？」

その表情からして、どうやら彼女は「サブリミナル」について、そこまで詳しく知らないようだ。

「企画書を見て、規定通り『サブリミナル』の企業調査と、渕上徹社長の個人調査を行った。その結果が、これだ。君にも関わりがある内容だから、目を通してくれるか」

晃生はさっき見た企業調査書と、渕上に関するデータを表示させたタブレットをデスクの端に置いた。

玲央奈が怪訝な顔をしながらデスクに近づき、それを見る。書かれている内容を読んでいくにつれ、彼女の顔から血の気が引いていく。

そして、最後のほうには明らかに動揺して、握りこぶしを作った手をブルブルと震わせ始めた。

「君が誰とどう付き合おうと、干渉するつもりはない。しかし、それにビジネスが絡んでくるとなると話は別だ。葛西主任、君は『サブリミナル』の経営状態を知った上で、あの企画書を出したのか？」

「い、いいえ……」

玲央奈が絞り出すような声でそう答え、書類を持つ指先に力を込めた。

「では、ろくに調べもしないで企画書を出したというわけだね。正誤はさておき、調査するのが得意な君らしからぬ仕事ぶりだ。それは、そこに書いてある通り、君が渕上徹社長と個人的な関わりを持っているからじゃないのかな？」

提出された渕上徹の行動調査書には、彼の女性関係についても記されていた。

それによると、彼は今年に入ってから某クラブで玲央奈と知り合い、妻子がありながら彼女との不適切な交際を始めた。

「調査によると、君は渕上社長が『サブリミナル』の経営者であり、妻子がいることを承知の上で親密な関係になったとある。それに間違いないかな？」

訊ねられ、玲央奈が小さな声で「はい」と返事をする。

「そして、近々離婚する予定だから、そうなったら君と再婚するという約束をしていた——これも間違いないね？」

「間違いありません……」

返事をする玲央奈は、目を見開いたままタブレットを見つめている。

「それについては、社長として君に同情するよ。そこにある通り、渕上氏がそう言っている女性は君だけじゃない。仮に君に対して彼が本気でそう思っていても、今の状況では厳しいんじゃないかな」

調査書には、付き合っている女性の一人が彼の子を身ごもっているとも書かれており、その件ですでに揉めごとが起こっているようだ。

自分の置かれている状況を把握した様子の玲央奈は、来た時とは別人のようになって無言のまま部屋を出ていった。彼女については、調査過程で懲戒解雇に該当する重大な違反行為をした疑いがある。そうするよう仕向けたのは渕上であり、もしかすると彼は偶然ではなく意図的に玲央奈と出会い、悪意を持って彼女との付き合いを深めていったのかもしれない。

「悪事は千里を行く、だな」

これほど多くの問題を抱えているとなると、「サブリミナル」が企業活動を続けられなくなるのも時間の問題だ。玲央奈の処遇に関しては、今後顧問弁護士を交えた話し合いが必要になるだろう。

場合によっては渕上に法的な制裁が下る可能性もある。

企画に関しては終了したが、彼個人との関わりはまだ少し続きそうだ。渕上の妻に関しては、もうとっくに夫に見切りをつけて、離婚に向けて動いているとの報告があった。

そうでなくても、かつて姫花を深く傷つけた男に、容赦など必要ない。

晃生は再び受話器を取ると、しかるべきところに連絡を入れ始めるのだった。

第六章　陽だまりのような日々

立冬が過ぎ、季節は秋から冬に移り変わろうとしている。

長らく待ち続けていた菊池家の喪が明け、姫花は晴れて晃生と夫婦になった。婚姻届の提出は双方の両親の希望により大安吉日を選び、二人揃って仕事帰りに区役所に行って届け出をした。

姫花自身は、十一月一日づけで秘書業務から離れ、現在は人事部労務管理課に所属して会社の福利厚生に関わる業務を担当している。それに伴い、社内保育所「テケテケ」の拡充に関する仕事に携わることになり、忙しくも充実した日々を送っていた。

社長の妻という立場ではあるものの、周りは皆先輩社員だ。中には晃生が新入社員だった頃に一時教育係を務めた人もおり、部内ではあくまでも一社員として扱ってもらえている。

「菊池さん、一緒にランチ行かない？」

十一月の第二月曜日、同じく「テケテケ」の拡充業務を担当する河野千鶴《こうのちづる》が姫花に声をかけてきた。

彼女は姫花よりも七つ年上の人事部労務管理課の課長で、五年前に他部署の課長と社内結婚をしている。現在五歳になる男の子の母でもある彼女とは、姫花が飛鳥を預かっている時に「テケテケ」

でよく顔を合わせていた。

気さくな彼女は、慣れない育児に苦労している姫花にちょっとしたアドバイスをくれたり、むずがる飛鳥をあやしてくれたりしたこともある。飛鳥の送迎時に晃生とも何度か子育てについて話したことがあるようで、部署内では一番気楽な感じで接してくれていた。

「行きましょう。社食にします？　それとも、外に行きますか？」

話し合いの結果、会社の裏手にある老舗カフェに行くことになり、エレベーターで一階に下りる。少し遅い時間だからか、すぐに空いた席に通してもらい、日替わりのパスタランチを注文した。

「菊池さん、もうじき四か月だよね。調子はどう？　まだ安定期に入る前だし、体調悪くなったらすぐに言ってね」

自身も仕事をしながら妊婦生活を送っていた河野は、姫花の身体を常に気にかけてくれている。

「つわりもないし、おかげさまで順調です」

「そっか。でも、油断しちゃダメよ。私みたいに急に『ウッ！』ってくるかもしれないし、貧血にも要注意よ」

「はい。経験者の河野課長がそばにいてくれて、何かと心強いです」

「こちらこそだわ。菊池さんが持てる事務処理能力を発揮してくれているおかげで、滞っていた業務がかなりスムーズに処理できるようになったもの。これからも頼りにしてるから、よろしくね」

河野に肩をポンと叩かれ、姫花はにっこりと笑って「はい」と答えた。

「労務管理課って、社員の労働環境を整える要となる部署ですよね。私、今ものすごく仕事のやりがいを感じているんです。『アティオ』をこれまで以上にいい企業にするためには、どうすればいいか……。考え始めると、どんどんやりたいことが出てきて、いてもたってもいられなくなったりして」

「ふふっ、さすが企業愛がハンパないし、やる気満々って感じね。それにしても菊池さん、前とずいぶん印象が変わったわよね。よく笑うようになったし、話しかけやすくなったもの」

「そう言っていただけて、嬉しいです」

姫花の顔に照れたような笑みが浮かぶ。

過去の恋愛や根も葉もない噂のせいもあり、姫花はいつの間にか自らが作った殻に閉じこもり、人を寄せ付けない雰囲気を放っていた。けれど、晃生と心を通わせたのをきっかけに、少しずつ本当の自分を取り戻し心から笑えるようになっている。

ランチプレートが運ばれてきて、姫花は旺盛な食欲を見せてそれを食べ始めた。今はまだ体重を管理できているが、妊娠発覚後は以前より確実に食べる量が多くなってきている。晃生が気を遣って料理を頑張ってくれているが、美味しすぎてつい食べ過ぎてしまうのが心配の種だ。

「そういえば、営業企画部の葛西さんのこと、もう聞いてる？」

「はい。解雇になったっていうのはチラッと」

「懲戒解雇だものね。まともな再就職は難しいだろうし、今後どうするんだろう？　実家が自営で何かやってるみたいだから、田舎に帰るのかな？」

「サブリミナル」とのコラボ企画書を提出した時、玲央奈は自慢げにあちこちの部署に吹聴して回ったようだ。きっと、自らの企画が成功すると信じて疑わなかったのだろう。

聞くところによると、営業企画部に異動になってすぐに、少々おかしな言動を取るようになっていたらしい。真偽のほどは不明だが、一部では何かしら違法な薬物でも摂取しているのではないかと噂されていたみたいだ。

調べた結果、玲央奈は「サブリミナル」とのコラボレーション企画を立てるにあたり、渕上に社内の機密情報を漏らしていた。彼女のしたことは重罪であり、情状酌量の余地もないとして懲戒解雇されることが決まったのだ。

一方、徹はといえば法的な処罰こそ下らなかったが「サブリミナル」はすでに経営が立ち行かなくなっており、何も知らず悠々自適の隠居生活をしている父親の助けを借りても倒産は免れないようだ。

「悪いことはできないわよねぇ。人間、正直に生きなきゃダメよ」

河野がパスタを口に運びながらそう呟く。玲央奈にも徹にもいろいろと苦しめられたし、そう考えると天罰が下ったと言えなくもない。けれど、長い人生の中で少なからず関わりを持った人の凋落は、姫花の心に多少の物悲しさを残したのだった。


年度末になり、姫花の妊婦生活にも様々な変化が起こり始めている。

だんだんとむくみがひどくなり、ちょっとしたことでお腹が張りやすくなった。

日を追うごとに大きくなるお腹は胃を圧迫し、一度に少しずつしか食べられない。しかも、食べられたと思ったら、今度は胸のムカムカに悩まされるのだ。

それでも何とか理想体重はキープし、晃生とともに毎朝適切な距離のウォーキングに励んでいる。

臨月になってからは、一時安静を余儀なくされた。そんな苦労を経たものの、六月の予定日ぴったりに無事出産の時を迎え、八時間ほどウンウン唸ったあと三六二〇グラムの女の赤ちゃんを出産した。

名前は夫婦二人であれこれと考えた末に、遥香《はるか》と名付けた。

赤ちゃんの誕生を今か今かと待っていた両家の家族は、喜びで上を下への大騒ぎだった。

そして、出産から五か月が経過した今、姫花は絶賛育児休暇中だ。

「遥香、おっきしたの？」

週末の午後、姫花は寝ている我が子の横で微睡んでいたが、突然顔に衝撃を感じてパチリと目を覚ました。何事かと瞬きをするすぐ先に、小さな足の裏がある。

どうやら、遥香に鼻を蹴飛ばされたみたいだ。

生後五か月の遥香はまだどこもかしこも柔らかくてふわふわしており、蹴り出した足が顔にヒットしてもさほど痛くはない。むしろ、そんなふうに起こされたことに幸せを感じる。

そう思えるほどの心の余裕があるのは、ひとえに姫花と同じくらいの熱量で晃生が子育てに励んでくれているからこそだ。

妊娠がわかってからずっと身重の妻を気遣う良き夫だった彼は、出産を終えると同時に子煩悩な父親になった。飛鳥で多少の予行練習は済んでいるが、二人とも子育てに関しては、まだまだ慣れないことだらけだ。

社長という立場上、今の時点で連続しての育児休暇は取れていない。しかし、それでも可能な限り早く帰宅し、自宅にいる時は自分のことよりも姫花や遥香を優先してくれる。今も近くのスーパーマーケットまで買い物に行ってくれており、帰宅後は遥香を風呂に入れてくれる予定だ。

世にイクメンという言葉が流行り、男性の育児休暇について様々な意見が飛び交い出して久しい。

しかし、本当の意味でのイクメンは全体のうちでどのくらいいるだろうか。

少なくとも姫花にとって晃生は最高の伴侶であり、一日のうちの多くの時間を遥香に取られていても彼に対する愛情は増すばかりだ。

「うー」

遥香が大きな目をぱっちりと開き、手足をいっぱいに広げて伸びをする。

姫花は遥香を腕に抱き、いろいろな童謡を歌いながらリビングを練り歩き始めた。

「あー！」

ゆっくりと上下しながら揺れる感じが心地いいのか、遥香が声を上げてはしゃぐ。防音設備は整っているから、大声を出しても近所に迷惑はかからない。

我ながら親ばかだと思うが、遥香の愛らしさときたら見る人の脳内を常春にしてしまうくらいだ。

「遥香。ママね、遥香ちゃんといるといつも陽だまりの中にいるような幸せな気分になるの。それにパパが加われば、気分は地上の楽園～！　もしくは、天空のパラダ～イス！」

姫花は歌いながらダンスのステップを踏み、くるりと回った。

勢い余ってもう一回転しそうになっていた身体を、大きな掌が抱き留める。顔を上げた先には、愉快そうに微笑んでいる晃生がいた。

「あ、パ……パパだ！　遥香、パパ帰ってきたよ！」

調子に乗って歌っていたせいで、晃生が帰ってきたのにまるで気づかなかった。

姫花はついさっきまでの自分を振り返り、さすがにバツが悪くなった。けれど、見られたものは仕方がないし、晃生は妻の能天気モードには慣れっこになっている様子だ。

「ただいま、姫花。ただいま、遥香」

晃生が姫花の頬にキスをし、そのあとで遥香の額に唇を寄せた。

特に何か言ったわけではないが、その順番だけは必ず守ってくれているのが単純に嬉しい。

「風呂の準備が出来てるみたいだな。遥香が機嫌いいうちに入ってしまおうか」

「はーい。遥香、昨日ばーばにもらった新しいお風呂のおもちゃ、持っていこうね」

双方の両親はもとより、兄や姉夫婦も適度な頻度でここを訪れ、遥香にデレデレになって帰っていく。

来年早々に二歳になる飛鳥も、早くもお兄ちゃん風を吹かせて遥香に大好物のたまごボーロを分けてくれたりするくらいだ。

「よーし、もう来てもいいよ」

先に入って準備を整えてくれていた晃生が、バスルームから二人を呼び寄せる。

部屋の中は常に適正な温度に保たれているが、窓の外の寒さが冬の訪れを物語っている。

「遥香、ちょっと寒いかもしれないけど、すぐあったかくなるからね」

姫花は遥香に話しかけながら、着ているものを脱いで用意したバスケットの中に入れた。そして、丸裸の状態で遥香のベビー服を脱がせ、バスルームに急ぐ。

「パパ、お待たせ～」

遥香を抱っこしてバスルームに入り、床に膝をついて腰を落とす。すると、晃生が二人の身体に温かなお湯をかけてくれた。

「うわぁ、あったかいね～。気持ちいいね、遥香」

ゆっくりと立ち上がり、姫花を落とさないよう慎重に湯船の中に入った。その途端、遥香が小さな掌で湯面をパシャパシャと叩き始める。

「うわ！　遥香、今日もそれをやるのか」

「遥香ったら、お湯を叩くのがマイブームなの？」

二人が騒ぐのが面白いのか、遥香はいっそう激しく手をばたつかせる。勢い余って姫花の腕の中から飛び出そうになるのを、晃生がサッと手を伸ばして受け止めた。

「遥香はお転婆だなぁ。どっちに似たんだ？　やっぱりママのほうかな？」

「違いますぅ！」

姫花は唇を尖らせて、抗議した。すると、晃生が首を伸ばして唇にチュッとキスをしてきた。

「んっ……あ……晃生さんったら……び、びっくりしたっ……。ね、ねえ？　遥香」

突然のキスに、瞬時に顔が赤くなった。彼と夫婦になり子供までもうけたとはいえ、未だに不意打ちのキスには慣れなくてドキドキする。

「あ、また〝晃生さん〟って言ったな。もう〝さん〟付けはやめるって約束したよな？　ほら、もう一度呼んでごらん」

まだ遥香が産まれる前から、姫花はよくお腹に話しかけていた。それは晃生も同様で、二人して遥香に呼びかけていると、自然と彼への話し口調も砕けたものになっていった。

そこで、つい先日結婚一周年を迎えたのを機に、彼の名前を呼ぶ時は呼び捨てにすると約束をさせられたのだ。

「あ……きお」

「ふっ……ずいぶん、ぎこちないな」

晃生に笑われ、また唇が尖る。

「だって、なかなか慣れなくって……」

「じゃあ、今度から〝さん〟付けで呼んだらペナルティを課そうか」

「え？　そんなのダメッ！　私ばっかりで、不公平だし！」

しばらく大人しくしていた遥香が、ふいに手足をばたつかせた。

「遥香、上がって身体を洗おうか。姫花はもう少し入っていていいよ」

晃生がバスタブを出て、遥香を太ももの上に乗せる姿勢になって椅子に腰かける。ベビー用の石鹸を泡立て、手際よく髪の毛と身体を洗っていく。

「はい、ママ、バトンタッチ」

「は～い、遥香、ママのところに戻っておいで～」

手を伸ばして遥香を受け取り、縦抱きにする。すると、湯の中で小さな足に太ももを蹴られた。遥香は湯の中で足を曲げたり伸ばしたりして、姫花の膝の上でピョンピョンする。

「もうタッチの練習かな？　じゃあ、次は背泳ぎの練習をしようか」

首のうしろとお尻を掌で支え、ぷかぷかと浮かべるようにして遥香をバスタブの中で泳がせた。

すると、お腹の中のことを思い出すのか、遥香は気持ちよさそうにされるがままになっている。

「次はママが洗う番だ。遥香、パパのところへおいで」

晃生が手を伸ばし、遥香を抱っこする。

「姫花、急がなくていいから、ピカピカになるまで洗って、もう一度ゆっくり湯に浸かってから上がるんだぞ」

晃生がそう言い残して、バスルームをあとにする。

姫花は「はい」と返事をして、湯船の中でゆったりと身体を寛がせた。

(あ～気持ちいい……。遥香は可愛いし、晃生さ……じゃなかった、晃生は、ものすごく優しいし)

頭の中で晃生の名前を呼び捨てで呼び、一人照れてニヤニヤする。

産後、夫婦の関係に微妙な変化が生じるというのは、よく聞く話だ。

『もう、妻は性的な対象ではなくなった』

『もう夫との性的なスキンシップは、いらない』

育児雑誌やインターネット上でそういった記事を見つけて、姫花は密かに心配していた。

挿入を伴うセックスはまだ、ない。けれど、晃生は以前にも増してスキンシップを求めてくるし、姫花も互いへのボディタッチは大歓迎だ。

今だってさっき見た晃生の精悍な身体が目の前にチラついて仕方がないくらいだ。

(晃生って、本当にかっこいい身体つきをしてるよね。それに比べて、私は……)

妊娠と出産を経て、姫花のボディラインは、かなり崩れた。

まだ産後半年も経っていないし、無理もない。けれど、いくら仕方のないことでも崩れたことに変わりはなかった。それを気にして、骨盤ケアのグッズを調べるなど、何かしら対策を講じようとして、あれこれと考えてはいるのだが……。

(いろいろと忙しくて、なかなか自分のことまで頭が回らないんだよね)

湯から上がり身体を洗いながら、姫花は改めて出産以来、まだ一度もまともなセックスをしていないことについて考え始める。

その理由は?

真っ先に思いつくのは、自身の体型の変化だ。そのせいで、女性的な魅力が激減した。

ほかにあるとすれば、晃生の泊まりを伴う出張の多さや、遥香の頻繁な寝ぐずりなどだろうか。

相変わらず忙しい晃生には、夜はできるだけゆっくりと身体を休めてほしいと思う。

同時に、たまには以前のように横になりながら軽くおしゃべりをして、その流れでキスから始まる愛欲に満ちた濃密な時間を過ごしたいと思う。

(私ったら、欲求不満なのかな?)

今も同じベッドで休んでいるから、もっとそばに寄ろうとすればできなくもない。けれど、もし拒まれたらと思うと、伸ばそうとした手が止まってしまうのだ。

身体を洗い終え、ウエストのたるみを気にしながらお湯に浸かる。妊娠前に比べて、かなり大きくなった胸が湯の中でゆらりと揺れた。

きっと今夜も、同じベッドで健やかに眠るだけだろう。

そんなことを考えながら、姫花は潜水艦のように湯船の中にブクブクと沈んでいくのだった。


ベランダに置いてある鉢植えの紫陽花が咲く頃、遥香が一歳の誕生日を迎えた。

当日は家族三人でバースデイパーティーを開き、後日両家が集まった時には「美松庵」特製の一升餅と選び取りカードで初誕生日を賑々しく祝った。

遥香は標準よりもやや大きく育っており、一人歩きもだいぶ上手にできるようになってきている。

姫花は遥香が十か月の時に復職を果たしており、日中は「テケテケ」のお世話になっていた。

通い始めて二か月になるが、ちょうど人見知りが始まった時期に重なったせいか、未だ保育所の入口を出る際に泣かれることがある。

けれど、去年から着手していた「テケテケ」の拡充に伴い、施設の敷地面積は以前の二倍になり、保育士も増員された。

リニューアルオープン時に社内報で宣伝をしたおかげか、ランチタイムともなると将来「テケテケ」を利用したいと思っている社員が施設見学をするためにやってくる。

姫花は福利厚生担当者として希望者を取りまとめ、見学会を開くなどして日々その対応に追われていた。

仕事も結婚生活も順調そのもの。料理に関してはまだ完璧には程遠いが、愛する夫と子供のために、今後も精進を重ねるつもりだ。そして、遥香が喋れるようになった時には「美味しい」と言って残さず食べてもらえるくらいには、料理の腕を上げておきたいと思っている。


「菊池主任、今日の『テケテケ』の見学会、まだ空きがある？　できたら参加したいんだけど」

産業医の星野がそう言ってきたのは、全国の「アティオ」直営店がウィンターセールの初日を迎えた木曜日のことだった。

十一月の下旬ともなると、街はもうクリスマスモードになる。

「テケテケ」の入口横の壁にも、色画用紙で作ったクリスマスツリーが貼られていた。

「あ、星野先生。大丈夫、参加していただけますよ」

入口横に立っていた姫花は、頷いてにっこりする。

見学会は五、六人ずつの少人数で行っており、次の回はあと十分後にスタートする。

姫花は参加メンバーを保育所入口まで引率する役割を担っており、つい今しがたまでスケジュールを確認したり、すでに集まっている人に資料を配ったりしていた。

以前、晃生と星野の関係に悩んだことがある姫花だが、仕事上で関わる機会が多くなったこともあり、今はもう社内で顔を合わせれば笑顔で手を振る仲になっている。

「そう？　よかった！　じゃ、一人追加でお願いできる？」

「もちろん、いいですよ。で、誰が参加されるんですか？」

姫花の問いに、星野がパッと頬を赤らめる。そして、遠慮がちに手を上げると、もう片方の手で自分のお腹を指差した。

「実は今、四か月なの」

星野が小さな声で、姫花に耳打ちする。姫花は目を丸くして、星野の顔とお腹を見比べた。

「うわぁ、それはおめでとうございます！」

星野と同じくらい小さな声でお祝いを言うと、彼女は嬉しそうに「ありがとう」と返してくれた。

以前から晃生の親友の達也と恋人関係にあった星野だが、そろそろ結婚しようと話していた矢先の妊娠だったようだ。

「まだ社長には内緒ね。って言っても、そろそろうちのパートナーから連絡がいくだろうけど」

「承知しました。では、ようこそ『テケテケ』見学会へ――」

資料を星野に手渡し、参加メンバーが全員揃ったところで見学会を開始する。

現在保育中の園児は、七か月の赤ちゃんから五歳児までの二十七名だ。保育士はパートタイムを含めて十五人いる。

遥香は園児の中の一人であり、今は同年生まれの子供達と一緒に積み木遊びをしている様子だ。

本当は見学会のメンバーのように、もう少しそばで我が子の様子を観察したい。けれど、せっかく機嫌よく遊んでいるところに母親が顔を出せば、どうなるか想像に難くない。

(遥香～！　ママだよ～！)

姫花は心の中で我が子に呼びかけながら、コソコソと園内を歩き回るのが常だ。


それから三日後の土曜日の夜、遥香を寝かしつけた後、姫花は晃生とともにリビングでクリスマスツリーの飾りつけをしていた。

姫花の身長よりも高いそれは、晃生が英国から取り寄せた特注品だ。

「こんなゴージャスなツリー、テーマパークやホテルのロビーでしか見たことがないかも」

大きさこそ、それらと同等ではないものの、付属されている飾りつけはそれぞれに目を見張るほど美しい。幹の部分は本物の木と見紛うばかりで、真ん中にぽっかりと空いた空洞に入れるためのリスやウサギなどのぬいぐるみまでついている。

「遥香、きっと大喜びするね」

すべての飾りつけを終えてみると、豪華さの中にもところどころに可愛らしさがある。

あとは当日までにプレゼントを用意し、所定の位置にセットするだけだ。片付けを終えてソファに並んで腰かけ、完成したクリスマスツリーを鑑賞する。

「さすが特注品だね。やっぱりクリスマスツリーっていいなぁ。でも、ツリーとは別に取り寄せたサンタのマスク、あれは止めたほうがいいと思うな」

まだ送られてきた箱に入ったままのそれは、フルマスクでかなり本格的な出来だ。けれど、精巧にできすぎていて大人が見ても、かなり怖い。

「そうか……。じゃあ、あれはやめておくか」

晃生が眉尻を下げて、しょんぼりとした表情を浮かべた。残念に思うのはわかるが、子供があれを見たら百パーセント泣き出すだろうし、最悪トラウマになるレベルだ。

「そのほうがいいと思う。でも、サンタの衣装は着てみせてね」

マスクの件で項垂れていた晃生が、顔を上げるなりにっこりと微笑んで頬にキスをしてきた。

「もちろんだ。あれは遥香用じゃなくて姫花のために取り寄せたものだからね」

「えっ……そ、そうなの？」

マスクと一緒に送られてきた衣装は、色はスタンダードでデザインもよく見かけるものと同じだ。けれど、今の言い方から察するに、もしかすると普通のサンタクロースの衣装ではないのかもしれない。

「クリスマス前だけど、一度着て見せてあげてもいいよ」

魅惑的な微笑みを浮かべながらそう言われ、首筋を指先でなぞられる。そんな意味深な言動を取られたら、断れるはずもなかった。

「じゃあ、見せてくれる？」

「了解。少し待っていてくれるかな」

晃生がリビングを出て、書斎のほうに歩いていく。結婚し既婚者になった時もそうだったが、子供を持つ父親になった彼は、以前よりも男性的な魅力をアップさせている。

姫花はソファの背もたれに寄りかかり、難しい顔をして唸った。

晃生自身は心配ないとしても、彼に多少なりとも興味を持っている女性は社内に限らず大勢いる。このまま、のほほんと彼の妻の座に座っているだけでいいのだろうか？

いや、よくない――。

晃生が今以上に自分に引き寄せられてくれるような策を講じたほうがいいのでは？

(やっぱり、さっき見たサイトで取り扱ってたバニーガール並みにセクシーなサンタの衣装……あれを取り寄せて着るくらいのことはしなきゃだよね)

いつまでも受け身中心ではいけない。こちらからも積極的にアプローチをして、ゆくゆくは二人目を作りたい――。

そこまで考えた時、着替えを済ませた様子の晃生が、リビングに入ってきた。

「あ、晃……生……そ、それって――」

彼が着ているサンタクロースの衣装は、やはり普通ではなかった。

赤と白のコントラストも美しいそれは、襟や袖口に真っ白なファーがあしらわれている。

前身ごろには白うさぎのしっぽのような丸いボタンがついているが、前を閉じることができないほど幅が狭い。そのせいで、晃生の盛り上がった胸筋は半分以上あらわになっている。

ズボンに至っては、やけに身体にフィットしており、硬く引き締まった太ももの筋肉がはっきりとわかるくらいだ。おまけに丈が短く、膝の上までの短パンスタイルだ。そんな格好をして何の躊躇もなく颯爽と歩くさまは、威風堂々としておりコスプレという言葉で片付けられるようなレベルではない。

「どうだ？　似合ってるかな？」

「に、似合ってるっ……ものすごく、似合ってるし、すごくかっこいいっ！」

できることなら写真に撮って残しておきたい。

そう思い立った姫花は、手に持ったままだったスマートフォンを操作して、カメラアプリを立ち上げようとした。しかし、目の前のセクシーサンタに見惚れるあまり、それを果たせないままスマートフォンを床に落としてしまう。あわてて拾おうとするも、いち早くそれを拾い上げた晃生が、なぜかキョトンとした顔をして画面に見入っている。

「姫花、これは何かな？」

「はいっ？」

晃生から見せられた画面には、バニーガール仕様のサンタクロースの衣装が表示されたままだ。

「わ！　み、見ないで――」

「見ないでと言われても、もう見てしまったものは仕方ないだろう？　姫花……もしかして僕を喜ばせたり誘惑したりするためにこれを買おうとしていたのか？　つまり、出産以来ご無沙汰だった二人目ができる行為を、そろそろしたくなったと解釈していいかな？」

晃生が腰に緩く手を当てて、ニンマリと微笑む。この上なく魅力的なサンタにそう言われ、姫花は素直にコクリと頷いた。

「だって、それくらいしないとダメかなって……。晃生は最近ますますかっこよくなってるのに、私は……。晃生がシてくれないのは、私がこんなだからで、晃生はもう私のことを女として見れなくなって、欲情しなくなったんじゃないかなって……」

姫花が自分のウエストについた余分な肉を指先で摘まむと、晃生がその上に掌を重ねてきた。

「それは、まったくの誤解だ。大変な思いをして出産してくれた姫花は、前よりももっと綺麗だよ。神々しいくらい美しいし、見る度にムラムラして困るくらいだ。僕が姫花を抱かなかったのは、産後の身体を気遣ってのことで、姫花さえよければ、いつでも子作りを始められるよ」

晃生が驚く姫花の唇をキスで塞いだ。そして、にっこりと微笑みながら続けざまに啄むようなキスをする。

「僕が姫花に欲情しなくなるなんて、あるはずがないだろう？　逆に、姫花のほうが僕とはもうセックスしたくないんじゃないかと思ってた。……ふむ、どうやら僕達夫婦は、お互いちょっとした思い違いをして、すれ違っていたみたいだな」

「そっか……。ああ、よかった～！」

そうとわかり、姫花は安堵して一気に気持ちが晴れやかになった。その顔を見て、晃生がニヤリと笑いながら思わせぶりに舌先で唇の端をペロリと舐めた。

「そんなに心配なら、今すぐにそうじゃないってことを証明しようか？」

「ひゃっ！　わっ……あ、わわ……」

エロティックなサンタクロースに腰をすり寄せられ、姫花は瞬時に頬を上気させた。

晃生が改めて姫花を抱き寄せようとした時、ベッドルームから遥香の泣き声が聞こえてきた。

二人はハタと顔を見合わせると、同時に肩をすくめる。そして、笑いながら手を繋ぎ、愛しい我が子のもとにはせ参じるのだった。


暮れも押し迫ってきた師走の夜、姫花はいつものように晃生とともに遥香を風呂に入れ、二人を先に送り出した。

身体を洗い、十分に温まってから湯船から上がり、風呂の掃除を済ませてバスルームを出る。

すれ違いが発覚してから、二人はゆっくりと愛し合える日を窺いつつ、今日という日を迎えた。

久しぶり過ぎて、はじめての時のように胸がドキドキする。

身体を拭き、髪の毛を乾かしたあとリビングに向かうと、部屋の明かりはついているが、晃生と遥香の姿が見当たらない。

「あれ？」

もう寝かしつけに行ったのかと思い、リビングを出て廊下を歩き出す。すると、ちょうどベッドルームから出てきた晃生と鉢合わせた。

「遥香、たった今寝ちゃったよ。湯上がりにお茶を飲ませていたら、ウトウトしてそのまま」

晃生が目を閉じて、眠る真似をする。

今日は朝食を食べたあと、抱っこ紐で少しだけ近所を散歩した。空気はひんやりとしていたけれど、日差しは暖かく、遥香は見るものすべてが珍しかったようで声を上げてはしゃいでいた。

「昼間テンションが高かったし、いつもよりお昼寝が短かったからかな」

「そうかもしれないな」

姫花は彼とともにリビングに戻り、ソファに並んで腰を下ろした。テーブルの上を見ると、ワインクーラーの中でミネラルウォーターが冷えている。

「気分だけはそれっぽくしようかと思って」

晃生が背の高いワイングラスに、ミネラルウォーターを入れて手渡してくれた。

「ありがとう。ふふっ……確かに、それっぽい」

杯を合わせ、ひと口飲むと冷えた水が湯上がりの身体を心地よく冷やしてくれる。

「そうだろう？」

晃生が笑い、姫花の肩をそっと抱き寄せる。

同居して以来、姫花はたまに晃生とワインを飲みながら、ゆっくりとした時間を過ごすことがあった。だが、今はまだ授乳中ゆえにアルコールは控えている。

それを残念だとはまったく思わないが、晃生と二人きりの時間が減ったのは、かなり寂しいと思っていた。

姫花が顔を上げると、彼の唇が待ち構えていたようにキスをしてきた。

さほど激しいキスをしてるわけではないのに、重ねた唇の隙間からひっきりなしに吐息が漏れてしまう。

「あ……きお……」

自然と出た彼の名を呼ぶ自分の声が、やけに煽情的だ。

自分自身に情欲をあおられ、姫花は晃生の薄く開けた唇の中に自分の舌を滑り込ませた。

彼の口の中で二人の舌が絡み合い、ぴちゃぴちゃと小さな水音を立てる。そうしているうちに、晃生の手が姫花の着ている部屋着の前ボタンを開け、ウエストがギャザーになったスカートの中に指を差し入れてきた。

姫花が必要なだけ腰を浮かせると、ショーツと一緒にスカートが膝の上までずり下がった。

いつの間にかあらわになっていた晃生の胸に手を置きながら、身体に身に着けていたものをすべて床の上に落とす。

全裸になり、彼が洋服を脱ぐのに手を貸しながらキスを交わした。二人とも何ひとつ身に着けていない姿になり、ソファから下りてラグの上に抱き合ったまま横になる。

遥香はまだ眠りのリズムが決まっておらず、いつ起きるかわからない。けれど、もしかすると二人が睦み合いを終えるまで、ぐっすりと眠っていてくれるかもしれない。

お互いに横向きになり、見つめ合いながら短いキスを繰り返す。ウエストについた余分な肉が、床に向かって少しばかり雪崩を起こしているのがわかる。姫花が何気なく指先でそれを摘まむと、晃生が手の甲に掌を重ねてきた。

「そんなに気になる？」

「うん……ちょっとだけ……ううん、やっぱりかなり気になるかな」

姫花がそう言うと、晃生が穏やかに微笑んで鼻の頭にキスをしてきた。

「本格的に体調が戻ったら、またウォーキング始めてもいいしね。僕ももう少しカロリーを重視したメニューを考えるよ」

「ありがとう。でも、それだと晃生に負担がかかっちゃうし……」

「僕は負担だなんて思わないよ」

くるりと身体を反転させられ、寝ころんだまま晃生にうしろから抱き寄せられる。

背中に晃生の逞しい胸板を感じると同時に、双臀の谷間に彼の熱く猛った屹立を押し当てられた。

途端に身体に火が点いたように熱くなり、全身の産毛がざわりと逆立つ。

「僕が負担に思うことがあるとするなら、自分自身の抑えきれない欲望……ってとこかな」

晃生が呟き、姫花の耳の上に唇を寄せる。

「欲望？」

「具体的に言うと、姫花ともっとイチャつきたい、思う存分キスをしてエロいことをしたいっていう自分自身の淫らで、いやらしくて、どこまでもエッチな淫欲のことだ」

話している間に、谷間に押し当てられた熱いものがグッと硬さを増す。

姫花は、思わず腰をうしろに突き出すような姿勢を取った。

「わ……たしもっ……。私も、そうしたい。晃生ともっとイチャイチャしたいし、エッチなことをたくさんしたい……。ぁんっ……」

晃生が姫花の腰骨に手を添え、そこをゆっくりと撫で回し始める。二人の息遣いがだんだんと荒くなり、互いの身をすり寄せる力が強くなった。

「じゃあ、そろそろそうしようか？」

晃生がゆっくりと腰を動かし、猛る男性器で双臀の谷間をゆるゆると撫でさする。

姫花は、今にも爆ぜそうになっているそれを感じて、うっとりと頷きながら甘いため息を漏らした。背後にあった屹立の先が、秘裂をなぞるようにして花芽のほうに移動する。そして、パンパンに腫れた突端を緩く掻きながら、蜜窟の入口を何度となく愛撫してきた。

「もう、十分すぎるほど濡れてるな」

独り言のように呟く晃生の声が、いつになく姫花の情欲を刺激してくる。

ゾクゾクするような快感が背筋を襲い、ラグの毛足を掴む指がブルブルと震え出す。腰をまさぐっていた晃生の手が姫花の恥骨に下り、二本の指で花芽を挟んだ。声を上げる間もなくそこをグッと押さえ込まれ、包皮が剥けて腫れ上がった花芯があらわになる。それを指の腹でクリクリと捏ねられて、身体がビクンと跳ね上がった。

「そこっ……気持ち……い……」

強すぎる快感に身も心も捕らわれた姫花は、身体を捻るようにしてうしろを振り返った。すぐに唇を重ねられ、舌を甘噛みされる。

晃生の腰の動きが速くなり、括れた切っ先が蜜窟の縁を抉るように擦り上げてきた。

「あっ……あ、あっ……。そ、それ……ゃあんっ……」

姫花が小さな声で叫ぶと、腰の動きがピタリと止まる。

「こうされるの、嫌なのか？　久しぶりだから、もう少し優しくしたほうがよかったかな」

耳朶を食みながらそう訊ねられて、姫花は喘ぎながら、ふるふると首を横に振った。

「そ、そうじゃないの……ちゃんと、挿れてほしい……。晃生と、ひとつになりたいの。晃生と、ちゃんとセックスしたい。お願い……」

あからさまにねだってしまい、恥ずかしさで頬が焼け、視界が霞んだ。晃生を見ると、いつにも増して魅惑的な微笑みを浮かべている。

「なるほど、そっちか。姫花、ちゃんと言えて偉かったな」

小さな笑い声が聞こえたあと、晃生が頭をそっと撫でてくれた。唇が重なると同時に腰を強く引き寄せられ、切っ先が蜜窟の入口を探り当てるなり、晃生のものがゆっくりと中に入ってきた。

「あんっ！　あぁ……ふぁっ……あ、あ――」

激しくはない。けれど、まるで溶け入るように入ってきた屹立を感じて、嬉しさのあまり身体の隅々まで悦びでいっぱいになる。

「あき……お……、もっと……」

「もっとか？　じゃあ、ちょっとだけ〝もっと〟してあげようかな」

晃生が囁き、少しずつ挿入を深くする。

まだ、全体の半分くらいしか入っていないのに、こんなにも感じるなんて……。

まるで、身体を内側から丁寧に愛撫されているみたいになり、全身の肌が熱く粟立つ。久しぶりに晃生とひとつになり、屹立を咥え込んだ隘路が不随意に痙攣する。

「中、ひっきりなしに動いてるね。姫花が気持ちいいと感じてるのが、すごくよくわかる。ほら、今も僕のものをキュウキュウ締め付けて……あぁ……すごくいい。最高に気持ちいいよ」
首筋にキスをされ、彼の両手足に全身を包み込まれる。

晃生の屹立を蜜窟の中に取り込みながら、すべてを彼にゆだね、二人ひとつになって快楽を共有する。屹立の先端が最奥に達し、くっきりとした括れが蜜壁を繰り返し引っ掻く。

姫花は抱き締めてくる彼の腕を引き寄せ、蜜に濡れた指を口に含んだ。

ねぶるように吸いながら舌を絡めているうちに、つま先から沸き上がるように熱い悦楽を感じた。

「ぁ、ん……あ、あ、あっ……もう……イっちゃいそう――」

晃生とセックスをする度に、彼への愛が深まっていく。彼というこの世で一番素晴らしい人と結ばれた幸せを、全世界に向けて感謝したいくらいだ。

「可愛いよ、姫花。……姫花は僕にとっての女神だ。一生離さないし、どんなことがあっても深く愛し続けるって誓うよ」

「晃生……愛してる……！　あっ……気持ちぃ――あぁんっ！」

心身ともに果てしない多幸感に包まれると同時に、内奥をこれでもかと突かれる。晃生と出会い、何度となく交わったのに、まだ足りない。姫花は彼の腕の中で愉悦に浸り、無我夢中になって連続して襲ってくる快楽を貪るのだった。

「……姫花……」

自分を呼ぶ優しい声が、すぐそばから聞こえてきた。

姫花は、ゆっくりと深呼吸をして、いつの間にか閉じていた目蓋を上げて目を瞬かせた。目の前に見えるのはベッドルームの天井だ。視線をずらすと、晃生がいた。彼の腕の中には遥香がおり、二人して姫花を上から見下ろしている。

「え？　あっ……わ、わ、わたっ……」

いったい、いつの間にここへ？

姫花があわてて起き上がると、ブランケットに隠れていた乳房がぷるんと揺れながら飛び出た。それを見た遥香が、乳房に吸い寄せられるように身を乗り出してくる。

「マンマ」

「わっ！　は、遥香っ！」

遥香が晃生の腕を蹴飛ばして、いっそう前のめりになる。

姫花は咄嗟に手を伸ばし、我が子をしっかりと胸に抱き寄せた。

「ははっ、さすがママのおっぱいだ。すごい吸引力だな」

待ったなしの授乳タイムが始まり、晃生が穏やかに笑いながら姫花の肩にブランケットを着せかけてくれた。

「ありがとう」

姫花が礼を言って顔を上げると、晃生が微笑みながら唇を重ねてきた。そんな二人をよそに、遥香は小さな掌を添えながら乳房に吸い付いている。

「ごめんね。私ったら、途中で……。晃生がここに運んでくれたんだよね？」

「それだけ気持ちよかったってことだろ？　僕は、ぜんぜん構わないよ」

身体には、まだ激しく愛された余韻が残っている。それを感じながらの授乳は、気恥ずかしさとともに三人の絆を強く感じさせてくれた。

「私、どのくらい寝てた？」

「三十分くらいかな。遥香は姫花をここに運び終えてすぐに目を覚ましてね。ついさっきまで機嫌よく遊んでたんだけど、急にキョロキョロしてママを恋しがったんだ」

「そっか」

まだまだ遥香には手がかかるし、二人目ができたらもっと慌ただしい日々を送ることになるだろう。けれど、それが夫婦の望む未来だし、考えるだけでワクワクする。

姫花は、おっぱいを飲みながら安心したように目を閉じる我が子を見て、小さな笑い声を漏らした。

「可愛い……。子供って、本当に天使だよね」

「そうだな。それに、今の姫花は女神様よりも神々しいよ」

晃生が、遥香の邪魔をしないように気を付けながら、そっと唇を合わせてくる。

ブランケットの下は、何も身に着けていない。ちょっとばかりマヌケだけれど、この上なく幸せで、まるで温かな陽の光に包まれているような気分だ。

「姫花、愛してるよ」

ふいに投げかけられた言葉が、姫花の心と身体に染みわたった。

これから先、きっと何度となく今のような幸せを感じることだろう。

「晃生、愛してる」

そう呟くと、姫花は心の底から込み上げてくる喜びを感じながら、晃生にそっとキスを返すのだった。

あとがき

この作品を通して出会えた読者さま。

私のお話を読んでいただき、心から嬉しく思います。有允《ゆういん》ひろみです。

本作のヒロイン・姫花は、和菓子店を営む両親のもとに生まれた駄菓子好きの女性です。

今では昔ながらの駄菓子屋が少なくなり、最寄りの大型スーパーマーケットや量販店で買うことがほとんどになりましたね。

ある時、明治創業の駄菓子屋に行きましたが、そこは趣のある瓦屋根が印象的なお店でした。

棚や壁に所狭しと並べられた駄菓子は品数が多く、どれも皆安価で見ているだけで楽しかったです。店番をしているのはグレーヘアの女性で、お昼ご飯と思しきおでんを食べながら接客をしてくださいました（この感じが、いいんですよね～！）。

子供が大好きだとおっしゃる店主さんは、やってくる今昔の子供達と話すのが楽しみで店を続けているそうです。産まれた時は、皆天使のような存在ですものね。

時代が移り変わっていくごとに、いろいろなものが複雑化して何かと面倒な世の中になりましたが、たまには昔懐かしい味を楽しみながら子供の頃の思い出をたぐり寄せてみるのもいいかもしれません。

もっと平和で生きやすい世界になればいいですね。

本作の読者さまや、この作品にたずさわってくださった方々が、健やかに暮らせますように。

またお会いできるのを、心から楽しみにしております。

有允ひろみ

ルネッタⓁブックス

ハイスペ社長が本気になったら、迸る愛情に歯止めがきかなくなりました！

奥手秘書は猛烈に捕食される

2023年4月25日　第１刷発行　定価はカバーに表示してあります

著　者　有允ひろみ　
編　集　株式会社エースクリエイター
発行人　鈴木幸辰
発行所　株式会社ハーパーコリンズ・ジャパン
東京都千代田区大手町 1-5-1
03-6269-2883（営業部）
0570-008091　（読者サービス係）

印刷・製本　中央精版印刷株式会社

ISBN978-4-596-77053-0

※この作品はフィクションであり、実在の人物・団体・事件等とは関係ありません。